KEITAI SHOUSETSU BUNKO
野いちご SINCE 2009

この想い、君に伝えたい

善生茉由佳

○ STARTS
スターツ出版株式会社

佐野(さの)くん。
君は今、何を思っていますか?

失ったものを悔(く)いて、
声にならない叫(さけ)びを上げて、
すがりついた手すら傷だらけで、
自分をないがしろにしていませんか?

……どうかお願い。

「自分をもう責めないで」

　私は、まだ君に伝えていない言葉があります。

contents.

**中学2年生
あの頃、私は密かに
君に憧れていました。**

黒板のメールアドレス	8
代わり映えのない日常	25
週末の土曜日	39
ゆびきりげんまん	54
夏の花火	69
ふたりきり	86
おやすみなさい	109
エラー	129

**高校2年生
どうしても、君に伝えたい
ことがあるんだ**

笠原透矢のノート―I	152
あれからの日々	154
置き去りの夏	157

偶然の再会	175
眠れない夜	195
笠原透矢のノート―Ⅱ	208
「おはよう」と「おかえり」	210
笠原透矢のノート―Ⅲ	225
突然の訪問者	227
夏の思い出	259
３年後の真実	284
笠原透矢のノート―last page	302
君に伝えたい	306
これからの私達	339
あとがき	348

中学2年生
あの頃、私は密かに君に憧れていました。

黒板のメールアドレス

「笠原(かさはら)さんっていつも担任から雑用任されてない？」

きっかけは、ある日の放課後。

中2に進級して3か月が過ぎた、7月中旬(ちゅうじゅん)。

いつものように担任からの用事をこなしていたら、同じクラスの男子に何気なく指摘(してき)された。

「え、っと……」

黒板の上に貼(は)ろうとした掲示物(けいじぶつ)を手に、おそるおそる振り返ると、黒いユニフォームを着た佐野悠大(ゆうだい)くんがそこに立っていて。

意外な人物に話しかけられた私は、なんて返事をしたらいいのか迷って黙(だま)り込(こ)んでしまった。

だって、佐野くんといえば、うちの学年で一番モテている人気の男子生徒。

地毛だという茶髪(ちゃぱつ)は、日にすけるとキラキラ輝(かがや)いて見える。

サラサラの髪(かみ)は1本1本が細くて柔(やわ)らかそうだし、きめ細かですきとおるような白い肌(はだ)はまるで陶器(とうき)のよう。

長い睫毛(まつげ)に縁取(ふちど)られた切れ長の目(め)や、高く通った鼻筋(はなすじ)、薄い唇(くちびる)にシャープな顎(あご)のライン。

ハッキリした目鼻立ちで、そのパーツが小さな顔(かお)の中にバランス良くおさまっている。

中世的で女子顔負けの綺麗(きれい)な顔立ちだけに、彼(かれ)に想いを

寄せる人はとてもたくさんいて、誰もがその存在を意識してると思う。

　身長も高い方なので、小顔がより引き立って見える。

　見た感じ、170cmは超えてるはず。

　バスケ部のユニフォームからスラリと伸びた手足や、細身なのにほど良く引き締まった体つき。

　ドキドキしてしまうのは、決して佐野くんを変な目で見ているからじゃなくて。

　中2で同じクラスになって以来、ふたりきりで話すのは、ほとんどはじめてに等しかったから。

「教壇の上に椅子乗っけるなら、誰かに押さえてもらった方がいいよ。落ちたら危ないし。あと、余計なお世話かもだけど、そういうことする時はジャージとかはいてた方がいいと思う」

　すっと私から視線を逸らし、若干頬を赤く染めて咳払いする佐野くん。

　ジャージって、なんのこと……って。

　教壇に置いた椅子の上に乗った私と、それを見上げる佐野くん。

　佐野くんの位置からは下着が丸見えだということを理解して、屈み込もうとした、その時。

「きゃっ」

　——ガクンッ。

　バランスを崩した私は、床に落下しかけ、固く目をつぶった。

体に衝撃が走ると思いきや、ふわりと体を持ち上げられたような感覚がして。

おそるおそる目を開けたら、至近距離に佐野くんの顔があった。

「大丈夫？」

「っ」

お姫様抱っこの体勢で佐野くんのドアップを間近に見て、心臓がバクバクと騒ぎだす。

視線をどこに置いたらいいのか迷い、金魚のように口を開閉させていると、佐野くんに「動揺しすぎ」と軽く苦笑されてしまった。

「ご、ごめんなさいっ。私、重たいのに……」

床に下ろしてもらうなり、すぐさま深く頭を下げて謝る。

いろいろと恥ずかしすぎて、今にも泣きだしてしまいそう。

全身が熱くて、耳たぶまで真っ赤に染まっているはず。

「重くないし、急に話しかけて驚かせた俺が悪いから、謝らなくていいよ」

ね、と優しい声で促され、おそるおそる顔を上げたら、佐野くんが爽やかな笑顔を浮かべていて。

言葉に詰まった私は、首を静かに縦に振り「……ごめんなさい」と呟いた。

「笠原さんが持ってるそれ、あと１枚だけ？」

「う、うん。あそこに貼りつけるだけでおしまいだよ」

「じゃあ、貸して」

手に持っていた掲示物を奪い取られ、きょとんと目を丸くしている間に、佐野くんは楽々と、最後の1枚を貼ってくれた。
「はい、これでおしまい。俺、職員室まで行く予定だったし、笠原さんの作業が終わったこと担任に伝えとくよ」
「じ、自分で言いにいくから大丈夫だよ。佐野くんにも悪いし……」
「いいって。おまけみたいなもんだし、そもそもうちの担任、なんでも笠原さんに任せすぎなんだよ。そこら辺もやんわり釘刺してくる」
「なんで佐野くんがそのことを知って……？」
　クラスの中でも大人しく、影の薄い私。
　先生から頼まれた雑用をこなしているなんて、誰も気が付いてないと思っていたのに……。
「学級委員だからって押し付けるにも限度があるし。そもそも学級委員ってこと自体、担任が一方的に指名したようなもんじゃん」
　言われてみれば、学級委員を務める私ともうひとりの男子生徒は、どちらも大人しくて頼まれ事を断れない。
　うちの担任って、元気のいい生徒の顔色は窺うのに、静かな生徒には横暴な態度だったりするんだよね。
　まだ新米の先生だから、大人しい生徒にしか強く言えないみたい。
「最近、笠原さんが雑用こなしてる姿を頻繁に見かけてたから、個人的にちょっと気にしてた」

首の後ろを押さえ、納得いかなそうに口を尖らす佐野くん。
　まさか、人気者の彼に気にしていてもらえたなんて。
　意外な事実に驚きを隠せず、顔が真っ赤になってしまう。
「笠原さんも嫌な時は嫌ってハッキリ言った方がいいよ。言葉にしないと伝わんないことってあるしさ」
「……うん」
　強く頼まれると断れない私の性格が見事に見抜かれていて、高揚する気持ちから一変、肩がしゅんと落ちてしまう。
　暗い顔になった私を見て、佐野くんは気まずそうな顔に。
　何か考えるそぶりを見せると、足元に置いていたスポーツバッグから「ある物」を取り出し、差し出してきた。
「──笠原さんって、普段メッセとかメールはあんまりしない人？」
「え？」
　目の前に差し出された佐野くんのスマホを見て目を丸くする。画面には彼のプロフィール情報が表示されていて、これはどういうことなんだろうと首を傾げてしまう。
「これ、一応俺のアドレスとSNSのID。今日みたいに雑用押し付けられて困った時とか、ほかにヘルプ頼めそうになかったら俺に言って」
「えっと、あの……？」
「笠原さん自分から男子に話しかけるイメージないし、どっちかっていうと苦手そうだから。直接言いにくい場合はそっちに連絡してよ」

長身の佐野くんに見下ろされて、心臓が早鐘を打つように鳴りはじめる。
　ドキドキうるさくて、視線を逸らすことが出来ない。
　窓から差し込むオレンジ色の夕日に照らされて、佐野くんの髪が金色に光って見える。
「わ、私のスマホ……インターネットに接続出来ないキッズ用のやつで、家族との通話用に持たされてるだけだから、ＳＮＳが利用出来ないの」
　……やだな。大半のクラスメイトはスマホで普通にやりとりしてるのに。
　うちは高校生になるまでネット禁止で、不審者対策用に持たされているキッズホンには家族のアドレスしか登録されてないんだ。
　普段、人から連絡先を聞かれることなんて滅多にないから油断してたけど、「ありえない」って引かれちゃうよね、きっと……。
「……ダサい、よね。中２にもなってキッズホンとか。本当、うちの両親てば、子どものことあんまり信用してくれないっていうか、心配性で」
　乾いた笑いを浮かべて、視線を床に落とす。
　佐野くんの反応を見るのが怖くて、俯いたまま手のひらをぎゅっと握り締めた。
　せっかく、佐野くんが「困った時のために」って私に連絡先を教えてくれようとしてるのに。
　しょんぼりと肩を落として落ち込んでいると、

「じゃあ、家にパソコンとかは？」
「一応、自分用のノートパソコンならあるけど……」
「じゃあ、何かあったらパソコンからここに連絡して」
　カツ、と黒板に白チョークで自分のメールアドレスを書き込むと、呆気にとられる私をよそに、そのまま小さく会釈をして教室から出ていってしまった。
　ほとんどの女子が知りたがって、なかなか教えてもらえないと噂される佐野くんのアドレスが目の前に。
　それも、黒板の真ん中に綺麗な字で書かれている。
「——あ」
　教室の戸に手をかけ、佐野くんが廊下に出る直前にくるりと振り返る。
　不意打ちで絡まる視線。ドキッと胸が高鳴るのと、佐野くんが口を開くのはほぼ同じタイミングで。
「べつに、特別用事なくてもメールしてきていいから」
　気のせいか、ほんの少しだけ佐野くんの口元が綻んでいるように見えて。
「じゃあ」
　キュッ、とバッシュの床に擦れる音が廊下に反響する。
　足音が遠ざかっていくのを耳にしながら、たった今彼が見せてくれた照れくさそうな笑顔に、心臓が破裂しそうなぐらい緊張している自分がいた。

「……ただいま」
　小さな声であいさつして玄関先で靴を脱ぐ。

家の中はシンと静まり返っていて、蝉の鳴き声が扉越しに響いて聞こえてきた。

うちは両親が共働きなので夜遅くまで帰ってこない。

同じ学校に通う年子のお兄ちゃんも夕方過ぎまで部活なので、この時間帯は必然的にひとりで留守番することが多い。

鏡に写る自分の顔が、ほんのりと赤らんで見える。

さっきの出来事を思い返すだけで、ぽーっと夢見心地な気分になってしまう。

黒板にチョークで書かれた佐野くんのメールアドレスは、一応ノートに書き写してきたけど……。

「夢、じゃ……ないんだよね？」

自分の頬をつねってみたら、うん、普通に痛い。

なんだか急に恥ずかしくなった私は、どんどん熱くなる頬を両手で押さえて、洗面台の前にしゃがみ込んだ。

笠原奈々美、14歳。

子どもの頃から自他共に認めるほど内気で大人しく、あまり自己主張しない性格の持ち主。

どのクラスにも必ずひとりはいる地味なタイプ。

かろうじて友人と呼べる人達もみんな物静かで、誰かの席に集まってお喋りしていても、周囲の目を気にして、自然と控えめな声のボリュームになってしまう。

人気がある派手なグループの子達と違って、人目を変に気にしてしまう私は、自ら自分の存在を薄めようとする

ころがある。

　こんな性格なので、昔から面倒な役割を押し付けられることが多くて……。

　どうせ、アイツなら断らないだろうと甘く見られているのか、みんながやりたがらない学級委員の仕事や教師からの雑用、掃除当番の代わりを押し付けられることが多い。

　本当はやりたくないことでもお願いされるとハッキリ断れず、内心嫌々ながらも笑顔で引き受けてしまう。

　自分でもこの性格を直さなきゃって思ってるんだけど、現実はなかなかそううまくはいかない。

　見た目も普通だし、何かひとつでも人より秀でたものがあれば自信を持てると思うんだけど……。

　丸顔な輪郭、緩いアーチ形の眉、真ん丸で黒目がちな二重のたれ目、大きくて丸い鼻、ぽてっとした唇の典型的なたぬき顔。

　身内からはおっとりした顔立ちだって言われるけど、自分的にはのろまそうに見えるのが悩み。

　視力が悪いので、常時眼鏡は手放せない。

　身長160㎝、体重は平均体重よりはやや軽め程度。

　自分の容姿で自慢出来るのは肩まで伸びたストレートヘアぐらい。真っ黒で艶があるのが唯一の自慢。

　見た目が真面目そうに見えるからよく勘違いされるけど、成績も普通だし、運動神経も人並み。

　音痴なのがネックで、音楽の授業で歌のテストがある時は、いつも教科書で顔を隠して小声で歌うため、先生から

『声が小さい！』って怒られる。

　特技は、毎朝早めに学校に来て中庭にある園芸部の花壇の水やりや、教室に飾っている花瓶の花を取り換えることとか——って、これは特技じゃなくて日課か。

　……本当、佐野くんとは正反対。

　クラスで一番人気がある佐野くんは、頭が良くて、運動神経も抜群で、同級生や教師からの信頼も厚く、おまけに性格までいい。非の打ちどころがない男の子。

　中学に上がると、どのクラスにも見えないカースト制度が存在して、みんな自分と同じランクの人達と一緒に行動してるんだけど、佐野くんだけはそういうのにこだわることなく、誰とでも対等に仲良くしてるイメージ。

　同じバスケ部に所属する人気グループの男の子達と騒いでいたかと思えば、教室の隅でぽつんとしてる物静かな男子のところにひとりで行って気さくに話してる。

　それは、男子にだけじゃなく女子にも同じで。

　何か困った様子の人に、佐野くんが『どうしたの？』って手を差し伸べている場面をたびたび見かける。

　今回、私に自分の連絡先を教えてくれたのだってそう。
「これ、本当に佐野くんのアドレスなんだよね……？」

　——ポスン。

　部屋着に着替えた私は、ベッドの上にダイブして、ノートに書き写したアルファベットを凝視する。

　あのあと、廊下にほかの生徒がいないかきょろきょろ様子を窺ったあと、急いで書き写してきた佐野くんのメール

アドレス。
「『何かあったら連絡して』って言ってたけど……どういう意味なんだろう?」
　むくりと上体を起き上がらせると、ノートパソコンを立ち上げてメールを開く。
「こういう場合、私から連絡した方がいいのかな……」
　さっきのお礼も兼(か)ねて、これが私の連絡先ですってメールするとか?
　でも、私と佐野くんは友達でもなんでもないし、単なるクラスメイトのひとりでしかなく、個人的なやりとりをするような仲では決してない。
　かと言って、メアドを教えてもらっておいて無視するのもどうかと思う。でも……。
「う～ん」
　迷いに迷って、連絡先だけでもひとまず交換(こうかん)しておこうと本文を作成。

【送信メール】
201X／7／13（水）　16：30
To　佐野悠大くん
笠原奈々美です。
さっきはありがとうございました。

　キーボードで簡素な文章を打ち込み、佐野くんに送ることにした。

散々悩んでから、ぎゅっと目をつぶり、顔を背けて送信ボタンをクリックする。
『送信しました』と表示された画面を見て、今更ながら心臓がバクバクしてきて、胸を押さえた。

ほ、本当に送っちゃった……。

「わーっ」と叫び出したくなるような気持ちを抑えて、再びベッドの中に倒れ込む。

さっきの出来事を思い出したら無性に恥ずかしくなって、耳のつけ根まで真っ赤に染まった。

誰にも打ち明けたことはないけど、私も佐野くんに密かな憧れを抱いているひとりだったから。

憧れっていっても、付き合いたいとかそういう感情じゃなくて……。

単純にカッコいいな、とか。

気が付いたら輪の中心にいる人だな、とか。

グループなんて関係なく、その時自分の関わりたい人といる姿とか。

授業中、先生に難問を当てられてもスラスラ答える姿や、体育の授業で活躍するところ。

日常生活で見かける素敵な部分に惹かれて、こっそり憧れているだけ。

私みたいな目立たない女子は、話しかけることも出来ず、遠巻きに眺めるのが精いっぱい。

だから、同じクラスという以外、何ひとつ接点なく卒業していくと思ってた。

メールをしたものの、返事がくるのか気になってしょうがなかった私は、パソコンを閉じたり開けたりを繰り返していて。
　返信がきたらきたで反応に戸惑うくせに、夜になっても何の音沙汰もないのでしょんぼり肩を落としてしまった。
　そうこうしているうちに、すっかり日が暮れて──。
「たでーまぁ。……つーか、奈々美！　お前、今日めし当番なのに、なんで晩ご飯の用意してねぇんだよっ」
　階下から玄関のドアが開く音がして、ふて寝していた私は、勢い良くベッドから飛び出した。
　やばい！　お兄ちゃんが帰宅してきたのを察して、慌てて階段を駆け下りていく。
「ごめん、急いで支度するね」
「マジでしっかりしろよ。めし食ったら、梁川公園で自主練してくんだからよぉ～」
　斜めがけしていたエナメル素材のスポーツバッグを床に下ろし、ワイシャツの襟元をつまんでパタパタさせながらバスルームへ歩いていく。
「ひとまずシャワー浴びてくるから、着替え出しといて」
「はーい」
　お兄ちゃんのスポーツバッグを「うんしょ」と両手で持ち上げ、２階まで運び込む。
　暴君で俺様気質なお兄ちゃんは、昔から妹の私をパシリか何かと勘違いしてる節があって、こうやって毎日用事を言いつけられている。

面倒くさいけど、いちいち反抗して言い争いになるのも疲れるので、大人しく言うことを聞いておくのがベスト。
　私とお兄ちゃんは年子で同じ中学に通っている。
　私と違って、学校の中でもかなり派手で目立つ部類にいるお兄ちゃん。
　笠原透矢といえば、髪はベリーショートのツートンブロックでガタイが良く長身。
　キリッとした細眉と鋭い三白眼が特徴的な強面で、ぱっと見は尖ったヤンキー。
　けど、中身はスポーツ大好きなバスケ少年で、部活が終わったあとも毎日夜遅くまで自主練に励んでいる。
　ヤンキーっぽい見た目のせいで誤解されがちだけど、意外と真面目だったりするんだよね。
　バスケ部では部長を務めていて、後輩の面倒もしっかり見てるみたいだし。
「おいっ、奈々美！　シャンプー切れてんぞっ」
「はいは〜い……」
　バスルームから響く怒号にやれやれとため息を漏らす。
　妹に対しては横暴そのものでぶん殴りたくなる時もあるけど、お兄ちゃんが毎日どれだけ部活を頑張ってるか知ってるので、素直に言うことを聞いてしまう。
　月に一度は練習しすぎて穴が空いてしまうバッシュ、練習しすぎて出来た手のひらのまめ、全身の擦り傷が努力している何よりの証拠だ。
　もうすぐ中学生活最後の公式戦。

全国大会に向けて気合い十分なお兄ちゃんのために、私も陰ながらサポートしてあげたいなって思ってる。
「詰め替え、前に置いておくからね」
「おう」
　バスルームのドア越しに声かけしてからキッチンに戻った私は、ダイニングテーブルの椅子にかけてある紺色のエプロンを身に着け、さっそく調理に取りかかった。
　チキンライスに、サラダと洋風スープを作って出来上がり。綺麗にお皿に盛りつけて……。
「お〜、うまそうじゃねぇかっ」
　テーブルに食事を並べていたら、お兄ちゃんがタイミング良くリビングにやってきて、水滴をぽたぽた落としながら近付いてきた。
「こら、お兄ちゃん。ちゃんとふかないと駄目でしょ。あと上半身裸じゃ風邪引くから、すぐに服着て！」
「うっせぇなー」
　腰に両手を当てて注意すると、お兄ちゃんはうざったそうに舌打ちして引き返し、上着を着て戻ってきた。
　文句を垂れつつ、なんだかんだ言うことは聞くんだよね。
「あ。そういえば、今週の土日、部活の後輩うちに連れてくっから」
「後輩って、バスケ部の？」
　お兄ちゃんのグラスにお茶を注ぎながら質問し返す。
「おう。8月の全国大会も近付いてきたし、レギュラーで目ぇかけてる奴に練習つけてやりたくてよ。つーわけで、

その日の家事は任せた」
「……もう、勝手なんだから」
　頬を膨らませて責めてみるものの、お兄ちゃんは知らんぷりしてガツガツご飯を食べてる。
　今週末は、両親が仕事で家を空けるから、お兄ちゃんとふたりきりのはず。
　お兄ちゃんの後輩ってことは、１年生か２年生だよね？
　同級生だったらちょっぴり気まずいなぁ……。
　でも、断るわけにもいかないよね。
「後輩の人に苦手な食べ物とかアレルギーとかあったら事前に教えてくださいって伝えておいて」
「さっすが、奈々美ちゃん！　話が通じるいい奴っ」
「自分にとって都合のいい時だけ返事が早いんだから」
　じと目でにらみつつ、エプロンを外して席に座り、両手を合わせて食事しはじめる。
　晩ご飯のあと、自主練に行くお兄ちゃんを玄関まで見送って部屋に戻った。
　まさかねと思いつつ、ノートパソコンの電源を入れてみると、新着メールが１件届いていて。
「嘘……」
　カーソルに合わせてマウスをクリックした私は、信じられない思いで目を見開き、片手で口元を覆い隠した。

【受信メール】
　201X／7／13（水）　21：05

> From　佐野悠大くん
> どういたしまして。

　たった1行、短く書かれた文章。
　そのメールの差し出し人が、佐野くんだったから。
「……っ」
　マウスを持つ手が震えて顔中が火照りだす。
　画面から目を逸らせなくなって、しばらくの間、パソコンの前で正座したまま固まっていた。

　中学2年生の夏。
　偶然、交換することになったメールアドレス。
　この時の私は、密かに憧れていた佐野くんと個人的なやりとりを交わせたことが信じられなくて、純粋に放心していた。
　この先、傷付いていく未来なんて全く知らずに——。

代わり映えのない日常

「悠大、おっは〜！　これ、プレゼント。バスケの試合が近いから、神社で必勝祈願(ひっしょうきがん)のお守り買ってきちゃった」
「そんなん、あたしだってリスバン買ってきたし！」

　ざわざわと騒がしい始業前の校舎。

　教室内では、私の斜め前の席——窓際から２列目の後ろから３番目の席に座る佐野くんを囲うようにして言い争うふたりの女子生徒の姿が目立っていて。

　周囲の生徒は３人の動向を気にしつつも、見ないフリをしている。

（今日も揉(も)めてる……）

　読書をしていた私は、文庫本の隙間(すきま)から彼らを盗み見てハラハラ。

　佐野くんを取り囲んでいるのは、同じクラスの篠原(しのはら)さんと矢口(やぐち)さん。ふたり共目立つグループにいる女子達だ。
「えぇ〜っ。こんなダッサいの買ってきたとかありえない。しかも、身に付けれるリストバンドとか彼女(かのじょ)でもないのに重すぎでしょ」

　ベビーフェイスにツインテールの髪形が特徴的な篠原さんは、学年の中でもトップクラスの美少女。

　女子と男子の前で微妙(びみょう)に態度が違うので、一部から『ぶりっ子』って叩(たた)かれてるけど、本人は気にすることなく、佐野くんに積極的にアプローチしてる。

「はあ!?　そっちこそ、なーにが必勝祈願のお守りよ！自分こそ身に付けるもの選んでるくせにっ」

　ワンレンの短いショートカットの矢口さんは、篠原さんとは対照的にサバサバ系で勝ち気タイプの女の子。

　猫目の彼女はボーイッシュな見た目をしていて、制服の着方も指定のリボンを外していたり、スカートの下に短パンのジャージをはいていたりと男の子っぽい。

　女子バスケ部に所属していて、佐野くんとは家が近所の幼なじみらしい。

　そんなふたりは、毎日佐野くんを取り合ってバチバチしている。

「ふたり共、落ち着けって。とりあえず、その……ありがとう」

　困ったように苦笑しつつも、ふたりに差し出されたプレゼントを受け取り、佐野くんが素直にお礼する。

「じゃあ、西口達のところ行くから」

　カタンと椅子を後ろに引き、教室前の廊下にいる男子達の元へ避難する佐野くん。

　彼女達が自分を巡って揉めることに気まずさを感じているのか、今みたいに言い争いがひどくなると、ふたりの前から姿を消して、どこかに移動してしまう。

　席替えで今の席になってから、約1か月。

　斜め後ろの席から佐野くんを観察していて気付いたことだけど、佐野くんは誰かがケンカする場面に特別苦手意識を持ってるんじゃないかなって思う時がある。

（佐野くんが悪いわけじゃないのに……）
　自分が責められたように、ほんの一瞬だけど苦痛の表情を浮かべて、拳を固く握り締めている。
　表面的には柔らかく苦笑してるけど、なんだろう。
　目の前で言い争いされて面倒くさいとか、注目を浴びて恥ずかしいとか、そういうのじゃなくて。
　うまく言えないけど、ふとした瞬間に痛みをこらえるようなしぐさが垣間見えてドキッとしてしまう。
（――それにしても。本当に私、昨日、佐野くんとメールしたんだ）
　佐野くんがいなくなった席を見つめて感慨にふけるものの、すぐさまハッと我に返り、文庫本に視線を落とす。
　私の馬鹿。
　じっと見てたら、気付いた人に変に思われちゃうよ。
　昨日のメールはあれっきりで、これから先、佐野くんと個人的なやりとりが始まるわけじゃないんだから。
「あっ、笠原さ〜ん。悪いんだけど、これ職員室まで運んどいてもらっていい？」
　ぼんやり考え事をしてたら、目の前にふっと影が落ちて。
　ゆっくり顔を上げたら、さっきまで佐野くんを取り囲んでいたうちのひとりである篠原さんがプリントの束を私の机に落としてきた。
「あのねぇ、美姫、これから用事があって、今すぐ行かなくちゃいけないんだぁ。笠原さん暇そうだし、お願いしちゃってもいいかなって」

「あ……」

「てことで、お願いね。担任がいなければ、デスクの上に適当に置いてくればいいから」

　有無を言わせぬ圧力でニッコリ微笑まれ、何も言い返せずに黙り込む。

　沈黙を肯定とみなしたのか、篠原さんは満足そうにうなずき、教室から出ていってしまった。

「…………」

　押し付けられたプリントの束を見て、こっそりため息を零す。

　不満を抱いても仕方ないので、プリントの束を抱えて廊下に出ると、たまたま教室の前で男子達とダベっている佐野くんと目が合って。

　曇った表情を見られないように顔を伏せて、足早に彼の横を通りすぎた。

　……嫌だな。

　昨日、佐野くんが『嫌な時は嫌ってハッキリ言った方がいいよ』って前向きな言葉をくれたのに。

　頭ではちゃんとわかってる。

　嫌な思いをするくらいなら、断ればいいって。

　でも、自分の意見を伝えることに躊躇しておじけづいてしまうんだ……。

「あれ？　笠原が届けにきてくれたのか。じゃあ、戻るついでにこれも運んでおいてくれよ」

椅子を半回転させて、私の方に向きなおる芳野先生。
　今度は生徒達に返却するノートを運ぶよう頼まれ、内心ではうんざりしつつも「はい……」と大人しく従ってしまう。
　今年の４月に赴任してきた芳野先生は、まだ25歳の新米教師。
　担任を受け持つのはうちのクラスがはじめてらしく、強気で反発してくるような派手な生徒達の扱いに手こずってるみたいで。
　目立つ生徒達の顔色を窺っているわりに、大人しい生徒には強気な態度で接してくる。
「いつも悪いなぁ、笠原。嫌な顔せずに聞いてくれるから、ついつい頼みやすくて。感謝してるよ」
　悪びれる様子もなく笑う芳野先生に、口が引きつりそうになる。

　ノートを教卓に置いて、チャイムが鳴るまでの間、自分の席で静かに本を読んでいた。
　友達がいないわけじゃないけど、仲間の席に集まってわいわい話すようなタイプじゃない。
　ペアや班決めを必要とする学校行事の時だけ行動する仲というか……。
　よくよく考えてみたら、小学校の頃から親友って呼べる子はひとりもいなかった気がする。
　全くのひとりぼっちじゃないけれど、特別仲いい子もい

ない。
　自分の気持ちをうまく話せない私は踏み込んだ話がなかなか出来ず、いつもあいまいに微笑んでうなずくだけ。
　はじめは仲良くしていた子とも自然と距離が生まれてしまい、結局その子はほかに話が合う仲間を見つけて、離れていってしまった。
（……本当はひとりぼっちなのかもしれない）
　チャイムが鳴るのと同時に文庫本をしまいながら、ぼんやりそんなことを考える。
「出欠とるぞー」
　出席簿を手に教壇の前まで笑顔で歩いてくる芳野先生。
　担任の登場を合図に号令をかける日直。
　ガタガタと椅子を引く音と窓の外でジリジリ鳴く蝉の声が重なって、今日も普段と同じように時が流れだす。
　ふと斜め前に座る佐野くんの背中を見つめて、頭に疑問符が浮かぶ。
　昨日の会話やメールは、本当に実際にあったことなのかな、と。

　——キュッ、と上履きの擦れる音が体育館の中に響き渡り、味方からパスを受けた佐野くんが、軽やかに敵チームの間をすり抜けてシュートを放つ。
　放物線を描くようにゴールに吸い込まれていくバスケットボール。佐野くんの綺麗なフォームに見とれていた私は、心の中で盛大な拍手を送っていた。

「きゃあっ、やばい！　今の超カッコいいんだけどっ」
「佐野だけ圧倒的に強いんだもん。さすが、男子バスケ部だよね〜」

　バドミントンの授業をしていた女子達から黄色い歓声が上がり、みんなの視線が佐野くんへと注がれる。

　当の本人は騒がれてることに気付いてないのか、Ｔシャツの袖で額の汗を拭っている。

　おそらく、耳には入ってるんだろうけど、あえて聞こえないフリをしてるに違いない。

　それにしてもひとりで得点を稼ぎまくっててすごいなぁ。

　佐野くんの手にボールが渡ると、もう誰も彼の動きを止められない。そして、瞬く間にシュートを決めてしまう。

　普段、お兄ちゃんのプレイスタイルを見ている私ですら、彼の実力は相当なものだとわかる。少なくとも、この場ではひとりだけ段違いの腕前なのは明らかだった。

「次の問題を、出席番号順で佐野。前に出て答えなさい」
「はい」

　体育の授業を終え、４時限目の数学の授業の時。

　佐野くんは先生に指名されると、白チョークを手に持ち、難しい問題をスラスラ解いてしまった。

　今日教わったばかりで、ほとんどの生徒が苦戦する中、彼は涼しい顔で回答を書き込んでいく。
「——正解。さすがだな」

強面で有名な年配の男性教師も、優秀な佐野くんの前では思わず笑みを浮かべてしまうようだ。
「……すごいよねぇ。あれで塾とか行ってないんでしょ？」
「うちらとは、そもそもの頭の出来が違うって」
　席に戻る佐野くんを見ながら、一部の女子達がヒソヒソと噂話をしている。
　運動神経抜群で、成績も学年トップクラスの優等生。
　おまけに、あのルックスとくれば、非の打ちどころがひとつもなくて。
（……まるで別世界の人みたい）
　改めて、地味な私とは真逆の位置にいる人だと思い知らされ、佐野くんの存在を遠く感じてしまう。
　もし、私がもっと活発的で積極的な女の子だったら、人目を気にすることなく彼と話せたかもしれないのに。
　なんて、虚しい想像するだけ無駄なのに。
　余計につらくなるだけで、現実の自分に落胆する。
　どこにいても注目を浴びて、誰からも好かれていて。
　人気者の佐野くんは、どうして私なんかに声をかけてくれたんだろう？
　男子に連絡先を聞かれるなんてはじめてのことで意識しちゃうよ……。
　でも、ちゃんとわかってる。あれは単なる気まぐれで、変な期待をしたり自惚れたりしちゃいけないって。
　なのに、佐野くんを想う度にドキドキしてしまって、その度に「身のほど知らず……」って自分を諫めていた。

そんなふうに、以前にも増して彼の姿を目で追うようになった、ある日のこと。

いつものように篠原さんから雑用を押し付けられて、彼女の代わりに掃除当番をすることになった私は、じゃんけんに負けてゴミ捨て係になってしまった。

ゴミ置き場は体育館の裏にあるので、面倒がって誰も行きたがらないんだ。

「じゃあ、俺達先に帰るから」

「笠原さん、あとはよろしくね」

ほかの掃除当番の人達は、私が戻るのを待つことなく、さっさと帰ってしまった。

「……べつに、待っててほしいわけじゃないんだけどさ」

よいしょ、と両手でゴミ箱を持ち上げ、ため息交じりに小言を漏らす。誰もいない教室に戻るのって、ちょっぴり寂（さみ）しいものがあるよね。

じゃんけんに負けたのは自分だし、さっさと用事を済ませてしまおうと体育館と校舎を繋（つな）ぐ渡り廊下を歩いていたら。

「――ありませんじゃねぇんだよ、クソがっ」

体育館の裏手から怒声（どせい）が響き、近くまで来ていた私はビクリと肩を震わせる。

おそるおそる声がした方に近付くと、ゴミ置き場の前で強面（こわもて）の不良達に囲まれた小柄（こがら）な男子生徒が涙目（なみだめ）でおびえている姿が見えた。

あまり近寄りたくないけど、彼らの前を通らないとゴミ

を捨てられないので、どうしたものかと物陰に隠れながら思案する。

　様子を窺っていると、大人しそうな男子生徒が、不良達に恐喝されている場面らしく、金を出せとしきりに脅されていた。
「お前んち、親が金持ってんだろ？　ちょ～っと、俺らに分けてっつってるだけじゃん。お利口な優等生なら言ってる意味わかんだろ？」
「で、でも……毎日渡して貯金はもうないし、これ以上は親にあやしまれるから無理だよ……」

　顔を真っ青にして「勘弁してほしい」と頭を下げる男子生徒に、リーダー格らしきソフトモヒカンの男が「ああ!?」と怒鳴り声を上げる。

　上履きの色から察するに、彼らは１年生らしい。

　まだあどけなさを残す幼い顔立ちながら、にらみを利かせている不良達の表情は迫力があって、年下だとわかりつつも臆してしまう。

　ど、どうしよう……。

　先生に助けを求めに行った方がいいのかな？

　それとも、この場に飛び出してケンカをやめさせるべき？

　自分が目を離した隙に、カツアゲされてる男の子の身に何かあったらと心配になって、オロオロしていると。
「口答えする生意気な奴には、言って聞かせるよりも殴った方が手っ取り早いよな」

ソフトモヒカンがニタリと下卑た笑みを浮かべて、小柄な男子生徒に向かって思いきり拳を振り上げた。
　周囲で見てるほかの不良達も面白がって「やれやれ〜」とヤジを飛ばし、誰も暴力を止めようとしない。
　まずい。
　そう思って、震える足を踏み出そうとした時だった。
「──さっきから何してんの？」
　不穏な空気の中、凛とした声が響いて。
　顔を上げたら、体育館の裏手口からバスケ部のユニフォームを着た佐野くんが現れ、ひとりで不良達の間に入っていった。
「体育館の中にまで騒ぎ声が聞こえてきたんだけど」
　殴られる寸前だった男子生徒の腕を引っ張り、自分の背中にかくまう佐野くん。不良達は邪魔されたことが面白くないのか「テメェに関係ねぇだろ！」と舌打ちしている。
「関係なくても、暴力は良くないよね？」
　佐野くんは集団にすごまれてもピクリとも反応せず、無表情のまま。涼しい顔で相手をたしなめ、冷静に注意する。
「だから、部外者は引っ込んでろっつってんだろうが!?　ボコるぞコラッ」
　その態度が、ますます彼らの怒りに火を点け、ブチ切れたソフトモヒカンが挑発するように佐野くんの顔を覗き込んだ、次の瞬間。
　──ガツッ、と鈍い音がして。
　驚きで、両手に持っていたゴミ箱をあやうく落としそ

になってしまった。
　なぜなら、佐野くんが表情ひとつ変えずに、ソフトモヒカンの首を片手で締め上げていたから。
「……っぐ、ぁ」
　相手の背中を木の幹に押し付け、ギリギリと力を加えていく。
　首を絞められた不良は、佐野くんの手首を掴んで必死にはがそうとするもののビクともせず、苦しげに呻くだけ。
　佐野くんの瞳は、まるで何も映されていないかのように真っ黒に塗り潰されていて。
　冷たい目で相手を見下ろす視線は、怖いぐらい冷淡なものだった。
　周りも佐野くんの迫力に圧倒されて、誰ひとり身動きがとれない。
　異様な雰囲気の中、ソフトモヒカンの顔の横――木の幹に拳を叩きつけて、佐野くんは静かに言い放つ。
「一方的にやられる側の気持ちとか、考えたことある？」
「……っはな、せ、よ」
「どんなに訴えても、相手の理不尽に振り回されて、ズタズタに傷付けられる。心も体も痛くてしょうがないんだ」
　目の前の相手を見ているようで、遠いどこかを見ているような独り言を呟いて。
「これ以上痛い思いしたくなかったら、消えて」
　不良の耳元に顔を寄せて低い声で呟くと、ぱっと手を離し、不良の仲間達を見回す。一瞥された彼らはビクリと体

を硬直させて、佐野くんの剣幕に怯んでいるようだった。
「い、行くぞ……っ」
　ゲホゲホと喉を押さえてむせ返りながら、撤収するよう指示するソフトモヒカン。
　こっちに向かってくる彼らに肩をすくめて身動き出来ずにいると、すれ違いざま、ソフトモヒカンが「アイツやばい。マジで目がイッてる」と話している声が聞こえて。
　彼らの姿が見えなくなったのを見計らって視線を佐野くん達がいた場所に戻すと、いつもどおりの人当たりのいい笑顔を浮かべた佐野くんが、脅されていた男の子に優しく話しかけている姿が見えた。
「怪我してない？　大丈夫？」
「はっ、はい……。ありがとうございますっ」
「もしまた危害を加えられそうになったら、俺のこと頼っていいから。それと、恥ずかしいかもしれないけど大人に一度相談した方がいいよ。もし、証言が必要であれば協力するし、可能な限り身の安全を守ってほしい」
「…………」
「自分の身を守れるのは自分だけだよ」
　優しく目を細めて男子生徒の肩に手を置く佐野くん。
　いつもと同じ、温厚な口調、爽やかな笑顔なのに。
　先ほど目にした佐野くんとは思えない冷酷な表情が頭から離れず、心臓がバクバク鳴って止まらない。
　危険を顧みずに助けに入れる果敢さや、助けた相手をフォローする優しさ。人として尊敬するものばかりなのに。

(さっきの佐野くんは、一体……?)
　ふたりに見つからないよう、校舎に引き返してためらう。
　少し離れた距離から見ていたのもあるし、ただの勘違いだといいんだけれど。
　相手の首を締め上げていた佐野くんの瞳の奥に、ほの暗い何かを感じとって——。
　みんなに好かれる人気者。爽やかな印象が強い佐野くんの影のある一面に、戸惑いを隠しきれずにいたんだ。

週末の土曜日

「返却期限は２週間後、７月30日の土曜日です」
　図書館の司書さんから借り出した５冊の本と返却日が記入されたレシートを受け取り、ぺこりと会釈する。
　トートバッグの中に本をしまうと、空調の効いた涼しい館内から蒸し暑い外に出た。
「ふー……、あっつい」
　１歩出ただけでじっとりと汗が浮かび、手の甲で額を拭う。裏手にある駐輪場にたどり着くと、トートバッグを籠の中に入れて、サドルに跨った。
　小高い丘の上に建つ図書館から、坂道の下にある住宅街に向かって走り抜けていく。
　季節はすっかり真夏で、灼熱の太陽に照らされた地面には、ユラユラとかげろうが揺らいでる。
　普段は下ろしたままの髪も、後ろ髪が汗で張り付くのを避けるため、今日は高い位置でポニーテールに。
　服装も涼しい格好を選んで、ノースリーブの白のカットソーにデニムのショートパンツ、サンダルにしてきたけど、外の暑さにはかなわなくてすでにバテバテ状態。
　気温が高い時間帯を避けて、午前中に来たのに、朝からこんなに蒸し暑いんじゃ参っちゃうな。

「ただいまー……」

ガレージに両親の車が２台共ないことを確認してから家に入ると、いつもは無音のはずの家の中から「おー」とお兄ちゃんの返事が聞こえてきた。

　リビングルームに上がると、お兄ちゃんがベランダに面した窓際であぐらをかいて座っていた。

　近くに寄って手元を覗き込むと、足元には新聞紙が敷かれていて、手には白い布が握られている。

　どうやら、バスケ部で使用するバッシュのお手入れをしていたみたい。

「今、後輩から電話きたんだけど、うちの場所わかんねーっつーから、近くまで迎えに行ってやってくんねー？」

「えー。そんなのお兄ちゃんが自分で行ってきなよ」

「いいから。行かねぇと、母さん達から預かった食費没収すんぞ」

　出た、横暴。妹を子分か何かと本気で思い込んでる節のあるお兄ちゃんはいつもこうなんだから。

「もう。今帰ってきたばっかりなのに」

　どうせ、文句を言っても知らんぷりされるだけなので、ブツブツ愚痴を零しつつ、大人しく指示に従う。

　トートバッグの中から借りてきた本を取り出し、ダイニングテーブルの上に積み重ねて置く。

　軽くなったバッグを肩にかけなおすと、お兄ちゃんが手のひらを返したようにご機嫌な笑顔になった。

「おーし、いい子だ。お兄様がごほうびに３人分のアイス代を進呈して差し上げよう」

「……要約すれば、後輩を迎えに行った帰りに近くのコンビニでアイス買ってこいってことだよね？」
「よくわかってんじゃねぇか。俺と後輩にはプレミアムカスタード、奈々美は100円ぐらいの安いやつで十分だろ」
「なんで私だけ明らかに値段が安いの」
「だって、やるのは俺の小遣いからだもん。俺が決めて何が悪い」

　ぐっ……。ドヤ顔で言いきられるとひと言も返せない。
「それに、お前、母さんから聞いたけど、今月入ってすぐに本代で小遣い使い果たしたらしいじゃん。普段ヒッキーの根暗だから交際費とかかからないんだろうけど、たまには本以外のものに金使えよ」

　膝丈のカーゴパンツからお財布を取り出し、顎を「ん」と突き出してお金を取りにくるよう促してくるお兄ちゃん。相変わらず意地悪で傲慢なんだから。
「……あれ？　2000円て多くない？」
「アイスのほかに食いたいものあったらそれで好きに買ってこいよ。今日、うちに後輩泊まってくし。余分にお菓子やジュース調達しといて。もちろん、奈々美の分もな」

　私の頭を軽く叩いて、お兄ちゃんがニッとはにかむ。

　あげないって言ったり、あげるって言ったり、私の反応を見てコロコロ意見を変えてからかってくるお兄ちゃんだけど、最終的にはいつも優しくしてくれるので、どんなにひどい扱いを受けても怒りきれないし憎めない。
「俺は家の中片付けたり、風呂場洗ったりしてるから、後

輩のこと頼んだぞ」
「……はーい」
　わざと気のない返事をしつつも、内心ではお兄ちゃんに頼られることがちょっぴり嬉しかったり。
　なんだかんだで、うちの兄妹って仲いいと思う。

「えっと……、確か、コンビニの中で待ってるって言ってたよね？」
　午前11時半。
　お兄ちゃんから頼まれたとおり、近所のコンビニへ歩いてきたのだけれど。
　目的地を前に、今更ながら重要なことを聞き忘れていたことに気付いた。
「ていうか、そもそも後輩って誰!?　名前聞いてくるの忘れちゃったよ……」
　こんな時に限って携帯をうちに置いてきちゃったし。
　バスケ部の２年生なら同級生だからぼんやりわかるかもだけど、１年生になると完全に誰もわからない。
　困ったなぁと店の入り口でオロオロしていると、ガラス越しに雑誌を立ち読みしている長身の男の人の姿が視界に入り込んできて、思わず二度見してしまった。
　なぜなら、そこにいたのは佐野くんだったから。
　まさか……!?
"バスケ部"、"後輩の男子"、"11時半頃に近所のコンビニで待ち合わせ"。

全ての条件に当てはまるなんて、そうそうない。

でも、あの佐野くんだし……そんなはず、ないよね。

みんなに優しい彼が、あんな暴君みたいなうちのお兄ちゃんと仲いいなんて想像もつかな——……。

「笠原さん？」

どのぐらいの間、店の入り口前で思考していたのか、気が付いたら、佐野くんが外に出てきていて。

「やっぱり。笠原さんだ」

肩に斜めがけのスポーツバッグを背負った佐野くんが、柔らかく眉尻を下げて微笑んだ。

白地に紺のボーダーラインが入ったマリンテイストの半袖Tシャツ、白いハーフパンツにスニーカー。

普段はストレートに下ろしている髪が、今日はワックスで毛先を遊ばせているのか、くしゃっとした無造作な仕上がりになっている。

学校以外の場所で目にする、佐野くんの私服姿はとても新鮮で、なんだか別人みたい。

それに、私服だと普段より大人っぽく、ぱっと見、高校生のように見える。

「な……なんで、佐野くんが？」

半信半疑で口を開閉させる私に、佐野くんは不思議そうに首を傾げている。

「あれ？　透矢先輩から妹が迎えに行くって聞かされてたんだけど。知らなかった？」

「お兄ちゃんがうちに呼んだ後輩って、佐野くんのことだっ

たの?」
「うん。今晩、お世話になります」
　小さく会釈する佐野くんに、条件反射で頭を下げ返す。
　ど、どうしよう。まさか本当に、お兄ちゃんの呼んだ後輩が佐野くんだったなんて。
「あ、あの、とりあえずコンビニでアイスとかいろいろ買っていいかな?　お兄ちゃんに佐野くんの分も買ってくるようおつかい頼まれてて……」
「そうなの?　あっ、でも自分の分は自分で買うし、差し入れも持ってきたから」
「い、いいの!　それとは別に、お客さんをお招きする側の気持ちっていうか……お兄ちゃんの気持ちなので」
　しどろもどろで弁解しつつ、ああ、やばいって。
　気温のせいだけじゃなく顔中に熱が集中して、自分でも手に取るようにわかるぐらい緊張してる。
　店に入ろうとしたら、右手と右足が同時に出た。
　意識しすぎだってば。
「んー。じゃあ、お言葉に甘えて」
　あまり遠慮（えんりょ）するのもかえって気を使わせると悟（さと）ったのか、素直に厚意を受け取ってくれる佐野くんに安堵（あんど）する。
　ふたりで肩を並べてお菓子やジュースを選び、あれこれ話しながらアイスを籠に入れてレジで清算した。
「貸して」
　会計が終わるなり荷物をすっと手に取り、入り口に向かって佐野くんが歩きだす。

さりげなく荷物を持ってくれたことにキュンとしつつ、ただでさえ重たそうなスポーツバッグを背負っている彼を見て、すぐさま我に返る。
「じ、自分でも持つよ」
　そう言って、袋をひとつ手に取った。
「佐野くんの方が重たい荷物、持ってるし……」
　語尾がどんどん小さくなって、肩が縮こまる。
　頭ひとつ分ぐらい背の高い佐野くんの横顔を見上げたら、パチリと目が合って。
「ふはっ。気にしなくていいって。笠原さんは律儀だなぁ」
　佐野くんが手の甲を口に当てて苦笑するから、ますます全身が火照ってしまった。
「さ、佐野くんはお兄ちゃんと前から親しかったの？」
　行き場をなくした手を後ろでそっと握り締め、沈黙が流れないよう話題を振る。
「ああ。透矢先輩とは、去年、俺がバスケ部に入部した時からの付き合いで、何かと面倒見てもらってるんだ」
「面倒!?　あの横暴で自己中極まりないお兄ちゃんが？」
　びっくりして思わず大きな声を出すと、佐野くんに目をパチクリされて、羞恥心で顔が真っ赤になった。
　変な奴って思われたかな、と後悔していると、頭上から喉の奥で噛みころしたような笑い声が聞こえてきて。
　そっと視線を上げたら、佐野くんが楽しそうに笑っていて、ドキッとしてしまった。
「うん。家ではどうか知らないけど、部活中の透矢先輩は

誰よりも面倒見が良くて後輩思いだよ。徹底的に自主練に付き合ってくれるし、顧問に叱られて落ち込んでる部員がいたら、さりげなくメンタルをフォローしてくれる。試合中は誰よりも先に敵陣に突っ込んでチームのムードを引っ張ってくれたり……人としても、選手としても、すごく頼りになる存在かな」
「……意外。あのお兄ちゃんが。家では妹をパシリにしてやりたい放題なのに」
「それは笠原さんが優しいから、甘えてるんだよ」
「あ、甘え……？」

　傲慢なあの態度が甘えだなんて信じられない。

　人を付き人か何かと勘違いしてるお兄ちゃんが、私を頼ってるとは思えないんだけれど……。

　眉間に皺を寄せて難しい表情を浮かべる私に、佐野くんは「だってね」と予想外の言葉を続けた。
「笠原さんはピンとこないかもしれないけど、透矢先輩ってシスコンでかなり有名な人だから。いつも『うちの奈々美がかわいい』『奈々美の作るめしはうまい』『奈々美に手を出す奴がいたらぶっとばす』って豪語してるし」
「えっ!?」

　ぎょっとして大きく目を見開く。

　ちょ、ちょっと待って。それ本当にお兄ちゃんの発言!?
「俺もバスケ部に入った頃からずっと妹さんの話を聞かされてて、実は同じクラスになる前から笠原さんのこと知ってたんだ。1年の時から、あの子が透矢先輩の妹かって意

識して見てた」

　瞬間、生ぬるい風が吹き抜けて、舗道沿いに植えられた樹木の葉がサワサワ擦れ合う。

　はくはくと口を動かすものの言葉にならず、耳たぶを熱くさせて俯いた。

「笠原さんて、押しに弱いところがあるっていうか、人に強く頼まれると断れないタイプなんだろうなって前から気になってたんだ。そのことを透矢先輩も心配してたし、俺がお兄さんの代わりってわけにはいかないけど、何か困ったことがあったら助けてあげられないかなって」

「……っ」

「でも、１年の時はクラスが違ったし、同じクラスになってからも話しかけるきっかけがなかなか掴めなくて、いつ声をかけようか様子を窺ってた。だから、つい最近、やっとふたりで話せてほっとしたんだよね」

　隣を歩く彼に聞かれてしまうのではと思うほど、心臓の音がうるさい。バクバク鳴り響いて、気を抜いたら膝から崩れ落ちてしまいそう。

「な、なんで、私なんかと……」

「透矢先輩が俺にとっての恩人で、先輩が大事にしてる家族を助けてあげることが自分なりの恩返しになると思ったから」

　穏やかに微笑みながら告げられたのは、お兄ちゃんに対する純粋な情で、一瞬でも期待しかけた自分に脱力する。

　わ、私の馬鹿。なんでほんの一瞬でも佐野くんが私のこ

と……なんて夢見ちゃったの。
　自分の立場を考えればすぐわかることなのに、身のほどをわきまえなさすぎ……。
「だから、なんかあったらすぐ俺に言って。絶対助けるから」
　佐野くんがコンビニの袋を持っていない方の手で握り拳をつくり、ニッとはにかむ。
　そのあまりにもまぶしい笑顔にノックアウトされた私は、素直に「うん」とうなずき返していた。
　変なの。いつも通る道、歩き慣れた住宅街なのに。
　佐野くんと隣に並んで歩くだけで、全く違う景色に映る。
　ドキドキして緊張がおさまらないんだ。
（……この前見たあれは、気のせいだったんだよね？）
　不良の首を締め上げていた光景を思い出し、小さく首を振る。
　あれは、後輩を助けるのに必死になってただけなんだよ、きっと。
　胸の奥の違和感を払拭するように、自分自身に言い聞かせていた。

　帰宅すると、案の定お兄ちゃんが玄関の前で待ち構えていて、開口一番に「遅いっ」と怒鳴られてしまった。
「ちょっと迎えに行って帰ってくるだけなんだから10分も15分もかからねぇだろうが！　つーかアイス待ちわびたっつーの」
　とっとと商品をよこせと言わんばかりに右手を突き出し

てくるお兄ちゃんに、佐野くんはニコニコしながら袋を渡している。
「もう。自分から頼んでおいてその言い草はないでしょ！　佐野くんにも失礼だよ」
「うっせー、根暗！　オメーは今から俺と佐野におもてなしして、とっとと昼めしの準備しやがれっ」

　むっとくる言い方にカチンときてお兄ちゃんのお腹(なか)にパンチする。

　へっぽこな腕力だけど、ストレートでみぞおちに入ったおかげか、お兄ちゃんは「ぐえっ」とお腹を抱えて呻きだし、ずるずる床にしゃがみ込んだ。
「お兄ちゃんてばデリカシーなさすぎ！　佐野くんも、お兄ちゃんの我儘(わがまま)に耐(た)えきれなくなったらすぐに教えてね」

　お兄ちゃんの横を通りすぎてスタスタと家の中に上がる。

　頭に血がのぼっていたからか、佐野くん相手につっかえずに喋れていたことに気が付いたのは、リビングに移動してから。
「笠原さんて、大人しそうに見えて言う時はキッパリ言うんだね。なんか見なおした」

　クックッと喉の奥で笑いを噛みころしながら指摘され、羞恥心で真っ赤になってしまった。

　それから、佐野くんとお兄ちゃんはリビングでＤＶＤを鑑賞(かんしょう)。ＮＢＡの選手についてあれこれ議論しながら、真剣に試合に見入っていた。

話題にあがっているのは、海外で有名なバスケ選手みたい。
　キッチンでおもてなしのお菓子やジュースを用意しながら、テレビ画面に釘付けになっているふたりを見てクスリと笑う。
　普段、学校の中で見てる佐野くんよりも幼く……っていうよりは、年相応の中学生に見えるのは、話し相手が年上のお兄ちゃんだからなのかな。
「透矢先輩、今のクロスオーバーシュート見ましたか？　あれだけマークされてて軽やかに抜けるのは、やっぱり相当な技術があるからですよね」
「あの状況でシュートが決まるのはさすがだよな。全方位囲まれてて、それでも一瞬の隙を突いて出し抜くとことか、俺らのチームも今後……」
　興奮気味に語り合うふたりの瞳はキラキラ輝いていて、まるで小さな子どものよう。
　会話を中断させないよう、お菓子とジュースを運ぶと、佐野くんとパチリと目が合い、柔らかな笑顔で「ありがとう」と微笑まれた。
　う。だから、いちいち赤くなっちゃ駄目だってば。
　手を動かしてないと落ち着かないし、昼ご飯の支度に取りかかろうかな？
　佐野くんもお腹を空かせてる頃だと思うし。
　……それにしても。今更ながら、あの佐野くんにお昼を用意する日がくるなんて夢にも思わなかったな。

対面式のキッチンなので、ふたりの楽しそうな横顔を眺めながら、さっそく調理に取りかかる。
　まず１品目はお兄ちゃんからリクエストされたビーフストロガノフ。手間がかかるけど、これまで何度も作ってきたから、少しは味に自信がある。
　あとは、温野菜のサラダに、冷製コーンスープを添えて出そう。
「……うん。大体ＯＫかな」
　空調は効いてるとはいえ、ガスコンロの前で調理してるとさすがに暑い。
　額に浮かんだ汗を手の甲で拭い取り、フーッとひと息ついていると。
「へぇ……。透矢先輩が言ってたとおり、笠原さんて料理上手なんだね」
「ひゃっ」
　いつの間にか背後に立っていた佐野くんに話しかけられ、ビクリと肩が跳ね上がった。
「ひと口味見していい？」
「ど、どうぞっ」
　ビーフストロガノフを小皿によそい、緊張しながら差し出す。
　佐野くんは息を吹きかけてから口に運んで──。
「……ん。うまい！」
　ひと口食べるなり、大きく目を見開いて「笠原さん、やばすぎでしょ。普通にうますぎ」と、満面の笑みで味を絶

賛してくれた。

　これには思わず赤面。興奮気味に何度も「おいしい」って褒められたら、誰だって照れちゃうよ。

　それも、相手は密かに想いを寄せていた佐野くんなんだもん……。

「あ、ありがとう」

　学校では無口で無表情なだけに、同級生の男の子を前にどう反応したらいいのかわからなくて、ぎこちない感じになってしまったけれど。

　精いっぱい、感謝の気持ちを込めて微笑んだら、佐野くんも笑い返してくれて、胸の中が温かい想いで満たされた。

　さっそく、3人で昼食を取った時も、佐野くんは終始「おいしい」と連呼してくれて、ご飯を綺麗に平らげてくれた。

　一緒に食事をしてみてはじめて気付いたのは、きちんと目をつぶって手を合わせて「いただきます」と「ごちそうさま」をするお行儀の良さとか、一つひとつの所作が丁寧で綺麗な食べ方とか、おいしそうに食事する姿。

　改めて、佐野くんはなんでもソツなくこなせる人なんだなって感心した。

「奈々美は料理ぐらいしか取り柄がないからな。お世辞とはいえ、褒めてもらってよかったじゃん」

　うっとりしてたら、お兄ちゃんが人を小馬鹿にしてきて。

　むっとして言い返そうとしたら、佐野くんが「お世辞じゃないですよ。本音です」と私を見ながら微笑んでくれて、耳のつけ根がボッと熱くなった。

「俺、嘘は嫌いですから」
　長い睫毛を伏せて、どこか寂しげに苦笑する佐野くん。
「……それに、普段コンビニめしばっかで、こんなに凝った料理を食べたのも久々だったし」
　その時、彼の表情がふっと曇ったような気がして。
　ほんの一瞬だけ、ここではないどこか遠くを見つめるように寂しい目をした佐野くんに、私は言葉を失ってしまったんだ。
　肩と肩が触れ合いそうな至近距離で偶然目にしてしまったつらそうな横顔。
　それは、学校で時々見せる表情と同じで。
　とっさに何か言おうとしたものの、佐野くんがすぐ元に戻ったので、気のせいだと思い込むことにした。
「笠原さん、おいしい食事を本当にありがとう」
　人のいい笑顔で感謝の言葉を口にする佐野くん。
　この時、彼が示した一瞬のサインの意味を知るのは、もう少しあとになってからだったんだ──……。

ゆびきりげんまん

　昼食のあとは、ふたりが２階に上がってしまったので、キッチンで食器洗いをしていた。
　どうやら、外の気温が下がるまでお兄ちゃんの部屋でのんびり過ごすらしい。夕方から近くの公園で練習するって言ってたし、今から差し入れでも作っておこうかな。
　夏バテ防止に、はちみつレモンなんてどうかな？
「──って、私ってば」
　なんだかんだ言いつつ、お兄ちゃんの体調を気にしてる自分に気付いて苦笑する。
　でも、来年からお兄ちゃんは県外の高校に進学してしまうし、こうして言い合いしていられるのも今だけなのかも。
　プロのバスケ選手になることを夢見て、子どもの頃から猛特訓を続けてきたお兄ちゃん。
　私はバスケに詳しくはないけど、試合で目にするお兄ちゃんは、どのチームにいても一番目立った活躍をしていて、笠原透矢がいれば勝利は確実と言われるぐらい周囲に期待されていた。
　その実力は、毎試合ごとに観客をざわめかせるほど。
　どんなに敵に囲まれても焦りの色を浮かべることなく鮮やかに相手を出し抜き、ガンガンシュートを決めにいく。
　お兄ちゃんの手にボールが渡ったら最後、誰にも止めることは出来ない。

速攻プレイで敵チームをどんどん追い込んでいくんだ。

　今年も去年のように活躍すれば、スポーツ推薦でスカウトされるのは確実視されていて。

　その中にはお兄ちゃんが本命にしている高校もあって、例年以上に気合いを入れてるみたい。

　もしスカウトされなくても、自力で受験に合格してみせると豪語するほど、お兄ちゃんの決意は固いものなんだ。

　そんなお兄ちゃんみたく、私も自分だけの夢を持てたらいいんだけどな……。

「おい、奈々美。これから外に出るから、お前もあとから支度してこい」

　日が暮れはじめた頃、運動しやすい格好に着替えたお兄ちゃんと佐野くんが２階から下りてきて、お兄ちゃんは偉そうな態度で私に命じるなり、佐野くんを連れて外に出ていってしまった。

「ちょっ……」

　リビングのソファで読書していた私は唖然として言葉を失う。

　てっきり男ふたりだけで行くと思ってたから、図書館から借りた本を読もうと思ってたのに。

　なんて、文句を言っても仕方がないので、ため息をつき、急いで出かける支度をする。

「お兄ちゃんてば本当に勝手なんだから」

　保冷バッグに作り置きしておいたはちみつレモンと清涼飲料水のペットボトルを詰め込みながら、ふとあることに

気付く。
　よーく考えてみれば、今から佐野くんの練習してる姿を間近で見られるんだよね……？
　佐野くんのファンは、放課後になると体育館に詰めかけて応援(おうえん)してたけど、小心者の私は体育館に近付くことすら出来ず、彼女達をうらやんでばかりいた。
　そんな私にとって、これは願ってもない大きなチャンス。
　メールアドレスを交換したからといって、頻繁に連絡を取り合うわけでもなく、あの日一度きりのやりとりでおしまいになるはずだった私達。
　だから、今日１日はありえない奇跡(きせき)の連続で、こんな日はもう二度と訪(おとず)れないと思うから。
　……今日だけ。今日１日だけ、勇気を振(しぼ)り絞って、自分から佐野くんに話しかけてみてもいいよね？
　ドキドキする胸を押さえて深呼吸を繰り返す。
　両手で頬を挟(はさ)み、気合いを十分入れなおしてから私も家をあとにした。

「そこっ、手首のスナップが甘い！」
「はいっ」
「片足だけ前に出すなっ。肩のラインが傾いて指先を揃(そろ)えづらくなる。体の軸がブレないようにゴールに対して真正面に向いて構えろ！」
「はい!!」
　家の裏手にある公園に向かうと、ふたりはすでに練習を

始めていて、佐野くんはお兄ちゃんからのスパルタ特訓に怯むことなく懸命(けんめい)に励んでいた。

　ここはバスケットゴールがある公園で、園内にはコート２面にバスケットゴールが１基設置されており、シュート練習や３on３(スリーオンスリー)が楽しめる場所になっている。

　周囲には簡易フェンス、コートサイドにはベンチがあって、夜９時まで利用できる。

　繁華街(はんかがい)の一角にあるので、騒音(そうおん)クレームもなく、遅くまで練習出来る場所なんだ。

　昼間は小学生達がよく使用してるけど、日が暮れてくるとほとんど貸し切りの状態だから、自主練するには最適の場所。

　今もここにいるのはお兄ちゃんと佐野くんのふたりだけ。

　コートの中から、ボールがバウンドする音やバッシュの擦れる音が響いてる。

「佐野！　もっと前見て。重心を軸に置いて……そうだっ、そこでシュートしろ!!」

　眉間に皺を寄せて鬼のような剣幕で指導するお兄ちゃんと、真剣な顔つきで指示に従う佐野くん。

　お兄ちゃんのＧＯサインに合わせてキュッと地面を踏み込み、おへそと鼻、両手の甲と両手の人さし指をゴールに向かわせ、３(スリー)ポイントラインからシュートを放つ。

　ボールはブレることなく真っ直ぐゴールネットにおさまり、コートの上を転々と転がっていく。

「そうだ。今の感じでもう一回投げてみろっ」
「ウッス!!」
　同じように正確なシュートを決めてみせろとお兄ちゃんがボールをパスすると、佐野くんは力強くうなずいて。
　手に渡ったボールをゴールに向けて真っ直ぐ放ち、その都度、お兄ちゃんから細かい指摘が飛んでいた。
「馬鹿!!　肘(ひじ)は脇(わき)から拳１個分離す感じだって何度も言ってんだろうがっ。体に感覚叩き込むまで30回同じことしろ。これ、基礎中の基礎のシュートだからなっ」
「はいっ」
　フェンスの外側からふたりの姿を眺めていた私は、想像以上に厳しい練習風景に驚き、その場に呆然(ぼうぜん)と立ち尽くしていた。
　お兄ちゃんが佐野くんに徹底して繰り返す指導は、根本的な基礎から見なおすことに始まり、敵にマークされた時のドリブルでの抜き方や、シュートの飛距離を伸ばすコツ、難しいダンクの決め方など様々な分野に渡っていて。
　佐野くんの額からは大量の汗が噴き出し、ぜえぜえと肩で荒(あら)い呼吸を繰り返していた。
「この程度で息上がってんじゃねぇぞ!!　本番は今の倍以上コートで走りっぱなしだかんなっ」
　一方、筋トレ好きで毎日ランニングを欠かさないお兄ちゃんは、軽く汗をかいた程度で呼吸ひとつ乱れることなく、次々指示を飛ばしていく。
　特訓は夜９時まで続き、ようやくおしまいになった。

「うしっ、一旦ここまで。俺はこれからひとっ走りしてくるから、その間お前はそこで休んどけ。休憩が終わったら、軽く筋トレして今日のメニューはおしまいだ」
「はっ……っ、はい」
　体を曲げ、膝に両手をついて苦しそうに息を吐き出す佐野くん。
　休みなく動き回っていたせいで、軽い酸欠状態に陥っているみたい。
　私は慌ててコートの中に入り、地面にしゃがみ込む彼にペットボトルとタオルを渡し、しばらくベンチで横になるよう促した。
「佐野くん、大丈夫……？」
「……ん。ありがと、笠原さん」
　喉から乱れた呼吸音がヒューヒュー聞こえ、過呼吸になってしまうのではと心配になる。
　佐野くんはフラフラした足取りでコートサイドのベンチへ向かい、額に手を当ててベンチの上に横たわった。
「奈々美、佐野の体調が落ち着いてきたら水分補給させて、うちから持ってきたはちみつレモンとサンドイッチでも食べさせてやれ。少し休めば良くなるから」
「う、うんっ」
「じゃあ、佐野のこと任せたぞ。俺はもう行くから——と、その前に飲み物！」
　保冷バッグの中からペットボトルの飲料水を差し出すなり、その場でぐびぐび飲んで、手の甲で口元を拭うお兄ちゃ

ん。タオルで汗を拭うと、バッシュの靴ひもを結びなおし、軽くストレッチをしてからコートを飛び出していく。
「相変わらずの体力お化け……」
　あれだけ動き回っててまだ走れるとか、どんな肉体構造してるんだろう。
　特に疲れた様子もなく、むしろその反対に「ウォーミングアップは終わった」と言わんばかりに軽快に走りだすお兄ちゃんを見て唖然とする。
「ふはっ、体力お化けって」
　お兄ちゃんの背中を見送っていると、背後のベンチから佐野くんの噴き出す声が聞こえてきて。
　今更ながらふたりっきりの状況（じょうきょう）になったことに気付き、体がカチンコチンに硬直してしまった。
　佐野くんはタオルで額を押さえながら、おかしそうに笑いを噛みころしている。
　眉尻が下がって、頬に浮かんだえくぼがかわいらしい。
　中学生離れした容姿の彼の年相応といえるあどけない笑顔に、胸がキュンとなった。
「確かに、透矢先輩はずば抜けた体力の持ち主だよなぁ。部活でも、みんながへばってる時に『やっと調子が出てきた！』って張りきってるし。全くスタミナ切れしないから、どうなってんだあの人って部員達とよく噂してる」
　脇腹を押さえながらゆっくり起き上がり、ベンチの隣に座るよう佐野くんが手招きしてくれる。
「お、お邪魔します……」

おそるおそる近寄り、ちょこんと横に腰かける。
　横になって落ち着いてきたのか、佐野くんの呼吸も戻っていて、ほっと胸を撫で下ろした。
「あの、これ……もし良ければ、なんだけど……」
　保冷バッグの中のものを、佐野くんに差し出す。
「もしかして、わざわざ用意してくれてたの？」
　コート内の照明は落とされているとはいえ、公園の敷地内には街路灯が光っていて、薄暗がりでも相手の表情が見えてしまう。
　赤面してることがバレないよう俯きながら、はちみつレモンの入った容器とランチボックスを手渡した。
「おっ、うまそう。いただきます」
　中身を見て、佐野くんが嬉しそうに表情を綻ばせる。
　よほどお腹が空いていたのか、あっという間に全部平らげ「ごちそうさまでした」と手を合わせて感謝された。
「昼間も思ったけど、笠原さんて料理上手だよね。いつも作ってるの？」
「……うち、両親が共働きだからご飯の支度は自分達ですることが多くて。お兄ちゃんは部活で帰りが遅くなるから、必然的に私の役割になってたというか」
「なるほどね。試合の日に透矢先輩のお弁当を見たことがあるんだけど、栄養バランスを考えたメニューですごいなって関心してたんだ。あれも笠原さんが？」
「お兄ちゃんて食事に無頓着で、私が用意しないと偏った物だけ食べちゃうから。コンビニのお弁当とかジャンク

フードとか、そんなのばっかりじゃ体壊しちゃうし……」
「ははっ。笠原さんは家族思いで優しいね」
　穏やかな笑顔を向けられて、ドキリと胸が反応する。
　赤面顔で照れていると、佐野くんが「……うらやましいな」と呟いて。
　何気なく彼の横顔を眺めたら、どこか遠いところを見ているようだった。
「そういうふうに家族のことを思いやってくれる相手がいるのって、すごく幸せなことだよ」
「佐野くん……？」
　あ、またた。
　さっき、うちで目にした時と同じ寂しい顔してる。
「俺の家も、笠原さんの家みたいだったらな……」
　どこか影を落とした横顔。
　以前、不良の首を締め上げていた時にも感じた、無機質な声のトーン。
　哀愁を帯びた目で遠くを見つめる姿を見て、佐野くんは家族とあまりうまくいっていないのかもしれないと感じた。
　実は、前から気になってたの。
　みんなの人気者で、誰からも好かれているのに、佐野くんはどこか寂しそうで、無理して笑ってるように見えるなって。
　なんとなく、本心を隠しているような気がして……。
「──俺さ、今日透矢先輩の家にお邪魔させてもらえて、

めちゃくちゃ嬉しかったんだ」

　佐野くんが優しく目を細めて口元を緩める。
「ちょっとだけ自分の話していい？」
「う、うんっ」

　緊張気味にうなずき、彼の話に耳を傾ける。

　少し重たい空気になるかもだけど、と前置きしてから語りはじめたのは、佐野くんの意外すぎる過去の話だった。
「……俺さ、人よりも目立つ容姿をしてるみたいで、昔からよく同性にやっかまれてたんだよね。大多数は友好的なんだけど、ごく一部の嫉妬深い人達に。去年も部活に入ったとたん、バスケ部の３年生に目をつけられて『女に騒がれてるからって調子に乗るなよ』って、しばらく嫌がらせされてたんだ」
「え……？」

　人気者の佐野くんからは想像もつかない話の内容に、驚きで言葉を失う。

　人に好かれこそすれ、妬まれる要素なんてどこにもない人なのに……、そんな佐野くんがどうして？
「部活中、パスを回してもらえなかったり、片付けを押し付けられるのは序の口。ひどい時には、わざと肩をぶつけてきたり、足をひっかけて転ばそうとしてきたり……、部室で少し目を離した隙に大事なバッシュを切り刻まれたり。俺に聞こえるような声で『佐野がいるとチームの空気が乱れる』とか陰口たたいてくるし、もう散々な言われようで」

当時の苦悩を思い返しているのか、眉間に皺を寄せて深い息を吐き出す佐野くん。その表情はとてもしんどそうで、そばで見ているこっちまで胸が苦しくなる。
「俺のせいで気まずい空気になるのも嫌だし、それならいっそバスケ部を辞めようと思って顧問に相談してたらさ、どこでその話を聞きつけたのか、透矢先輩が『絶対辞めんじゃねぇ!!』って俺を説得してきて。『俺が３年の奴らを黙らせてくるから、お前は安心して部活に集中しろ』って、一生懸命引き留めてくれたんだ」
「お兄ちゃんが？」
「そう。あとから聞いたら、透矢先輩も１年でレギュラー入りした時に先輩達から相当やっかまれたって。だから、様子のおかしくなった俺を見て、注意深く気に留めてくれてたそうなんだけど」
「自分だけならまだしも、佐野くんまで手をかけられて本気でブチ切れてたでしょ？　お兄ちゃん、そういう卑怯(ひきょう)なことする人達を目の敵にしてるから……」
「うん。さすが兄妹だね。透矢先輩のことよくわかってる」
　当時を振り返り、思い出し笑いする佐野くんを見て「やっぱり……」と苦笑する。
　正義感の塊(かたまり)みたいなお兄ちゃんが、黙っていられるわけがないと思ったよ。
「ある日、３年の先輩達に『後輩に嫉妬する暇あるなら、もっと練習時間増やして試合で活躍しろ！　あんたらの方がチームの足引っ張ってんだよっ』って、みんなの前で怒鳴

りつけてくれて。うちのバスケ部って、一番実力がある透矢先輩がチームをうまくまとめてくれてたから、ほかの先輩達も何も言い返せなくて、悔しそうに顔真っ赤にしてたよ。——ただ、そのおかげで嫌がらせはなくなったんだ」

つらそうな顔から、徐々(じょじょ)に笑顔に変わって、明るい声になっていく。

苦しい出来事を乗り越えて、過去のこととして受け入れたからこそ、優しく微笑むことが出来るのだと思った。

妹の前では暴君極まりなくて、自己中全開なお兄ちゃん。

だけど、家の外では、私の知らないところで困っている人を全力で守ってあげてたんだ……。

そんな話、うちでは一回もしたことないのに。

……ううん、違うな。

困ってる人がいたら救わなくちゃいけないという、義務感なんかじゃない。

単純に彼らの行為(こうい)がお兄ちゃんの中で許せないことだったから、正論をぶつけただけなんだ。

損得勘定(そんとくかんじょう)なしに『自分の意志』で動く人だから、何も悪いことをしてないのに、一方的な嫌がらせを受けて退部の危機に追い込まれている彼を放っておけなかったんだろう。

バスケ馬鹿のお兄ちゃんのことだ。たとえそれが上級生であっても、間違っていることは間違っていると、ハッキリ言うはず。

なぜなら、これ以上チームの輪を乱さず、真剣に練習に

励んでほしいと考えるだろうから。
「透矢先輩のおかげで嫌がらせがおさまって、バスケに専念出来る環境(かんきょう)を与(あた)えてもらえてさ……。俺、あの人には言葉にならないぐらい感謝してるんだ」

　自分の意見に逆らってつべこべ言う人がいたら、「文句あんのか?」って全力で圧力をかけにいくお兄ちゃんの姿が容易に想像つく。練習の邪魔になるような追っかけの女子にも、平気で「うるせぇっ」って怒鳴る人だもん。

　普段は外面いいくせに、バスケが絡むととたんに豹変(ひょうへん)するんだから。
「だから、透矢先輩に何かあったら、今度は必ず俺が助けにいくし、先輩の妹である笠原さんのことも困ったことがあれば手助けしたいと思ってる」

　言葉の端々(はしばし)から伝わってきたのは、佐野くんのお兄ちゃんに対する尊敬と感謝の気持ち。

　彼の真っ直ぐな思いに心を打たれた。

　穏やかな眼差(まなざ)しで微笑む佐野くんに、私はなんて答えたらいいのかわからなくて。
「……じゃあ、何かあった時は佐野くんに相談するね?」

　戸惑いつつも、素直に佐野くんの望みを受け入れることにした。

　私に優しくしてくれるのは、あくまでも恩返しのため。

　お兄ちゃんの妹だからって、ただそれだけの理由。

　特別な期待は抱(いだ)けないけど、どんな事情であれ、彼と繋がりを持てたことが嬉しくて。

「ん。約束するよ」

　佐野くんにすっと小指を差し出され、驚きで目を見開く。

　同時に、中学生の男子が『ゆびきりげんまん』してきたことをかわいいなとも感じる。

「……うん」

　温かな笑顔の裏に、佐野くんなりの固い決意が込められているのだろう。

　そう感じとった私は、彼の指に自分の指を絡めて「約束」を交わした。

　真夏の熱帯夜。ただそこにいるだけでしっとり汗ばむような、蒸し暑さの中。

　夜空にぽっかりと浮かぶ満月は白く輝いている。

　佐野くんが綺麗な顔で微笑むから、胸の高鳴りがどんどん大きくなって──ああ、うるさい。

　鼓膜まで響いて、服の上から左胸に手を添えたら破裂しそうなほど脈打っている。

「笠原さん、俺の話を聞いてくれてありがとう」

　なんの相槌も気の利いた言葉も返せず、黙って話を聞いていただけなのに、佐野くんが太ももに手をついて深々と頭を下げるから、オロオロしてしまった。

　だって、顔を俯かせる直前に垣間見えた佐野くんの表情が真剣そのもので、太ももの上で握り締めた両手の拳が小刻みに震えていたから。

　何か言いかけて、唇を引き結んで言葉をぐっと呑み込む。

　多分、彼は今、私を助けると約束することで、お兄ちゃ

んへの感謝の気持ちを表しているんだろう。
　お兄ちゃんは、かしこまった場が苦手で、なんでも軽いノリで受け流してしまうから。
　たったひと言、感謝の言葉すら耳を貸さずに避けるのは、その言葉を口にすることで恩義を発生させたくないからなんじゃないかな。
『どういたしまして』
　きっと、お兄ちゃんなら心の中でこう答えると思うから。
　心の中で返事をして、佐野くんが顔を上げるのを静かに待った。

夏の花火

「笠原さん、おはよう」
「……お、おはよう、佐野くん」
　佐野くんが先週末に泊まりにきてから、約１週間後の金曜日。
　私達は、校舎内で顔を合わせればお互いにあいさつし、ちょっとした世間話をするような仲に進展していた。
　会話といっても、ひと言ふた言話す程度。
　だけど、つい先日までと比べたらかなり大きな進歩。
　クラスメイト以上、友達未満。
　言葉にするとあいまいな関係だけど、以前よりもぐっと距離が近付いたのは本当で。
　たとえば、朝、昇降口の前でバッタリ会った時に、靴を履き替えていた佐野くんの方から笑顔であいさつしてくれたり、彼と普通に話せる自分の姿なんて１週間前には想像もつかなかった。
　人の話し声でざわめく朝の昇降口では、私の声なんてあっという間にかき消されてしまう。
　ボソボソ話してるから聞き取りにくいだろうに、佐野くんは爽やかな笑顔で微笑んでくれている。
「そういえば、昨日頼んだアレ、急に無理言ってごめん」
「う、ううん。佐野くんから頼まれたってお兄ちゃんから聞かされた時は驚いたけど、その……私で役立てることが

あればなんでも協力するので」

 ほかの人達の目を気にしながらコソコソ話していると、
「悠大、おっは～♪」
「おはよう、佐野！」

 廊下の方から篠原さんと矢口さんが歩いてきたので、すっと佐野くんから離れて、スノコに目を伏せる。
 鞄の紐を持ちなおし、緊張で顔が強張ってしまった。
「あれ？　もしかして今、笠原さんと話してたぁ？」

 篠原さんは疑わしそうに目を細め、横目で私の顔をジロジロ見てくる。探りを入れるような視線に、ビクリと肩が震えて、極度の緊張で体が固まってしまう。
「うっざ。佐野が誰と話してたっていいじゃん。彼女でもないのに話し相手まで制限しようとするとか、マジでありえないんだけど」

 すかさず篠原さんに突っ込みを入れる矢口さん。

 人を小馬鹿にするような口調にカッとなったのか、篠原さんは顔を真っ赤にして憤慨しだす。
「はぁ!?　誰も制限なんかしてないしっ。ちょっと聞いてみただけじゃん！」
「だーかーら、聞くこと自体がすでにおかしいんだっつの。あたしはべつに佐野が誰と何していようが佐野の自由だと思うから気にしないけど？」
「ちょっと！　何さりげなく上目遣いで『自分だけは理解してます』みたいなアピールしてんの。人をダシにして卑怯なんだけどっ」

「そっちこそ！」

目の前で言い合うふたりに私は呆然。

佐野くんはいつもの光景にうんざりしてるのか、首の後ろに手を添えて困ったように嘆息する。

「……今のうちに行って」

佐野くんにボソリと耳打ちされて、驚いて顔を上げると、行けというように顎を前に突き出していて。

無言でうなずき返し、彼女達の間をそっと通り抜けた。

クラスの中でもひときわ目立つ、人気グループの篠原さんと矢口さん。彼女達ににらまれたら、どんな目に遭うのか——想像するだけでも恐ろしい。

（やだな……）

佐野くんと仲良くなりたいなら、もっと堂々としてればいいのに、また人の顔色ばかり窺って……私の意気地なし。

自分の気持ちに素直になろうにも、周りの目を気にして身動きがとれなくなってしまう。

最近、そんな自分自身に改めてうんざりしてる。

佐野くんも人目を気にしがちな私に遠慮してか、話しかけてくる時は、人が見てないタイミングを見計らってくれてるみたいだし、かなり気を使わせてるよね……。

暗い気持ちを引きずったまま教室に向かい、自分の席に着く。そうして、始業のベルが鳴るまで読書のフリ。

いじめに遭ってるわけでも、クラスで孤立してるわけでもない。けど、本当に仲いい友達はひとりもいない。

ふと黒板に貼られた日めくりカレンダーを見れば、7月下旬。
　さっきからクラスメイト達が夏休みの話題で盛り上がっているからかな。
　遊ぶ約束をしたり、部活の日程を確認し合ったり、休み中でも会う予定を立てられる人達がうらやましくて、寂しくなった。
　頭に内容が入ってこないまま、開いた文庫本の文字をぼんやり目で追っていると、斜め前の席からカタンと椅子を引く音がして。
　ゆっくり顔を上げたら、鞄を机に置いて、こっちに振り返る佐野くんの姿が目に入った。
「さっきはごめん」
　周囲に気付かれないよう、口パクで謝罪される。
　きっと、篠原さんと矢口さんのこと、だよね……？
　申し訳なさそうに眉尻を下げて謝る彼に、小さく首を振って「気にしてないよ」と微笑んだ。
　その時、ちょうど始業のベルが鳴って、担任が教室に入ってきたので会話は中断。お互い姿勢を正して前に向きなおった。
　いつもと変わらない日常。
　だけど、ほんの少し前と比べて、明らかに何かが変わりはじめていて。
　斜め前の席に座る佐野くんの広い背中を見つめて、胸が締めつけられるようなもどかしさを感じていた。

(ほっぺたが熱い……)

机に頬杖をついて、真っ赤になった耳たぶを両手で隠すようにして俯く。

さっき、下駄箱の前で佐野くんが言いかけた言葉の続き。

それは、先週と同じく、佐野くんが今日もうちに泊まりにくることについてだった。

* * *

「……まさか２週連続でうちに泊まるとは予想もしてなかったな」

みじん切りにした玉ねぎを飴色になるまでフライパンで炒めながら、夢見心地で呟く。

佐野くんが泊まりにくることを知ったのは、昨日の夜。

部活から帰ってきたお兄ちゃんとふたりでご飯を食べてたら、突然『明日、佐野泊まるから。夕飯何食べたいか、メールで聞いとけよ』と言われて。

びっくりしすぎて、思わずお箸を床に落としてしまった。

それから、お兄ちゃんに指示されたからという名目で、佐野くんにメールすることに。

【送信メール】
201X／7／21（木）　20：12
To　佐野悠大くん
お兄ちゃんから話を聞きました。

> 明日、泊まりにくる時、夕ご飯で何か食べたいものとか
> リクエストはありませんか？

　散々悩んだ末に、震える指で送信ボタンをクリック。
　返事がくるまでの間は、ノートパソコンを開閉させて何度も受信ボックスをチェックしたり、部屋の中をうろうろしたりと落ち着きがなくて。
　佐野くんにメールするのは、あの時以来２回目。
　お兄ちゃんに言われたことだけ質問したけど、変な文章になってなかったかな？　なんて、待つこと10分。

【受信メール】
201X／7／21（木）　20：24
From　佐野悠大くん
笠原家にまたお世話になります。
うーん、リクエストかー。
どうしようかな（笑）
いっぱいありすぎて迷うけど、もし可能なら笠原さんが作ったハンバーグを食べてみたいです。
この前、全部おいしかったから＾＾

　佐野くんから返ってきたメールに顔中熱くなった私は、ベッドの上にダイブし、ハート形のクッションを胸に抱き締めて「きゃーっ」と手足をバタつかせて大興奮。
　メールが長文で返ってきたことにも、文章に（笑）が入っ

てたことにも、手料理を褒めてもらえたことにも、その全てに興奮して気持ちが騒いだ。

【送信メール】
201X年7／21（木）　20：31
To　佐野悠大くん
了解（りょうかい）です。
佐野くんの舌を満足させるよう、精いっぱい頑張ります。

　落ち着き払（はら）った文章で返信したもの、内心ではとても浮かれていた。
（佐野くんにおいしいって満足してもらえるように頑張らなくちゃ！）
　むくりと起き上がり、すぐさまインターネットでレシピサイトを検索（けんさく）する。その日の晩は、寝るまでの間、おいしいハンバーグの作り方を必死に研究していた。

　＊　＊　＊

　そんなわけで、朝から落ち着かない1日を過ごし、帰りのSHRが終わると同時に教室を出たのだった。
　ちょうど前菜のサラダと、ハンバーグのタネが出来上がり、あとは焼くだけ……というところで、お兄ちゃんと佐野くんが家に帰ってきて。
　玄関からふたりの話し声が聞こえてくるなり、妙に落ち

着かなくなって、キッチンの中をうろうろしてしまった。
　さ、佐野くんになんて声かけしよう。
　張りきってあいさつするのも変だし、かといって妙にかしこまってあいさつするのも気が引けるし、そもそも佐野くんがうちへ来ること自体がいまだに信じられないわけで——と、頭を抱えてうなっていると。
「お前、さっきからブツブツ言ってて気持ち悪いぞ」
「！？」
　いつの間にか帰宅していたお兄ちゃんに、ドン引き顔で指摘されて。
　ハッと我に返った私は、バスケ部のジャージを着たお兄ちゃんと、お兄ちゃんの後ろで苦笑している佐野くんがリビングにいることに気付いて顔面蒼白。
　好きな人に変なところを見られてショックを受けていると、佐野くんは「クスッ」と笑みを零し、爽やかな笑顔で微笑みかけてくれた。
「ただいま、笠原さん」
「っ、おかえり、佐野くん！　——と、お兄ちゃんも」
「おいっ。なんで俺がついでみたいな扱いなんだよ！！」
　お兄ちゃんの鋭い突っ込みに佐野くんと目を合わせて同時に噴き出す。
　……あ、そうか。
　べつに佐野くんがうちにいるからって変に意識したり、焦ったりしないで、普通に過ごしていればいいんだ。
　だって、ここは学校の中じゃない。自分の家なんだから、

人目を気にする必要なんてないんだ。
　そう考えたらいくぶんか気持ちも楽になって、前回よりも自然におもてなし出来ていた。
　先週末と同じように、夕飯が出来るまでの間、お兄ちゃんと佐野くんはリビングでＮＢＡの試合を鑑賞。
　海外のバスケ選手について夢中で語り合う彼らをカウンター越しに眺めながら、私も料理に専念して。
　それから約15分後に夕飯が出来上がった。
「あ、待って。俺も運ぶから」
　ダイニングテーブルに食事を運んでいたら、途中(とちゅう)で気付いた佐野くんがお手伝いしてくれた。
「ありがとう、佐野くん……」
「いいえ。こちらこそ、どういたしまして」
「おーっ、やっとめし出来たか。って、なんだこれ。普段こんなの食器の下に敷いてないのに、なんでランチョンマットとか用意してんだよ」
「べ、べつにいいでしょ。お客さんが来た時くらい」
　お兄ちゃんと佐野くんは隣同士に、私はお兄ちゃんの向かいの席に腰を下ろし、全員で「いただきます」をする。
　今日のメインは、佐野くんからリクエストを受けた手作りハンバーグ。サイドメニューには、コーンスープ、野菜サラダ、フライドポテトを添えてみた。
「うまっ」
　ハンバーグを頬張るなり、目を見開かせて興奮気味に何度もうなずく佐野くん。彼の反応が気になって食事どころ

じゃなかった私は、ほっと安堵の息を漏らした。
「よ、良かったぁ〜。佐野くんの口に合わなかったらどうしようって、ずっと心配してたんだ」
「お世辞抜きに本当にうまいよ。やっぱり俺、笠原さんの手料理すごく好きだわ」
「っ」

　不意打ちの褒め言葉に顔中真っ赤に染まってしまう。
　両手で頬を押さえて俯く私を見て、お兄ちゃんはシラけた様子で「あー、あちぃあちぃ」と右手をうちわ代わりにしてパタパタ振っていた。もう。わざとらしいんだから。
　食事が終わったあとは、佐野くんが食器を下げるのを手伝ってくれて、ふたりで洗い物をした。
　お客さんに手伝わせるわけにはいかないと断ったものの、それじゃ申し訳ないからと強引に押しきられ、私がスポンジで食器を洗い、佐野くんが水で洗い流す係に。
　分担作業のおかげでいつもより早く食器洗いが片付き、その間にお兄ちゃんがお風呂にお湯を入れておいてくれたので、佐野くんから順番に入浴していった。
　どうやら、バスケの特訓は明日からで、今夜はうちでのんびり過ごすらしい。
「ねえ、佐野くんの着替えってどうしたらいい？　鞄の中を勝手に開けるわけにもいかないし、学校帰りにそのまま来た感じだったから」
　佐野くんがお風呂に入ってから着替えのことを思い出し、ソファでくつろいでいたお兄ちゃんに質問する。

「あー、２階の俺の部屋から適当にサイズ合いそうなの出しといて。ついでにバスタオルも」
「わかった。じゃあ、タンスの中開けさせてもらうね」
　返事を聞くなり、すぐさま２階に向かおうとしたら、後ろから「奈々美」とお兄ちゃんに呼び止められて。
　何、と振り返ったら、いつになく真剣な顔したお兄ちゃんと目が合った。
「――お前、佐野のこと注意深く見といてやれよ」
「え……？」
「部活中とか休日だったら俺も見守っててやれるけど、それ以外の時間となるとなかなか難しいからな。お前は同じクラスだし、話聞いたら席も近いっていうから、アイツの異変に気付いたらいち早く俺に報告してくれ」
　意味深な言葉に胸がざわめき、困惑する。
　お兄ちゃんの表情からは冗談を言ってるようにも見えず、むしろその反対に深刻な様子すら窺えて、ただならぬ事態を予感させた。
　一体なんのことを指しているのか全くわからない。
　みんなの人気者で、欠点なんてひとつもなさそうな佐野くんのどこに注意深く見守ってなければならないものがあるというんだろう。
　部活の先輩・後輩の関係にしては、相手のプライベートに踏み込みすぎてるような……。
　まさかと、疑わしい目でお兄ちゃんをにらみ付ける。
「お兄ちゃん、男の人が好きとかそういうんじゃないよ

ね?」
「馬鹿っ、ちげぇよ!! どこをどう結びつけたらそんな発想になんだよっ。頭沸いてんのかお前は!!」
　手元にあったクッションを投げつけられて、とっさに身をかわす。
「良かった。変なこと言うから、てっきりその気があるのかと疑っちゃったよ」
　壁にぶつかって落ちたクッションを拾い上げ、お兄ちゃんにパスする。全く、物に当たらないでよね。
「おいっ、人の話を最後まで聞けっつの」
「はいはい。着替えの用意してくるからあとでね」
　真面目に心配して損した、と呆れながら2階へ上がり、着替えを取って下りてくると、リビングからお兄ちゃんの姿が消えていた。
　トイレにでも行ったのかな、と気にすることなく、バスタオルと着替えを抱えてバスルームに向かう。
「さ、佐野くん。失礼するね」
　ドアをノックしてから中に入ると、浴室からシャワーの音が聞こえてきてほっとした。
　うっかりお風呂上がりに遭遇しなくてよかった。
　ドラム式の洗濯機のそばに行き、籠の中に着替えとバスタオルを入れて、その場を去ろうとしたら、ガチャッとバスルームの扉が開いて。
　浴室から湯気に包まれた佐野くんが出てきて、お互いにぎょっとしてしまった。

「うわっ」
「ご、ごめんね佐野くんっ」
　佐野くんはすぐさま浴室に戻り、私も慌てて洗面所を出る。
　後ろ手にドアを閉めると、真っ赤な顔でその場にしゃがみ込んでしまった。
　うう。ある程度はお兄ちゃんの裸で見慣れてるけど、同級生の、ましてや佐野くんの裸を見ちゃうなんて……。
　せめてもの救いは、佐野くんが腰にタオルを巻いていたことぐらい。
「……って、あれ？」
　たった今目にした光景に『ある違和感』を覚えて首を傾げる。
　佐野くんの脇腹あたりに大きなあざが見えたような……。
　ううん。脇腹だけじゃない。お腹まわりを中心に細かな擦り傷や、打撲の痕も見えた気がする。
　部活の練習中に相手とぶつかって出来たものなのかな？
　お兄ちゃんも練習しすぎでしょっちゅう怪我してくるけど、どちらかといえば手首や肘、足首や膝の方に負担がかかっていて、お腹まわりは滅多に負傷しないんだけど。
「考えすぎ、だよね……？」
　妙な胸騒ぎを感じるものの、ふるふると頭を振って流す。
『——お前、佐野のこと注意深く見といてやれよ』
　お兄ちゃんが変なことを言うから……ほんの一瞬、嫌な想像をしてしまっただけ、だよね。

「よし、奈々美も風呂上がったな。さっそくだけど、今から庭で花火するぞ」

みんなで順番にお風呂に入り、湯上がりにリビングで頭についた水滴をバスタオルで拭っていたら、1階に下りてきたお兄ちゃんが「早く行け」と庭を指差した。

パジャマ姿でのんびりくつろいでいた私は、ソファから立ち上がり、きょとんと首を傾げる。

「『早く』って言われても、急に用意なんて出来ないよ」

「さっき、お前が風呂入ってる間にスーパーで花火買ってきといたんだよ。ついでにスイカも。夜だから打ち上げやロケットとかは無理だけど、手持ち花火ぐらいなら大丈夫だろ」

私の目の前までやってきたお兄ちゃんが、後ろ手に隠していた花火のパックを見せてきてニッカリ笑う。

お兄ちゃんの後ろに立っていた佐野くんも控えめに苦笑していて、彼と目が合った私は、自己中な兄に付き合わせてごめんねという意味を込めて苦笑いを返した。

それから、お兄ちゃんが買ってきた花火と着火ライター、水の入ったバケツを持って私達3人は庭に移動した。

うちは門扉から庭までレンガブロックの塀で高く囲われているので、外からは中の様子が窺えないようになっている。

庭にはお兄ちゃん専用のバスケットゴールが設置されていて、年季の入ったそれはネットの部分がボロボロに。

それだけ長い間、バスケに励み続けてきた証でもある。

「じゃあ、花火に火ぃ点けるぞ〜」

　左手に手持ち花火を持ったお兄ちゃんが、花火の先に火を点け「こっから火もらってけよ」と促してくる。

　私と佐野くんもお兄ちゃんに続いて花火を手に持ち、コンクリートの地面にしゃがんで、色とりどりに変化していく火花を楽しんだ。

　隣に座る佐野くんの横顔をこっそり見つめたら、彼は口元に緩く弧を描いて花火を眺めていた。

　花火の光が私達の表情を明るく照らし、夜空に煙が立ちのぼる。

　辺りに充満する火薬のにおい。何気ない会話で盛り上がり、3人で声を揃えて笑う。話の内容はほとんどバスケ絡みで、私は相槌を打つばかりだったけど、それでも純粋に楽しいなぁと思った。

　みんな笑顔で、みんな熱中していた。

　お兄ちゃんと、佐野くんと、私。

　3人で花火をすることが。

　好きな人と同じ景色を眺められることが。

　居心地のいい、この場の雰囲気が、全て楽しくてしょうがなかった。

「そういえば、透矢先輩のご両親は今日も夜遅いんですか？」

「ああ。大体深夜に帰ってきて、朝も遅めの出勤だから、俺らと生活サイクルがずれてるんだよな」

「そうですか……。泊まらせてもらってるので、あいさつ

だけでもしておきたかったんですけど」
「それなら、明日の朝、ふたりが起きた頃に声かけてやるよ。うちの親も佐野に会いたがってたし」
「ありがとうございます」
　佐野くんとお兄ちゃんの会話を横で聞いてると。
「奈々美、スイカ切ってきて」
「うん」
　お兄ちゃんに頼まれ、すぐさまキッチンへ。
　花火が終わると同時に、今度は３人で縁側に並んで座り、お皿に盛ったスイカを食べた。
　座り順は、真ん中に佐野くん、彼の右側に私、左側にお兄ちゃんという並びで、お兄ちゃんに返事する度に必ず佐野くんの横顔が視界に入ってドキドキした。
「スイカおいしいですね。透矢先輩、ごちそうさまです」
「糖度高いの選んできたからな。奈々美の好物だし、たまには労（ねぎら）いの品を献上（けんじょう）してやらないと家臣も反発するだろ？」
「……お兄ちゃん、家臣って誰のこと言ってるの？」
　お兄ちゃんにお礼する佐野くん。妹を家臣呼ばわりするお兄ちゃんと、そんなお兄ちゃんに頬を膨らませて怒る私。
「誰ってひとりしかいねーだろ。俺の妹に生まれた段階でお前は俺のパシリじゃん」
「そんなわけないでしょ！　お兄ちゃんの馬鹿っ」
「――ふはっ、ふたり共落ち着いて」
　いつものように言い合いを始める私達兄妹に、佐野くん

がこらえきれないといった様子で噴き出す。
　口元を片手で覆い隠しながら笑う佐野くんにつられて、私とお兄ちゃんも噴き出した。
　蛙(かえる)の鳴き声に重なるように、私達の笑い声が響く。
　両手でスイカを持ち上げながら、ふと見上げた夜空。
　綺麗に浮かぶ月を見て、明日も天気になるだろうなと思った。
（――佐野くんと今よりもほんの少しでいいから仲良くなりたい）
　隣で無邪気に笑う彼を見て、心からそう思った。

ふたりきり

　小さい頃から引っ込み思案で人見知りの激しかった私は、いつもみんなの輪からあぶれてひとりで過ごすことが多かった。

　家族相手なら普通に話せるのに、人前に出たとたんに緊張してうまく話せなくなる。みんなみたいに会話のキャッチボールがうまくいかなくて、言葉に詰まってしまう。

　お母さんに聞くところによると、生まれつき恥ずかしがりやみたいで、赤ちゃんの頃から知らない人の腕に抱かれると大泣きしていたそうだ。

　物心ついた時には、お兄ちゃんの背中に隠れて様子窺いをしていたのを覚えている。

　そんな調子なので、幼稚園でも友達はひとりもおらず、いつも教室の隅っこでぽつんと絵本を読んでばかり。

　それは、小学校に上がってからも同じで……。

　いつもひとりの私を心配したお兄ちゃんは昼休みや放課後になると教室まで私を迎えにきて、友人達の輪に入れてくれた。

　私はみんなの話を聞いてただけだけど。

　それでも、私が寂しい思いをしないように陰でフォローしてくれるお兄ちゃんの優しさに救われていたんだ。

　　＊　　＊　　＊

【受信メール】

201X年7月25日(月) 10:05
From　佐野悠大くん
先週はお世話になりました！
　笠原さんと透矢先輩のおかげで楽しい時間を過ごせて感謝してます。ありがとう。
　来月は、いよいよ全国大会。
　透矢先輩から特訓を受けている分、試合本番も活躍出来るように頑張らないと。
　夏休み中には泊まり込みの合宿もあるしね。

【送信メール】

201X年7月25日(月) 11:20
To　佐野悠大くん
佐野くん、おはようございます。
　こちらこそ、佐野くんが来てくれてとても楽しかったです。
　お兄ちゃんとの言い合いを見せてごめんなさい＞＜；
　バスケの試合、佐野くん達のチームが勝てるよう本気で応援してます！
　お兄ちゃんにとっても今年が中学時代最後の大会なので、こっそり応援に駆けつけるかもしれません。
　今日から夏休み。
　お互い充実した日々になりますように。

【受信メール】

201X年7月25日（月）　12：46

From　佐野悠大くん

今、部活の昼休憩。

体育館は冷房（れいぼう）があまり効いてなくて汗ダラダラ（笑）

1時から練習再開なので、今のうちに返信しとく。

俺も笠原さんが応援しにきてくれるの楽しみにしてるよ。

話変わるけど、この前作ってもらったはちみつレモン、良ければまた食べたいです。

……なんて、図々（ずうずう）しくてごめん。

【送信メール】

201X年7月25日（月）　13：10

To　佐野悠大くん

練習お疲れ様です。

ニュースを見てると、今年も熱中症（しょう）で倒れる人が多いそうなので、こまめに水分補給をして、体調が悪くなる前に涼しい場所に避難してくださいね。

私が作ったはちみつレモンなんかでよければいつでも差し入れしにいきます！

【受信メール】

201X年7月25日（月）　18：37

From　佐野悠大くん

> ついさっき、部活が終わったよ。
> 今日も透矢先輩のしごきに部員みんなで悲鳴を上げながら練習に励みました(笑)
> よっしゃ！ じゃあ、近いうちにお願いしようかな。
> あと、泊めてもらったお礼もしたいから、笠原さんさえ良ければ今週の水曜日、ふたりで出かけない？
> ちょうど顧問の都合で部活が休みなんだ。

「嘘っ」
　夕方頃、お兄ちゃんの帰宅に合わせて晩ご飯の支度を終わらせた私は、2階の自室に戻ってパソコンの新着メールをチェックするなり、佐野くんから届いた返信を読んで驚きの声を上げてしまった。
　瞬きを繰り返して何度も読み返すものの、にわかには信じられず、思いっきり自分の頬を指でつねってみると……うん、痛い。
　ということは、これは夢でも幻でもなく、確かな現実なわけで。
　しばらくの間、パソコン画面を放心状態で見つめたあと、佐野くんから届いたメールを一括保護した。

*　*　*

「おはよう、笠原さん」
「お、おはよう、佐野くんっ」

夏休み初日にお誘いを受けてから2日後の朝。

午前10時に地元の駅で待ち合わせした私達は、隣町行きの切符を買い、ガラガラの無人ホームで電車待ちしていた。

寂れた駅のホームは、線路の周囲に雑草が生い茂り、のどかな田園風景が広がっている。

「電車来るまで時間あるし、あっちで待ってようか」

「う、うん」

直射日光を避けるために屋根付きの待合室の中に入り、ふたりで肩を並べてベンチに座る。

私は緊張しすぎて俯いたまま。

そんな私の様子につられてか、佐野くんもなんて話題を振ったらいいのか、頭を掻いて悩んでる模様。

ふたりの間には、微妙な沈黙が流れ続けている。

「…………」

「…………」

(……やっぱり少し気まずいな)

共通の話題がないので、沈黙に包まれて胃が痛くなる。

こういう時、篠原さんや矢口さんみたいに活発的な子達は自分からいろんな話を振って盛り上がるんだろうな。

メールだと顔を見なくていい分、気軽に話せるんだけど、直接だと変に緊張しすぎてうまく話せない。

——それに。

佐野くんの横顔を盗み見て、ぱっと視線を逸らす。

今日も私服がオシャレでカッコいいなぁって、つい彼に見とれてしまって頬が熱くなる。

左胸にポケットがついた無地の白Ｔシャツ、カーキ色のカーゴパンツにスニーカー。
　ラフな服装なのにさまになってるのは、それだけスタイルが抜群の証拠だ。
　小顔で手足が長いなんてうらやましい。
（私の格好、変じゃないかな……？）
　この日のためにクローゼットの中から夏服を全部引っ張り出して、いろいろ組み合わせを変えたりしながら選んでみたけど、あんまり自信がない。
　パフスリーブの白Ｔシャツに、ネイビーのゆったりしたサロペットに、サンダル。髪の毛は、右耳のすぐ下でサイドポニーにまとめて、リボン付きのヘアゴムで結んでいる。
（……結局、お兄ちゃんがいないとうまく話せないや）
　太ももの上で両手を握り締め、落胆のため息を零す。
　佐野くんはズボンのポケットからスマホを取り出し、画面をスクロールしながらＷＥＢサイトを閲覧してるし、私といて退屈に違いない。……なんて、被害妄想が膨らみ、ネガティブ思考に陥っていると。
「──で、今から向かう場所なんだけど、最初に映画館でもいい？」
「へ？」
　しゅんとしてたら、佐野くんに横から顔を覗き込まれていて、目の前に前売り券を差し出された。
「一応、今日の予定、先にひとつだけ決めておいたんだ。これを観ようかなって思ってるんだけど」

「あっ、この映画って……！」
　それは、最近テレビのＣＭで見た邦画のラブストーリー。すでに原作小説を読み終えていた私は、大好きな作品タイトルに瞳を輝かせた。
「あ、あのね……私、この作者さんの書く話がすごく好きで。図書館で借りたり、本屋で買ったりしてよく読んでるの。特に、今回ははじめての実写化で気になってたから、観たいと思ってた。それで映画を観る前に読みなおしてたんだけど──」
　つい興奮気味に早口でまくし立ててしまったことに気付き、ハッと我に返る。
「ご、ごめんなさい……」
　恥ずかしさで顔が熱くなるのを感じて、両手で顔を覆い隠しながら謝った。
「ははっ、謝る必要ないじゃん。ていうか、元々笠原さんが教室でこの本読んでるの思い出して選んだんだし」
「えっ」
「話しかけようかなって笠原さんの方を向くといつも本読んでるから、なんとなくタイトルを覚えてたんだよね」
「そ、そうだったんだ」
　まさか教室でも私を気にかけてくれていたなんて……。
　てっきり私の存在なんて、お兄ちゃんのおまけ程度にしか思ってなかったから、意外すぎて驚いた。
　お兄ちゃんがいなければ眼中にない存在だと思い込んでたし……。

「──っと、話してるうちに電車来たっぽい。行こうか」
　ベンチから立ち上がり、佐野くんが私に右手を差し出す。
　その手をドキドキしながら握り返し、ふたりで１番線ホームの乗車口に並んだ。
『……１番線ホームに○○行き、各駅停車が参ります。危険ですので、白線の内側までお下がりください』
　ジリジリとアスファルトの地面を照りつける真昼の太陽。
　全身にしっとり汗をかいているせいで、佐野くんと繋ぐ手が汗で滑りやしないか心配になる。
　到着(とうちゃく)した電車がプシューッと音を立てて、扉が左右に開く。
　黄色い点字ブロックの上から一歩踏み出そうとしてギクリとして固まったのは、電車の中から見覚えのある人物が降りてきたから。
「あれ、佐野じゃない？」
　声をかけてきたのは、黒いTシャツにデニムのショートパンツをはいた、同じクラスの矢口さんだった。
「やっぱりそうだ。え〜何、今からどっか出かけるの？あたしは親戚ん家に行ってきた帰りなんだけど──」
　佐野くんの顔を見て嬉しそうに表情を綻ばせた直後、隣にいる私の存在に気付いて訝(いぶか)しげに眉を顰(しか)められる。
　彼女の顔つきが露骨(ろこつ)に険しくなったのは、私と佐野くんの手が繋がれているのを発見したせいだと思う。
　直感的にやばいと感じた私は、反射的に佐野くんの手を

振りほどき、顔を俯かせて黙り込んだ。
　女子からの人望が厚くて、人気者の矢口さん。
　そんな彼女に目をつけられたら……と想像するだけで恐ろしく、みるみるうちに顔が青ざめていく。
「……なんで笠原さんといるの?」
「悪い。もうすぐ電車出るから」
　元々の猫目を鋭く細めて、矢口さんが佐野くんに詰め寄ろうとするものの、佐野くんは動じた様子もなく、私の手を引いて電車に乗り込んでしまう。
「ちょっと!　佐野っ——」
　プシューッと扉が閉まり、電車がゆっくり動きだす。
　ホームに取り残された矢口さんは、納得いかなそうにこっちをにらみ付けていた。
　ガタンゴトン、と静かに揺れるガラ空きの車内。
　ドアの近くの席に並んで座った私達は、目的地に着くまでの間、ほぼ無言状態で俯いていた。

　隣町の駅に到着したあとは、駅のロータリーから直結している大型ショッピングモールに入り、建物内の映画館に足を運んだ。
　夏休みということもあってか、若い人達がたくさん来ていて、チケットカウンターは混雑していた。
「座席指定してくるから、椅子に座って待ってて」
「あ、あの、そういえば、チケット代払うよ」
　列に並ぼうとする佐野くんを引き留め、慌ててお金を払

おうとしたら、首を振ってやんわり断られてしまった。
「今日は俺が笠原さんにお礼をしたくて呼び出したんだから、気にしないで」
　行ってくるね、と列の最後尾(さいこうび)に並びにいく佐野くん。
　せめてものお礼に私はポップコーンとジュースを売店で購入(こうにゅう)し、佐野くんが戻ってくるなり差し出した。
「お待たせ。ちょうど真ん中の席取れたから、かなり見やすいはずだよ——って、わざわざ買っといてくれたの？」
「もうすぐ上映時間だし、先に買っておこうと思って」
「マジで？　あとで払うから、いくらだったか教えて」
「う、ううん。チケットのお礼だから……」
　小さく首を振ると、佐野くんに「ありがとう」と優しく微笑みかけられ、顔中に熱が集中した。
「貸して。俺が運ぶよ」
　そう言って、さりげなくトレーを受け取り、座席まで運んでくれたんだ。
　席に着くと、5分もしないうちに照明が落とされ、上映前の予告動画が流れはじめた。
　佐野くんとうまく会話が出来ず、若干プレッシャーを感じはじめていた私は、ほっと胸を撫で下ろす。
　本編が始まると、佐野くんは真っ直ぐにスクリーンを見つめていて、真剣な横顔を盗み見る度にドキドキした。
　映画の内容は10代のラブストーリーで、旬(しゅん)の若手俳優と人気アイドルが共演したことで話題になった注目作。
（……確かに、面白いんだけど）

うーん、なんだろう……。

　原作小説を先に読み込んでいたせいか、話の流れが大幅に端折られていたり、重要なセリフがカットされていてモヤモヤする。

　ＣＭの予告を観て期待していただけに落胆も激しく、映画が終わるなり「原作と全然違う」と不満を零してしまった。

「原作には壁ドンや顎クイなんてなかったし、ヒーローが強引に迫るような描写もなかったよ。むしろ、主人公を優しく包み込んでくれるような優しい人で——って、ごめんなさい。また暴走しちゃった」

　エンドロールが終わり、照明が明るくなったホール内。

　ほかの観客が帰り支度を整えて出ていく中、ひとり興奮を抑えきれなかった私は、座席に座ったまま熱弁してしまい、ハッと我に返る。

　せっかく佐野くんが選んでくれた映画なのに、不満を零すなんて最悪だよね。こんなんじゃ呆れられちゃう。

　しゅんと肩を落として落ち込んでると、佐野くんがこらえきれないといった様子で「ふはっ」と噴き出していて。

　手で口元を覆い、肩を震わせながら笑っている彼に、きょとんとしてしまった。

「さっきも思ったけど、笠原さんて好きな話題になると急に熱くなるよね」

　佐野くんは目尻に浮かんだ涙を指先で拭い取り、私と目を合わせて、いたずらっぽくはにかむ。

図星を突かれたのと、含みを持たせた笑みにドキッとして、金魚みたいに口をパクパクさせてしまう。今日は、佐野くんに恥ずかしいところを見られてばっかりだ。
　──でも。
「笠原さんがそこまで熱弁するってことは、原作がよほど面白いってことなんだろうし、俺も読んでみようかな」
　佐野くんが共通の話題で会話を盛り上げようとしてくれてることに気付いてしまった。
「確か、１階のフロアに本屋があったよね？　ここ出たら、そっちに行こうか」
「う、うんっ」
　佐野くんは優しいね。
　気まずい空気にならないよう、さりげなく会話をリードしてくれてる。
　そういう部分に惹かれて、また憧れが募っていくんだ。
　本屋に移動すると、レジ前の目立つ場所に原作本が並んでいるのを発見。すぐさま駆け寄り本を手にして、いかに原作が面白いか、ネタバレにならない程度に力説した。
「そこまでオススメなら、俺も買って読んでみようかな」
　佐野くんは高く平積みされた中から１冊手に取り、レジに向かっていく。
　再び我に返った私は「またやってしまった……」と後悔しつつ、本に興味を示してもらえたことが嬉しくて、口元が緩んでいた。
　本屋のあとは、フードコートに移動して、少し遅めの昼

食を取った。
　それぞれが注文した食べ物を交換して食べながら、今観た映画の話題や、夏休みの宿題についてあれこれ語りはじめて。
　長い時間、ずっと一緒にいたからか、はじめの頃よりもだいぶ緊張が解けて、リラックスして会話を楽しめていた。
「それで、この前、部活中に透矢先輩が──」
「ふふっ。やだ、お兄ちゃんったら。恥ずかしいなぁ」
　ふたりでクスクス笑いながら、いろんな話をしていく。
　あんなに遠い存在だと思っていた佐野くんが、今は誰よりも身近に感じて、居心地の良さすら感じていた。
　食事が終わると、佐野くんが見たがっていた２階のスポーツ用品専門店に移動して、バスケ関連のアイテムを見て回った。
　佐野くんはバッシュが置かれた棚の前で「この靴、カッコいいなぁ」と呟きながら商品を手に取り、値段を確認するなり顔を顰（しか）めて、そっと戻す。
　その姿がおかしくて思わず「ぷっ」と噴き出してしまう。
　落ち着いた性格のせいか、年齢よりも大人っぽい印象を受ける佐野くんだけに、年相応な一面を見れて、なんだかとても親近感が湧（わ）いて嬉しくなった。

「今日は、いろいろと付き合ってくれてありがとう」
「私の方こそ、今日は本当にありがとう。前から気になっていた映画も観れたし、佐野くんともたくさん話せて楽し

かったよ」
「ふはっ、映画と言えば、上映後の笠原さんの不満げな表情。あれ、地味にツボった」
「！　そ、そのことはもう忘れて……っ」
「あはは。無理だって。——まあ、家に帰ったら、今日観た映画と原作を比較(ひかく)してみるよ」

　夕方の6時過ぎ。
　ショッピングモールを出た私達は、駅のホームで電車が来るまで立ち話をして待っていた。
　ふと次の電車が来る時間を確認すると、あとまだ10分以上、待たなきゃいけないみたい。
　佐野くんは電車の時間を確認しながら少しスマホをいじったあと、ズボンのポケットにしまう。
　普段なら退屈な待ち時間も、佐野くんが隣にいるおかげで気にならない。それどころか、電車がもっと遅く来ればいいのにと願うほどだった。
　夢のような時間が終わるのは、正直寂しい。
「——あ、ごめん。電話だ」
　楽しく雑談してると、佐野くんが顔の前で両手を合わせて、ズボンのポケットからスマホを取り出した。
　どうやら、着信が入ったみたい。
　通話の邪魔にならないよう、正面を向こうとした時。
「もしもし？　何？」
　佐野くんは通話ボタンをタップして、受話口を耳に当てながら、うんざりした声を吐き出した。

「……っ、ふざけんな！　それぐらいテメェで用意しろよっ」

　眉間に皺を刻み、大声で怒鳴る佐野くん。

　温厚な彼の人柄からは想像もつかない乱暴な言葉遣いに驚き、何よりも悲しそうに眉尻を下げる彼の表情に胸がざわめいた。

　一方的に通話を切ると、前髪をくしゃりと握って……。

　どれくらいの間そうしていたんだろう。

　重苦しい沈黙が流れる中、ハッと正気を取り戻した佐野くんは、私に「ごめん」と言って目を伏せた。

「家族から電話があって……くだらない用件だったから、つい」

「…………」

「変なとこ見せたよね。……気にしないで」

　佐野くんが悔しそうに唇を引き結んで黙り込む。

「あ、電車来たっぽいよ」

　取り繕った笑顔を浮かべてホームの中を覗く佐野くん。

　つくり笑顔だってバレバレなだけに、言葉に出来ない痛々しさを感じて胸が締めつけられる。

　だから、だろうか。

　ホームに電車が到着して、目の前で扉が開くと同時に、佐野くんの腕を掴んで、振り返った彼にこう告げていた。

「佐野くん、無理しなくていいよ」

　プルルル……とプラットホームに流れる発車の合図。

「無理に、笑わないで」

ドアが閉まる直前に乗り込み、ふたりで並んで立つ。
「なん、で……」
　私の言葉に、佐野くんが動揺したように顔を引きつらせて、率直な疑問を口にする。
「なんで、そう思ったの？」
　ガタン、ゴトン……と静かに電車が動きだす。
　佐野くんを掴んでいた手を離し、しばらく俯いてから、真っ直ぐ顔を上げて、心配げな瞳を彼に向けた。
「……私の思い込みかもしれないけど、佐野くんて誰にでも優しくていつも笑顔なのに、本当は誰にも心を許してないような気がして」
　なんとなく、だけど。前々から感じてたことを口にする。
「今、怒ってる佐野くんをはじめて見て、素の状態はそっちなのかなって思ったから。いつも怒ってる、とかじゃなくて……うまく言えないけどいろいろため込んでるのかなって」
　整った外見。成績優秀で運動神経抜群の優等生。
　温厚な性格で人望も厚く、誰からも好かれている人気者。
　そんな隙のない彼に憧れていたけど。
　たった今、この瞬間に気付く。
　これまでの私が佐野くんの『表面』しか見ていなかったということに……。
　人気者の佐野くんというイメージばかりが先行して、素顔の彼を知ろうともしなかった。
「前から、時々、思ってたの。佐野くんはふとした瞬間に

寂しそうな顔してるなって……」
　女子達が自分を取り合って言い争いをしている時、佐野くんは痛みをこらえるようにつらい顔して、その場から立ち去っていく。
　あの時も——恐喝されていた生徒を助けた時も、ぞっとするような冷酷な表情で相手の首を締め上げているのに、どこか傷付いた表情を見せていた。
　バスケ部の先輩に嫌がらせを受けていた話を聞かされた時もそう。
　決して言葉にしたわけじゃない。
　だけど、なんとなく感じるんだ。
　人の怒りや憎しみ、暴力を深く嫌悪してるのが。
　佐野くんを知れば知るほど、心の闇が垣間見えて。
　本心を見抜かれないよう、人当たりのいい人間を演じてることで、自分自身の本音を隠しているように感じたんだ。
「……私、も。口下手で思ってることを人に言えないから、ストレスをため込みがちで。そういう時ほどお兄ちゃんは気付いてくれて、私をわざと怒らせてきたり、用事を言いつけたりして、悩み事を忘れさせてくれるの」
"お兄ちゃん"という言葉に反応して、佐野くんの表情がふっと緩み、ほっとしたような顔に変化する。
　迷子になった子どもが親を見つけた時のような、安心した表情。
　やっぱり、佐野くんにとってうちのお兄ちゃんは特別な存在なんだと改めて実感させられる。

「——わかる。透矢先輩って、勘が鋭いっていうか、傷付いてる人を見抜くのに長けてて、そういう人を見つけると無理なく近付いて相手の懐にするっと入っていくよね。相談に乗るわけでも慰めてくれるわけでもないのに、普通に接してくだらないことで笑わせてくれるんだ」

　佐野くんは窓の外に目をやり、流れゆく景色を眺めながら、ポツリと呟く。

「笠原さんも、透矢先輩と似てるね。人の変化によく気付く」

　長い睫毛を伏せて、佐野くんが苦笑する。

　どこか自嘲気味な笑みに、胸の奥がチクリと痛む。

「……俺の家、ちょっと今複雑で。家の中にいると、息が詰まって、窒息しそうな気分になるんだ。そのことを、なんとなく透矢先輩が察してくれて、それで、最近よく笠原さんの家にお世話になってた」

　独り言のように、遠い目をして語る佐野くん。

　その表情は、やっぱりどこか寂しげで。

　こんな時、お兄ちゃんならなんて言って励ますんだろう？

　どうやって彼の不安を取り除いてあげる？

　口下手な私は、泣きそうな顔で黙って聞いてあげることしか出来なくて。

　行動力のある兄と違って、ちっぽけで無力な自分が情けなくて、歯がゆさを感じていた。

「おせーぞお前ら。ここで何分待ったと思ってやがる」

地元の駅に着くと、なぜか駅の待合室にお兄ちゃんが来ていて、私達を見つけるなりベンチから立ち上がった。
「えっ、お兄ちゃん!?　なんでここに……」
「あ、ごめん。透矢先輩に頼まれてて、電車に乗る前に何時に着くか伝えてあったんだ」
「ったりめーだろ、オメー。佐野の性格上、自分の家と反対方向なのにコイツを送ってきて帰りが遅くなるのは目に見えてるし。妹に１日付き合ってもらっただけでもわりぃのに、そこまで面倒見させらんねーだろ」
　だるそうに頭の裏をかいて、短く舌打ちするお兄ちゃん。
　来い、と顎先で促され、慌ててあとを追う。
　どうやら、自転車で迎えに来てくれたらしい。
「さ、佐野くんっ。今日は本当にありがとう！　あの……最後、電車で変なこと言ってごめんね」
「ううん。こっちこそ、変なとこ見せてごめんね。じゃあ、また」
　佐野くんはにこやかに手を振り、駐輪場に向かう私達とは反対方向に向かって歩きだす。
　すっかり日が落ちて、真っ暗になった道を歩いていく佐野くんの後ろ姿を一瞬見送る。
　彼との今日１日を振り返り、名残惜しさを感じつつも、お兄ちゃんのあとに続いて駐輪場まで急いだ。
「うら。後ろに乗れ」
「……お兄ちゃん、自転車の二人乗りは法律で禁止されてるんだよ？」

自転車のサドルに跨り、後ろに乗れと促すお兄ちゃんを注意したら「るせぇなー。んなのバレなきゃいんだよ」と短く舌打ちされて。
　断ったところで無理矢理乗せられるのはわかりきってるので、苦言を呈しつつ、大人しく荷台に横座りして、お兄ちゃんの腰に腕を回した。
　キィ……と強くペダルを踏み込み、満天の星空の下を走りだす自転車。
　流れる夜風が髪をなびかせ、澄んだ空気を吸い込んで、お兄ちゃんの背中にそっと額を預ける。
「……ねぇ、お兄ちゃん。正直に答えてね。今日、佐野くんに私と出かけるようお願いしたでしょ？」
　目をつぶりながら聞いたら、お兄ちゃんがギクリと硬直したので「やっぱり……」と呟いた。
「な、なんでそう思ったんだよ？」
「だって、佐野くんが泊めてもらったお礼をするなら、お兄ちゃんも一緒じゃないと不自然でしょ？　それに、佐野くんが今日誘ってくれた映画、私が前からお兄ちゃんに原作読んでってオススメしてたやつだし、最近ＣＭ見る度に観たいって騒いでたのも知ってるじゃん」
「…………」
「私、１冊の本だけを何度も読み返すことって滅多にないし。──ていうか、たまたまお兄ちゃんの部屋を片付けしてる時に机の上に見つけちゃったんだ。映画の前売り券。それも２枚。今日、佐野くんが持ってたの、全く同じチケッ

トだったよ」
「お、おう。俺もダチとあとで観に行く予定だったからな」
「下手な嘘つかないで。おかしいと思ったんだよ。なんの映画を観たいかなんて聞かれた覚えないのに、前売り券を持ってるんだもん」

　図星を突かれて、何も言い返せずに黙り込むお兄ちゃん。
　正面から見たら、相当焦った顔をしてるに違いない。
「どうせ、お兄ちゃんのことだから、私が佐野くんと親しくなれるように仕組んだんだろうけどさ……」
　普段は妹をパシリか何かと勘違いしているような暴君なのに、過保護なぐらい世話を焼こうとしてくるんだから。
「……だって、お前、佐野のこと気になってんだろ？」
「！」
　ようやく観念したのか、お兄ちゃんがため息交じりに衝撃的な爆弾発言を落としてくる。
　事実とはいえ、家族に指摘されたのが恥ずかしすぎて、ぽかりと背中を殴ってしまった。
「いって。テメェ、何すんだよっ」
「う、うるさいっ」
「つーか、奈々美のぶんざいでハイスペックイケメンの佐野が好きとか笑わせるにもほどがあるけどよぉ、色恋沙汰は抜きにしてお前が人に興味を示すとか滅多にねぇじゃん。正直言って、もっと佐野と仲良くなりたいんだろ？」
「う……っ」
　本当のことを言われて、顔が真っ赤になる。

唇を引き結んで俯いていると、
「俺はそれが嬉しかったんだよ」
　お兄ちゃんが、ぶっきらぼうな口調で呟いて。
　意外すぎる本音に、思わず目を丸くした。
「どんなきっかけでも奈々美が人に興味を示した。でも、引っ込み思案なお前のことだから、放っておいたら何もせずに諦めちまう。そうなるのが嫌だったから、佐野に頼んで今日１日お前に付き合ってもらったんだよ。あ、でも安心しろよ？　お前が佐野に惚れてることは、当たり前だけど黙ってっから」
「ほ、惚れ……!?」
　戸惑う私に、いつもの調子を取り戻してきたのか、「でも、嬉しかっただろ？　今日１日、アイツといられて」と、ドヤ顔で鼻で笑う。
　全部お見通しの態度に腹が立って、でも嬉しかったのも事実だから感謝もしていて。
　素直にうなずくのは癪なので、お兄ちゃんの腰に回していた腕に力を入れて、むぎゅっと圧迫した。
「いって！　何すんだコラッ」
「お、お兄ちゃんが余計なお世話するからでしょっ」
「ああ？　テメェ、家帰ったら覚えと──」
「……でも、ありがとう」
　聞き取れないぐらい小さな声で感謝の言葉を伝えて、ふいっとそっぽを向く。バレバレの照れ隠しがむずがゆくて、耳のつけ根が熱くなった。

昔から人のおせっかいばかり焼いて、心配性なんだから。
　普段は横暴なくせに、妹のためならなんでもしてくれる優しい一面を知ってるので、どんなに顎で使われても本気で怒る気になれないんだ。
（……お兄ちゃんて、実は結構シスコンだよね）
　帰りが遅いからって、わざわざ佐野くんに連絡させて、自転車で迎えにくるなんて普通はしないよ。
　口下手で人見知り。心を許して話せるのは家族の中でも特に——、お兄ちゃんの前だけ。
（そういう私も、案外ブラコンなのかもしれないな……）
　だって、駅にお兄ちゃんが迎えに来てくれて、素直に嬉しかったから。
　本人に話したら調子に乗るから、教えてあげないけどね。
「ふふっ」
「何笑ってんだよ。気持ち悪いなー」
「んー、内緒」
　ねえ、お兄ちゃん。
　たとえ、お兄ちゃんの計らいだとしても、今日１日、佐野くんと過ごせて、すごく楽しかったよ。
　はじめは緊張したけど、少しずつ普通に話せるようになって嬉しかった。
　だから、ほんのちょっとだけ。
　癪な部分もあるけど、正直な感謝を伝えるね。
　心の中で、そっと。
　……ありがとう。

おやすみなさい

　佐野くんと出かけた日から3週間後の8月中旬。

　夏休み中ということもあって、佐野くんはしばしば家に訪れ、3人で過ごす時間が多くなっていた。

　おそらく、週の半分はうちにいるんじゃないかな？

　大体は泊まりで、ほぼ毎日顔を合わせてる。

　私は佐野くんがいつ来てもいいように、スーパーで大量の食材を買い込む癖(くせ)がついた。

　礼儀正しい佐野くんは、うちの両親からも好かれていて、お母さんなんかは美少年の佐野くんにデレデレ、お父さんも終始ご機嫌で話しかけてる。

　我が家にとって、佐野くんはもはや家族の一員と変わりない存在になっていて、みんな彼が来るのを楽しみにしていた。

　私も、最初の頃と違って、佐野くんを前にしても緊張しなくなった。以前よりも距離が近付いたことで、友情が芽生えはじめてるような気もする。

　生まれてはじめての男友達が佐野くんだなんて贅沢(ぜいたく)だよね。

　ただ、好きな人に変わりはないので、そばにいるとドキドキするんだけど……自然に話せるようになって嬉しい。

　佐野くんとお兄ちゃんは、部活がない日の日中には家でダラダラと過ごし、夕方の涼しい時間帯になってから近所

の公園に練習に行っている。
　あとは、早朝トレーニングとかかな。
　練習が終わる頃合いを見計らって私も合流し、ふたりに特製ドリンクを差し入れするのが日課になってる。
　こんな夢みたいな生活、今でも信じられない。
　佐野くんと仲良くなるにつれて、もっと相手のことを知りたくなってく。
　そんなある日の晩のこと。
「てかよー、前から気になってたんだけど、お前らクラスメイトなんだから、お互いのこと『くん』とか『さん』付けして呼ぶのかたっくるしくねー？　佐野なんてほぼ毎日家に来てるんだし、もっとフランクに呼び合えよ」
　いつものように練習を終えて、３人で食事していたら、カレーを頬張ったお兄ちゃんが突拍子もないことを言い出して、ぎょっとしてしまった。
　なっ、いきなり何言ってるの!?
「まあ、確かに。名字呼びだと距離感ありますもんね」
　お兄ちゃんの隣に座る佐野くんが納得したようにうなずき、しばらく考えてから「佐野と悠大だったらどっちが呼びやすい？」と真剣な顔で質問された。
　ど、どっちって聞かれても……。
　なんとも言えず、真っ赤な顔で焦ってしまう。
　佐野くんは私なんかに呼び捨てされていいのかな？
　心の中では「透矢先輩の妹だから仕方なく呼ばせてやるか」とか「なんでコイツに馴れ馴れしく呼び捨てされなきゃ

いけねぇんだよ」とか不満に思ってるんじゃ……。
　ネガティブ思考全開でぐるぐるしてると。
「つーことで、お前ら今からお互いのこと下の名前で呼べよ。『ちゃん』とか『くん』とか余計なもんつけて呼んだらペナルティな」
　と、お兄ちゃんが一方的に決めて、向かいの席で動揺してる私を見てにやりと口角を持ち上げた。
（おっ、お兄ちゃん……!!）
　怒鳴りたい衝動をぐっとこらえ、ドヤ顔のお兄ちゃんをにらみ付ける。もうまた余計なことして！
　この前、うっかりお兄ちゃんに『ありがとう』と伝えてしまったことを本気で後悔する。
　妹から感謝されたことが嬉しかったのか、あれ以来、やたら佐野くんとの仲を取り持とうとしてくるんだから。
　どうせ、今も私の反応を見て面白がってるに違いない。
「んー……。じゃあ、奈々美、とか？」
「……っ」
　佐野くんに少し照れくさそうに名前を呼ばれて、顔中がボンッと熱くなる。今にも心臓が破裂しちゃいそう。
「ハ、ハハハ、ハイ。そ、それで大丈夫、デス」
　カタコトの日本語で返事する私に、佐野くんとお兄ちゃんが同時に噴き出す。
「アホ。お前は壊れたロボットか」
「急に下の名前で呼ばれたら緊張するよね。俺も自分で言っててドキドキした」

爽やかに笑いながら「ところで」と話を繋げる佐野くん。
「奈々美も俺のこと悠大って呼んでいいからね」
「!?」
　まさかの発言に、動揺しすぎてスプーンを床に落としてしまう。だだだ、だって。あの佐野くんを、私が呼び捨てなんて、滅相もない！
「ほれ、お前も呼んでみろよ。最初はこっぱずかしいかもしれねぇけど、こういうのは慣れだぞ、慣れ」
　事の成り行きを面白半分に見守っているお兄ちゃんは、ニヤニヤしながら下の名前で呼ぶよう促してくるし。
　奈々美、って呼ばれただけでもキュン死にしそうなのに、佐野くんの下の名前を呼んだら、それこそ卒倒してしまう。
　ふたりに期待を込めた目で見られ、大量の汗が浮かぶ。
　もし、やっぱり呼べないってなったら、佐野くんのことを拒否してるみたいになっちゃうよね？
　お兄ちゃんはともかく、佐野くんに嫌な思いをさせるのは絶対に嫌だし……かといって、同級生の男子を呼び捨てするとか人見知りにはハードルが高すぎる。
　迷いに迷ったものの、ここで覚悟を決めなきゃ、もう二度とこんな機会はない気がして。
　顔が赤くなっているに違いないと思いながらも、意を決して、口を開いた。
「ゆっ、ゆゆ、悠大……くん」
　下の名前を呼んだとたん、顔が沸騰しそうなぐらい熱くなって、テーブルの上に突っ伏した。

「うう……。これで勘弁してください……」
「ま、奈々美にしては上出来な方か」
「俺もまだ『笠原さん』呼びでなじんでるし、少しずつ徐々に慣らしていこうか」

　フンッと人を小馬鹿にしたように鼻で笑うお兄ちゃんと、クスクス笑いながらフォローしてくれる佐野く──もとい、悠大くん。ふたりにつられて、私も照れ笑いした。

　他愛ない会話で盛り上がって、のんびりと食卓を囲む、３人だけの穏やかな時間。

　何よりもかけがえのないこの時間が、ずっと続けばいいのになって本気で願っていた。

　もうすぐ、全国大会本番を控え、明日から２泊３日の合宿に向かうお兄ちゃんと悠大くん。

　なので、今夜はうちに泊まらず、家に帰って荷造りするそうだ。
「それじゃあ、そろそろ家に帰ります。明日からの合宿も、気合いを入れて挑むんでよろしくお願いします。……奈々美も、おいしいご飯をありがとう」

　夜９時。身支度を整えた悠大くんをお兄ちゃんと一緒に自宅の門前まで見送り、いつものように礼儀正しくお辞儀をして、悠大くんは帰っていった。
「佐野ー、気いつけて帰れよ。なんかあったら、すぐ連絡してきていいかんなっ」

　口元に手を添え、自転車で遠ざかっていく悠大くんの背

中に向け大声で叫ぶお兄ちゃん。鍛え上げられた声量はやまびこのようにエコーがかかり、閑静な住宅街に響き渡る。
「はいっ」
　キッ、とブレーキを踏み込み、悠大くんが角を曲がる直前に振り返って、明るい笑顔で返事する。
　なんていうか、悠大くんてお兄ちゃんの忠犬みたいというか、構ってもらえることが嬉しくてしょうがないみたい。
　そんな雰囲気が全身から溢れ出てる。
　悠大くんの姿が見えなくなるまで兄妹で見送り、家に引き返そうとしたら、コツンと額を小突かれた。
「お前も、アイツの女になりたいなら、最低限、俺よりも優先順位が上がるよう頑張れよなぁ〜」
「もうっ、お兄ちゃんてば最近そればっかり。大体、私は悠大くんの、かっ……彼女になりたいなんてひと言も言ってないし」
「あー、はいはい。身分不相応って言いたいんだろ？　全く佐野はどこの貴族だよ」
　人さし指で耳の穴を掻きながら、だるそうに欠伸を漏らすお兄ちゃん。その態度に、ますます腹が立って頬を膨らませる。
　全く。人のことだと思って簡単に言うんだから。
「ほら、家ん中戻るぞ──って、ちょい待て、奈々美。アイツ、スマホ忘れてってる」
　玄関のドアを開けるなり、靴箱の上に置き忘れていたスマホに気付き、兄妹で顔を見合わせる。

「一応、明日また会うっちゃ会うけど、ないと不便だよな。集合場所とか時間が急きょ変更するとも限んねぇし。しゃあねぇ、届けに行くか」
「そうだね。その方が悠大くんも助かると思うよ」
「ん。じゃあ、お前も行くぞ」
「はい？」
「あ？　決まってんだろ。こんな夜遅くにお前を家にひとりにしておけるか。つーことで、チャリ飛ばしていくぞ」
　がしりと肩に腕を回され、ガレージに引きずられていく。
「ちょっと！　自転車の二人乗りは道路交通法で禁止されてるんだよっ」
「誰が荷台に乗せるっつったよ。普通に考えて、テメーも自分のチャリ漕ぐんだよ。ただでさえひきこもりで運動不足なんだから、少しは体動かせ」
　ケッと悪態をつかれ、お兄ちゃんの脇腹にパンチする。
　キレ顔で振り返ったお兄ちゃんに「いーっ」と舌を出し、自分の自転車を引っ張り出した。

「……奈々美。お前さぁ、交通費やるから、今年の全国大会見にこいよ」
　悠大くんの家に向かう途中、お兄ちゃんの後ろについて自転車を漕いでたら、いきなり真面目な声で言われて、きょとんと目を丸くした。
「交通費って、どしたの急に……？」
「今年、親父とお袋が仕事で試合見にこれないって言って

ただろ？　んで、お前は親父達がいないとひとりで会場に向かうことも出来ないチキン野郎じゃん。まあ、お前ももう中2だし、交通費払ってやっから、電車乗り継いで会場までひとりで来いよ」

　毎年、全国大会の試合は、家族総出で応援に行ってる。

　お母さんはメガホンを持参するほどの気合いの入れようだし、昔バスケをしていたお父さんも熱心に応援してる。

　その日の試合に勝っても負けても、帰宅したお兄ちゃんを盛大に出迎え、出前のお寿司を取るのが恒例の行事。

　でも、今年は両親の仕事の都合で会場まで行けなくて、私も断念してたところなんだ。

「ひ、ひとりでとか無理だよ。電車やバスだって誰かが一緒じゃないと乗れないのに……」

　顔面蒼白で頭をブルブルッと振る。電車の乗り継ぎなんて想像するだけで眩暈しそう。

「無理じゃねぇから。なんなら、その日は俺のスマホ貸してやるから、地図アプリ開いて、ナビどおりに会場迎えよ。兄貴の最後の試合ぐらい、妹なんだから見にくるのは当然だろ？　佐野も出るんだし、ビビってないで腹決めろ」

「……うう。そこを突かれると痛いなぁ」

　そう。ここまで真剣に悩んでいる一番の大きな理由は、お兄ちゃんにとって中学最後の試合になるから。

　日々、厳しい練習を重ね、春季大会、地区大会と優勝し、各ブロック大会を勝ち抜いて、全国大会の切符を手に入れた男子バスケット部。

その中でも、部長としてチームを引っ張ってきたお兄ちゃんは、責任や負担が圧しかかっていて、態度には出さないけど、相当プレッシャーを感じてるに違いない。
　それでも、自分が先頭に立って大きな舞台に導いてきたんだからさすがだと思う。
　夏休みに入ってからも、毎日の部活や他校との練習試合、自主練にひたすら励み、帰宅後は更に悠大くんを特訓してたほど。
　どれだけ真剣にバスケと向き合ってきたか知ってるだけに、最後の試合を見に行きたい気持ちはあるけど……、やっぱりひとりで会場に向かうのは不安だよ。
「来年からは俺も県外の高校行くし、今みたいに試合を見てもらえる機会も減るからな。あ、あと、結果がどうあれ、俺が引退したら佐野に部長を引き継ぐ予定なんだけど、お前にこれ話したっけ？」
「ううん。初耳だよ」
「そか。まあ、俺が見てる限り、アイツは荒削りな部分もあるけど面白いプレイをするからな。試合中も変に熱くならずに周りをよく見て、どこにパスを回したら効率がいいか瞬時に判断出来る。シュートの得点率も高いし、何よりあの人望だからな。部長にはもってこいだろ」
　道路の道幅が広くなったので、お兄ちゃんの隣に並び、横目で表情を窺う。
　まるで自分のことのように得意げな顔してるお兄ちゃん。

よほど悠大くんの実力を買ってるのか自信満々な様子だ。
「ただ、俺ほどの実力者が抜けたあとだと全体のパワーバランスが落ちて試合に苦戦したり、プレッシャーも感じたりすると思うけど、佐野なら乗り越えられると思う」
「いい話なのに、自分で自分のこと買いかぶる発言のせいで台無しだよ、お兄ちゃん……」
「うるせっ、白い目で見んな！　事実なんだからしゃあねぇだろ」
（本当に悠大くんのことを信頼してるんだな……）
　滅多に人を褒めたりしないのに、ここまでベタ褒めするなんてめずらしい。
　つきっきりで練習に付き合ってるのも、それだけ実力を認めてるからなんだろうな。
「今はいいけど、来年になったら俺は遠くに行くからな。その時は、奈々美。お前に任せたぞ」
「？」
「佐野に何かあったら、すぐ俺に教えろ。それから、お前もアイツの支えになれるようになれ。ただの友達だろうが恋人だろうが繋がりはなんだっていい。佐野が苦しんでる時に、アイツを少しでも助けてやれ」
「さっきから何言って……」
「着いたぞ」
　キキッ、と自転車を止めて、お兄ちゃんが目の前に建つ大きな一軒家を見上げる。

レンガブロックの門構えに木彫りの門扉、家の壁は白く、全体的に北欧テイストのオシャレな外観。大理石の表札には『ＳＡＮＯ』と掘られているので、ここが悠大くんの自宅みたい。
　玄関の横にはアイアン調の門灯が光り、ガレージには高級車が止められている。
　一見すると、かなり立派なおうち、なんだけど。
　細かい部分を見ると、変な違和感もあって……。
「お、お兄ちゃん、勝手に入っていいの……!?」
「ああ。いいから黙ってついてこい」
　門扉を軽々と乗り越えて、地面に着地するお兄ちゃん。
　不法侵入では……と不安になるものの、スタスタと先を行くお兄ちゃんを追いかけて、私もあとに続く。
　外からは見えなかったけれど、敷地内に入ってはじめて家の周りが荒れ果てていることに気付いた。
　庭先に植えられた花壇の花は枯れ果て、門から玄関に続く石畳の間からも雑草が伸び放題になっている。
　長いこと手入れされてないのは明らかで、なんだか不穏な印象を受けた。
「奈々美。今から何を目にしても佐野に対する見方を変えるなよ」
　すっと目の色を変えて、低い声で忠告される。
　その時、１階から言い争う声が聞こえて、ビクリと肩が跳ね上がった。
　次の瞬間、ガシャンッと窓ガラスの割れる音が響き、放

り投げられたビール瓶が雑草の上に転がり落ちた。
　家の中で何が起こってるのか瞬時に理解出来ず、ドクドクと胸騒ぎがする。
「ふざけんじゃねぇ！　誰がテメェみたいなクソガキの面倒見てやってると思ってんだっ」
　家の中から響く、男の人の怒鳴り声。そのあまりの迫力に体中が震えだし、無意識のうちにお兄ちゃんの手を握っていた。
「……っ、誰もアンタの世話になりたくてなってるんじゃない!!」
　ザワッと胸が騒いだのは、男性に言い返してる声の主が悠大くんだったから。
　ここからだと表情は見えないけど、深い怒りと悲しみを含んだ声は、聞いてる側の胸を締めつけるような悲痛の訴えだった。
「ああ、そうか。なら今すぐ出てけっ!!　二度とその面見せんなっ」
　ガラガラッと窓が開けられ、悠大くんの父親と思しき男性が悠大くんの背中を足蹴りして庭に突き落とす。
　悠大くんが芝生の地面に倒れ込むのと、ピシャンッと窓が閉められたのはほぼ同じタイミングで、部屋に戻った男性が次々と物を破壊する音が聞こえてきた。
　目の前で繰り広げられる光景に絶句して言葉を失う。
　ガラスの破片が散らばる芝生に蹲ったまま、悔しそうに拳を地面に叩きつける悠大くん。表情こそ俯いて見えな

いものの、鼻を啜る音が微かに聞こえて、私まで泣きそうになってしまう。

見てはいけないものを見てしまったことにショックを受けていると、お兄ちゃんが私の手を引いて、足音を忍ばせながら敷地内に足を踏み入れた。

「佐野」

家の人にバレないよう小声で呼んで、お兄ちゃんが悠大くんの肩に手を置く。

悠大くんはピクリと肩を震わせ、絶望しきった顔を上げると、真っ黒に塗り潰された瞳で「……ふたり共」とかすれた声で呟いた。

「悠大くん、その顔……」

瞼の上が切れて出血してる。怪我に気付いた私は慌ててキュロットのポケットを漁り、白いハンカチを目元にそっと押し当てた。

よく見てみれば、手の甲や膝にも血が滲んでいる。

辺りに散らばったガラスの破片で切れてしまったらしく、全身のいたる箇所に細かい擦り傷が出来ていた。

「うし。お前はよくやった。今日はこのまま俺んち帰るぞ。荷物はいつものとこか？」

「……はい」

お兄ちゃんが悠大くんの前に屈んで、頭をポンと撫でる。

悠大くんが憔悴しきった顔でうなずくと、すぐさま物置小屋に向かい、中から大きなスポーツバッグを取り出してきた。

「俺のチャリに荷物載せてくから、お前は佐野を後ろに乗っけてやって」
「うんっ」
 顔を強張らせたまま力強くうなずき、悠大くんの肩に腕を回す。
「悠大くん、私の肩につかまって」
 よほど強いショックを受けているのか、悠大くんは心ここにあらずといった状態で、足取りもフラフラしている。
 横顔は青ざめ、彼を見ている私まで胃が痛みだす。
 そのまま、悠大くんの家から離れた私達は、自転車を必死に漕いで、自宅までの道のりを引き返した。

「……すみません。いつも、ご迷惑ばかりおかけして」
 家に戻ってくるなり、正気を取り戻した悠大くんは私達に頭を下げて、申し訳なさそうに唇を噛み締めた。
「気にすんなって。こんなこともあろうかと、合宿用の荷物を物置に隠しておいて正解だったな。つか、お前、怪我してんだから早く家上がって手当てしてもらえよ。奈々美、救急箱は？」
「今取ってくる！」
 和室の収納スペースから救急箱を引っ張り出し、リビングのソファに座らされた悠大くんの元へ急ぐ。
 兄妹で示し合わせたわけじゃないけど、お兄ちゃんが普段どおりの態度で接してるのに習って、私も普通でいるよう心がけた。

「少し染みるから……」
　脱脂綿に消毒液を浸し、傷口にそっと当てる。
「っ」
　出血した膝小僧に脱脂綿を当てたら、じわじわ赤く滲んでいってとても痛そうだった。
　悠大くんは痛みに眉をひそめて、奥歯を食いしばっている。
「ごめんね。痛いよね」
「いや、見た目ほど痛くないし、少し染みただけだから」
　膝は出血のわりには軽症で、どちらかというとガラス片の刺さった手のひらの方が重症だった。
　ピンセットで丁寧に破片を抜き取り、雑菌が入らないよう消毒してから包帯を巻いていく。
「奈々美、ごめん……」
「謝らなくていいよ。悠大くんは謝るようなこと何もしてないんだから」
　どうしてだろう。
　悠大くんの前に立て膝をついて、怪我の手当てをしているうちに、みるみる目頭が熱くなって。
　悠大くんに怪我を負わせた相手が許せず、激しい怒りを覚えて、包帯を巻く手が震えてしまう。
　気が付いたら涙が溢れていて、今更ながら自分の不甲斐なさに泣けてきた。
　だって、以前から感じてたんだ。
　ふとした瞬間に見せる、悠大くんの違和感ある態度を。

最初の違和感は、入浴中の悠大くんに着替えを届けにいこうとしたら、浴室から出てきた彼とバッタリ鉢合わせしてしまった時。

　あの時、悠大くんのお腹まわりに不自然なあざがあったのを、確かに目撃していた。

　あまり深く考えないようにしてたけど、あれはどう見ても誰かに暴行された痕だった。

　それと先ほどの光景がリンクして、確信する。

　悠大くんは、家族から日常的に暴力を振るわれていると。

「泣かないで……」

　眉尻を下げて、困ったように苦笑する悠大くん。

　身も心も痛いのは本人なのに、あまりのショックに涙が止まらない。だって、こんなのひどすぎるよ……。

「悪いな。奈々美は暴力の類とは無縁で生きてきたから、耐性ついてなくて」

　2階から着替えを取って下りてきたお兄ちゃんが、悠大くんの体を気遣い「ひとりで着替えられるか？」と質問して、洋服を手渡す。

「平気です。見た目ほど大したことないんで」

　悠大くんは痛みをこらえて苦笑すると、着替えを持って脱衣所に歩いていく。彼の姿が見えなくなると、さっそくお兄ちゃんに叱られてしまった。

「……奈々美。パニくるのはわかるけど、佐野の前であんまり泣くな。本当に泣きたいのはお前じゃないだろ」

「ご、ごめ……お兄ちゃ……」

目元にティッシュを当てて、鼻を啜りながら謝る。
　すると、お兄ちゃんが私の頭に手を乗せて、真剣な目でこう言ったんだ。
「いいか、奈々美。安っぽい同情は相手の心をかえって傷付ける場合もあるんだ。だから、むやみに佐野を哀れむのはやめろ。それから——」
　その言葉の意味がわからず、私は首を傾げていた。

　その日の夜は、お兄ちゃんの提案で1階の和室に布団を運んで、川の字に並べて3人で眠ることになった。
「たまにはいいだろ。ガキの頃に戻ったみたいで」
　お兄ちゃんは楽しそうにニッカリ笑い、戸惑う私と悠大くんを無視して、寝る場所を指定してくる。
　悠大くんを真ん中にして私達兄妹が彼を囲み、みんなで眠ることに。
　同級生の、ましてや好きな人の隣で寝るなんて心臓がもちそうもないし、緊張しすぎて眠れるわけがない。
　——なんて、最初は心配してたけど。
　全員がパジャマに着替え、いざ就寝……という時に、お兄ちゃんが急に「トランプするぞっ」と騒ぎはじめ、私と悠大くんを叩き起こしてきた。
「トランプって……、明日早いんだからもう寝なよ」
　掛け布団を顔まで被ってぼやくと、今度は腕を引っ張り上げて起こされた。
「いいからやるぞ。つーことで、ババ抜きな」

いつの間に用意していたのか、トランプの箱を出してきてカードを切りだすお兄ちゃん。
　わけがわからないままババ抜きが始まったものの、しばらくしてからようやくその意図に気付いた。
「うっし、最後までババ持ってた佐野の負けな！」
「……うわ。また負けた」
　ババ抜きを何回かするうちに、最初は適当に参加していた私と悠大くんも次第に熱中するようになっていって。
　3回戦目が終わり、次のトランプゲームをする頃には、すっかり夢中になっていた。
「次は『大富豪』でもするか？」
「いいですね。次は負けませんよ」
「わ、私だって。お兄ちゃんばっかり勝ってムカつくから、今度は絶対勝ってみせるんだから」
　全員で顔を見合わせてプッと噴き出し、声を上げて笑う。
（ああ、そうか……）
　お兄ちゃんはみんなでゲームに熱中することで、さっきの出来事を忘れさせようとしてくれてるんだ。
　さっきまで険しい顔してた悠大くんに、笑顔が戻ってる。
　きっと、お兄ちゃんなりの励まし方なんだよね。
　よくよく観察してみると、トランプの最中に「手の具合、大丈夫か？」とお兄ちゃんがさりげなく気遣っていて。
　悠大くんも安心させるように、しっかりした顔つきで「大丈夫です」と答えていた。
　手首に異常はないから大丈夫です。ちゃんとバスケ出来

ます。だから、安心してください。
　……まるで、そう伝えるかのように。
　お兄ちゃんは悠大くんの怪我の様子を見つつ、普段と変わらない態度で明るく接してあげてるんだね。
　暗い顔してたら、周りも落ち込むってわかってるから。
　それに比べて私は、取り乱した上に本人の前で泣いたりして……お兄ちゃんに叱られるのも当然だ。
　さっきの態度を顧みて深く反省する。
　多分、悠大くんは人に話せない隠し事があって。
　彼が信頼を寄せるお兄ちゃんしか知らない事情があるんだと思った。
　その証拠に、お兄ちゃんの前では肩の力を抜いてリラックスしてる。
「最後に聞くぞ。本当に大丈夫なんだな？」
「……大丈夫です」
　質問に答える声は、微かに震えていて。
　鼻を啜る音に、ズキリと胸が痛くなる。
　悠大くんは両目に込み上げた涙を手の甲で拭い取ると、真っ直ぐ顔を上げて「大丈夫です」と同じ言葉を繰り返した。
　お兄ちゃんは「おう」とうなずいて、悠大くんの頭をぐしゃぐしゃに撫でると、寝るぞと部屋の電気を消した。
　私もお兄ちゃんも示し合わせたように真ん中で眠る悠大くんの方に体を向けて、彼の手を握っていた。
　子どもの頃、私が悪夢にうなされると、お兄ちゃんが必

ず手を繋いで一緒に寝てくれたことを思い出す。
　どうか、少しでも彼の不安を取り除けますように。
　心から強く祈りながら。
　私達兄妹に手を繋がれた悠大くんは、真っ直ぐ天井を見つめて「ありがとう」と「ごめんなさい」を告げると、長い睫毛を伏せてゆっくり眠りに落ちていった。

エラー

　次の日、早朝に目覚めた私は、隣で寝ているお兄ちゃんと悠大くんを起こさないようこっそり布団を抜け出し、自分の部屋で着替えてから朝食作りに取りかかった。
　ご飯を作り終えた頃にふたりが起きてきて、お兄ちゃんと悠大くんが交互にシャワーを浴びてから、3人で朝食を食べた。
「悠大くん、怪我の具合は大丈夫？」
「うん。少し擦りむいた程度で、捻挫もしてないから平気だよ。心配してくれてありがとう」
　昨日の怪我が心配で聞いてみたら、悠大くんが手首を回して苦笑した。
　なんともなさそうなのを確認して、ほっとひと安心。
　よかった。悠大くんの手に異常がなくて。
　ご飯を食べたあとは、お手伝いを申し出てくれた悠大くんとふたりで食器洗いすることに。
「今日から2泊3日の合宿かぁ。いつもの宿舎だっけ？」
「うん。あそこ、山の近くだから夜になると辺りが真っ暗で、お化けが出るって噂もあるから苦手なんだよね」
「あれ。悠大くんって、お化け苦手な人？」
「ちっちゃい頃にお化け屋敷で親とはぐれてからどうも苦手で……。実体のない存在とかなんか怖いじゃん」
「ふふ。意外。私もお兄ちゃんがいないとお化け屋敷には

入れないし、ホラー映画もひとりで観れないんだ」
　食器を洗い終えて、悠大くんに「手伝ってくれてありがとう」とお礼したら「こちらこそ、いつもおいしいご飯をありがとう」と穏やかに笑い返してくれた。

　そして、午前8時。
　バスケ部のジャージに着替え、合宿の荷物を抱えたふたりを玄関先までお見送りしたら、お兄ちゃんから懇々と留守中の注意事項を告げられた。
「いいか、奈々美。今日から2泊3日家を空けるけど、火の元と戸締りは十分注意しろよ。親父達も帰りが遅いし、知らない奴が来たら対応せず無視すること。最近、しつこいセールスマンが増えてるしな。それから、あれとこれと──言いたいことは山ほどあるけど、なんかあったら即連絡するように」
「もう。子どもじゃないんだから、それぐらいちゃんと出来るってば」
　子ども扱いされたことに頬を膨らませると、靴を履き終えたお兄ちゃんにデコピンされて。
「はっ。お前なんてまだまだクソガキだっつの」
　じゃあな、と私の頭を乱暴に撫でて、先に外に出ていくお兄ちゃん。
　玄関で靴ひもを結びなおしていた悠大くんは「あれでも透矢先輩なりに心配してるんだよ」とクックツ笑い、私は「……知ってる」と照れ隠しでぶっきらぼうに呟いた。

外まで見送りに出ると、フェンスに寄りかかっていたお兄ちゃんが「遅ぇぞ」と声を荒らげてスタスタ歩きだす。
「じゃあ、いってきます」
「いってらっしゃい」
　悠大くんと笑顔であいさつを交わし、手を振り合って別れる。
　お兄ちゃんのあとを追いかける姿を見て、
「……全く。相変わらずの暴君なんだから」
と、腰に両手を当てて苦笑した。
　入道雲が浮かぶ快晴の空をあおぎ見て、今日も１日暑くなりそうだなと予想する。
　ふたりが合宿先で熱中症にならないよう心配しながら、家の中に引き返した。
　でも、玄関に上がった直後、ザワリと胸が騒いで。
　なんだか急に嫌な予感がして、両手で腕をさすった。
「何、今の……？」
　ふたりのことが気になって、慌てて玄関のドアを開ける。
　なぜかわからないけど、ふたりを引き留めなくちゃいけない気がして。
　そうしないと、あとからとても後悔するような……、妙な胸騒ぎを感じたんだ。
　だけど、ふたりの姿はとっくに見えなくなってて。
　気のせい、だよね？
　自分に言い聞かせて、家の前にぼんやりと立っていた。

──ピンポーン……。

　お兄ちゃん達が出かけてから約1時間後の、午前9時。

　リビングで掃除機をかけていたらインターホンが鳴って、来訪者をモニターで確認すると、クラスメイトの矢口さんが映っていた。

　あれ、矢口さんも今日から合宿なんじゃ──、と意外な人物に戸惑いつつ、そういえば、お兄ちゃん達が、女バスは県大会に敗れて全国大会向けの強化合宿がなくなったと話していたのを思い出す。

　肩口が開いたTシャツにホットパンツという服装を見ても、プライベートでうちに訪れたらしい。

　でも、どうして矢口さんが？

　モニターの前で固まってると、再度インターホンを押されて、慌てて玄関先まで急いだ。

「矢口、さん……？」

　おそるおそる玄関のドアを開けると、無表情のまま腕組みしている矢口さんが目の前に立っていて、思わずビクビクしてしまった。

「朝からごめんね。どうしても笠原さんに直接聞きたいことがあって、名簿見て家まで押しかけたんだ。電話かけようか迷ったけど、そもそも番号知らないし」

　口調こそ淡々としてるものの、矢口さんの眉間には皺が寄っていて、怒りをあらわにしてるのが全身から伝わってくる。

「最近、部活の人達が噂してるの聞いたんだけど、笠原さ

んの家に、佐野がしょっちゅう泊まってるって本当?」
　怖いぐらい真剣な顔で質問されて、蛇(へび)ににらまれた蛙のように身動きがとれなくなってしまう。
「あたしと佐野、帰る方向が一緒だから、部活のあとはふたりでよく帰ってたんだ。なのに、ここ1か月近く、一緒に帰るのを断られてて。なんでだろうって気にしてたら、学校帰りに透矢先輩の家に泊まってるからだって話を聞いて、噂が本当なのか確かめずにはいられなくなってさ」
「あ、の……」
「透矢先輩と佐野ってはたから見てても仲いいし、たまに泊まりにいくのは普通かなって思うけど、週の半分は居ついてるっていうじゃん。笠原さんとも急に仲良くなってるし。この前は、ふたりでどっか出かけてたよね?」
　鋭い目でにらまれて、額に脂汗(あぶら)が浮かぶ。
　突然家まで押しかけられて、矢継ぎ早に詰問されてる状況に思考が追い付かず、心臓がバクバク鳴っている。
　頭の片隅には残っていたけど、つい先日、悠大くんと出かける姿を目撃されてから、ずっと懸念してた。
　でも、夏休みが終わるまで会うこともないし、そのうち忘れてくれるかもしれない——なんて、淡い期待をしていたのが、そもそも間違いだったんだ。
　普段、気が強そうな篠原さんと悠大くんを取り合ってる矢口さん。彼女もまた勝ち気な性格だということを忘れていた。
「あたし、佐野の幼なじみなんだ。小学校から一緒で長い

付き合いだから、ぽっと出の人に佐野を盗られたくない」
「と、盗るなんてそんな……」
「篠原はまだいいよ。だって、佐野が相手にしてないのわかってるし。でも、笠原さんは違うじゃん。佐野なんて興味ありませんって顔して、裏では佐野と仲良くしててさ」
「…………」
「あたしなんて、どんなに自分の存在をアピっても、佐野に振り向いてもらえないのに。ズルいよ、そういうの」
　眉尻を下げて、悔しそうに下唇を噛み締める矢口さん。
　彼女の直球な言葉は私の胸に深く刺さり、どう反応したらいいのか困ってしまう。
「笠原さんは佐野のこと好きなの？」
　真っ直ぐと射るような視線を向けられ、唾を呑み込む。
　好き、と心の中では返事してるのに、おかしいな。
　実際は、声ひとつ出ず硬直したまま。
　ぼんやり矢口さんを見つめている。
　脳裏をよぎっていたのは、愚かな保身。
　ここでライバル宣言をして、クラスメイトに無視されるようになったらという強烈な不安に襲われていた。
　矢口さんは真剣な表情で私を見ている。私の答えを待って、その返事次第で次の出方を考えているんだ。
　悠大くんへの恋心と、矢口さんに対する恐怖。
　クラス全体を仕切る矢口さんを敵に回す覚悟なんてあるはずもなくて、真っ青な顔で首を振ってしまった。
　自己保身に走る私は、結局、ただの臆病者で。

「ち、違います……」
「……ならいいけど」
　私の答えを聞いて満足そうにうなずくと、矢口さんは口元に緩い弧を描き「嘘ついてないよね？」と念押しするように釘を刺してきた。
　三日月形に細められた目は、早くうなずけと言わんばかりに鋭いもので、ブルブル震えながら同意してしまう。
　外は蒸し暑いのに、ちっとも温度を感じないぐらい、まるで生きた心地がしなかった。
「ごめんね。それだけ確認したかったんだ」
「…………」
「べつにビビらせるつもりはなかったんだけど……なんか、最近の佐野を見てたら不安になって。笠原さんの前だと自然体な感じがしてさ」
「そんなこと——」
　ない、と否定しようとしたら。
　プルルル……と家の中から電話のベルが聞こえてきて。
「……出てきなよ」
　話の途中で出るわけにもいかず、無視しようか悩んでいたら、矢口さんから電話に出るよう促してくれた。
　ぺこりと会釈をして、ダイニングルームに引き返す。
　受話器を耳に当てると、中年らしき男性の声が聞こえてきた。
『もしもし、笠原さんのお宅ですか？』

「は、はい。そうですけど……？」
『警察署の者です。透矢さんのご家族の方ですか？』
「妹です」
『お母様かお父様はいらっしゃいますか？』
「ふたり共仕事で外に出てます……」
『そうですか……実は、笠原透矢さんが南５丁目にある十字路の交差点で居眠り運転のトラックにひかれて、救急車で総合病院の方に運び込まれました。……大変申し上げにくいのですが、先ほど搬送先の病院で──』
　──ゴトンッ……。
　コードレス電話機が手から滑り落ちて、頭のてっぺんから足の爪先（つまさき）まで一気に血の気が引いていく。
　警察から話を聞き終えた私は、ただ呆然とその場に立ち尽くし、呼吸も忘れてぼんやりしていた。
　あ、矢口さんのこと待たせてたんだった……。
　真っ白な頭の中で彼女の存在を思い出し、フラフラした足取りで玄関先まで戻ると、顔面蒼白でボロボロ号泣する私を見た矢口さんがぎょっと目を丸くさせて驚いた。
「ちょっ、どうしたの!?」
「……ぅ」
「え？」
「どうしよう、矢口さん」
　今にも倒れそうな私の肩を両手で支えてくれる矢口さん。
　怪訝（けげん）な顔つきで眉根を寄せる彼女に、私は口をパクパク

動かしながら、どうしようと何度も同じ言葉を繰り返す。
「どうしようって何が——」
「お兄ちゃんがトラックに撥ねられて、死んじゃったって……」
　大粒(おおつぶ)の涙で視界がユラユラ揺れる。
　喉が締めつけられたみたいに息苦しくなって、ああ、どうしよう、酸欠不足で頭に血が回らない。
　思考はやけにクリアで、なのに、心の中はぽっかりと穴が空いてしまったよう。
　全身から力が抜けて、もう駄目。
　自力で立っていられない。
　矢口さんの腕を掴んだ状態で、膝から崩れ落ちるように座り込んでしまう。
「死んじゃったって」
　震える声で同じ言葉を復唱する。
　そしたら、今度こそ息が吸えなくなって、視界がシャットアウトされた。
　あまりのショックに意識を失ってしまって、次に目を覚ました時、自分の体がタクシーの後部座席に横たえられていたことに驚いた。
「……み、奈々美。起きたの、奈々美？」
「ん……」
　うっすら目を開けると、頭の下に柔らかい感触(かんしょく)があって、視線を上げたら、私の顔を心配そうに覗き込むお母さんと目が合った。どうやら、お母さんに膝枕(まくら)されていたらしい。

どうして仕事中のお母さんがここに……と、疑問が浮かんで、ふと我に返る。
　泣き腫らして赤くなったお母さんの目を見て、警察からの電話を思い出したからだ。
「よかった。目を覚ましたのね。……警察署と病院の方から職場に連絡があって、慌てて奈々美を連れに家に戻ったら、玄関の外で倒れているんだもの。同級生のお友達が介抱してくれたの、覚えてない？」
「や……ぐち、さんが……」
　ああ。そうだ。
　ショックのあまり息が吸えなくなって、それで。
「今、お父さんも病院に向かっているわ。……でも、ありえない話よねぇ。透矢が事故に遭ったなんて。ありえないわよ、本当に……っ」
　両手で顔を覆い、肩を震わせて泣きじゃくるお母さん。
　お母さんにつられるように私の目頭も熱くなって、ボロボロと涙が零れ落ちる。
　タクシーの運転手は無言のまま。車窓に差し込む容赦ない日差しのまぶしさに目を細めて嗚咽した。

　——そのあとのことは、記憶が定かじゃなくて、あんまりよく覚えていないんだ。
　総合病院に駆けつけると、地下の霊安室に案内され、そこで変わり果てた姿のお兄ちゃんと再会することになった。

白いベッドに横たわるお兄ちゃんの顔には布がかけられていて、本人確認のためにお母さんがその布を取った瞬間、カクリと膝を折って床に座り込んでしまった。
　私も目を伏せ、きつく奥歯を食い縛り、半笑いから悲鳴のような絶叫を上げるお母さんを見て涙を流した。
　霊安室で眠るお兄ちゃんの顔は普通に眠っているようにしか見えなくて、すでに亡くなっているだなんてにわかに信じられなかった。
　でも、震える指先で触れたお兄ちゃんの体は冷たく硬直していて、嫌でもこれは現実なのだと思い知らされた。
　世界が真っ黒に塗り潰されて、日常が音を立てて崩れていく。そんな気がした。

　悠大くんと3人で川の字で寝た最初で最後の夜が、夢のように思い浮かんでは消えていった。
　最後に送り出した時、嫌な予感がしたはずなのに、どうして引き留めなかったんだろう。
　あと1分、1秒でも出発の時間を遅らせていれば、違う未来が待っていたかもしれないのに……。
『もう。子どもじゃないんだから、それぐらいちゃんと出来るってば』
『はっ。お前なんてまだまだクソガキだっつの』
　じゃあな、と私の頭を乱暴に撫でて、去っていったお兄ちゃん。
　子ども扱いされたことに頬を膨らませて『暴君』と呟い

てしまった自分を後悔しても、もう遅い。

 お兄ちゃんは、ただ私の心配をしてくれてたのに。

 自己嫌悪に苛(さいな)まれる度、どんどん気力が失われて、口数が減っていった。

 笠原透矢、享年15歳。

 短すぎる生涯を終えたお兄ちゃんの最期には、たくさんの人が葬儀に詰めかけ、別れを惜しんでくれた。

 同じ中学の同級生や、部活仲間、先生方をはじめとして多くの人々が涙を流す中、悠大くんだけは葬儀の席にも告別式にも姿を現さなかった。

 ——というよりは、顔を出せなかったのかもしれない。

 お兄ちゃんが事故に遭った際、現場を目撃していた人の証言によると、居眠り運転のトラックは、はじめ悠大くんの方に突っ込んでいったらしい。

 あやうくひかれそうになった悠大くんを全力で道路の脇に突き飛ばし、代わりに犠牲(ぎせい)となって跳ね飛ばされたお兄ちゃん。

 ガードレールに頭部を強打したお兄ちゃんの頭からはみるみる血が溢れ、コンクリートの地面に血液が染み込んでいく中、悠大くんの絶叫だけが辺りにこだましていたそうだ。

 警察の事情聴取で署に同行した悠大くんとは病院でも会うことがなかったので、彼を見たのは、合宿に向かう日の朝、お兄ちゃん達を見送った時が最後だった。

葬儀のあと、数日して落ち着いてくると、今度はお兄ちゃんとの日々の小さな出来事を振り返るようになって。
　しばらくの間は、あんなこと言わなければよかった、もっと話を聞いてあげればよかったと後悔ばかりしていた。
　そして思い出されるのは、優しい言葉の数々だった。
『つーか、奈々美のぶんざいでハイスペックイケメンの佐野が好きとか笑わせるにもほどがあるけどよぉ、色恋沙汰は抜きにしてお前が人に興味を示すとか滅多にねぇじゃん。正直言って、もっと佐野と仲良くなりたいんだろ？』
『俺はそれが嬉しかったんだよ』
『どんなきっかけでも奈々美が人に興味を示した。でも、引っ込み思案なお前のことだから、放っておいたら何もせずに勝手に自己完結して諦めちまう。そうなるのが嫌だったから、佐野に頼んで今日１日お前に付き合ってもらったんだよ。あ、でも安心しろよ？　お前が佐野に惚れてることは、当たり前だけど黙ってっから』
　普段はパシリ同然で扱うけれど。
　本音の部分では、いつも私を気にかけて見守っていてくれた。
　本当は、すごく大事にされていたのに……。
「……お兄、ちゃん」
　目頭が熱くなって、視界が滲む。
　お兄ちゃんが死んだ事実を受け止めきれなくて、いつまでも泣き続けた。
　いくら泣いても涙は枯れるどころか溢れる一方だった。

結局、夏休みの間に悠大くんと顔を合わせることは一度もなかった。

　お兄ちゃんが亡くなってからの私達家族の生活は、ガラリと一変した。
　全員、生気が抜け落ちてしまい、誰ひとり口をきこうとしない。我が家のムードメーカーが不在になったことで、家の中は驚くくらい静かになった。
　全く笑い声が聞こえないんだ。
　ただひたすら沈黙だけが続いている。
　仏壇に飾られた遺影を見ても、死んだ実感が湧かない。
　どうせ、しばらくしたら普段どおり家に帰ってくる。
　それで、妹の私をコキつかって、言い争いして……そうでしょう？
　なのに、どうしていつまで経っても姿を現さないの？
　お兄ちゃんはどこに行ってしまったの？
　死んじゃったなんて、そんなの嘘に決まってる。
　部屋にこもりがちになった私は、昼夜の区別がつかなくなるぐらいひたすら眠り続けていた。
　起きてると、何もしてないのに涙が溢れて止まらなくなるから、寝逃げすることでつらい現実から目を逸らしていたんだ。
　だんだん食が細くなり、口数が減って、淡々と過ぎていく日々に心が追い付かないまま。
　友達のいない私にとって、お兄ちゃんの存在はとても大

きく、今更ながら「もっと、仲良くすればよかった」と強い後悔が押し寄せる。
　お兄ちゃんがいたから、学校で寂しくても平気だった。
　孤独を感じず、毎日笑っていられた。
　どれだけ感謝しても、し足りないのに……。
　私が塞ぎ込むのと同じように、最愛の息子を失ったお母さんもメンタルの限界を迎えて、会社を休みがちになった。
　短期間で白髪が増え、急激に老け込んだ。
　お化粧することもなく、まるで抜け殻のように放心して、どんどん痩せ細っていく。
　寝室からは、毎晩、お母さんの啜り泣く声が聞こえてきて、つられるように私も涙した。
　新学期を迎えても、両親が黙認してるのをいいことに登校せず、何日も休み続けた。
　学校に行って担任やクラスメイトにまで気を使われたら、お兄ちゃんが亡くなったことを改めて痛感させられそうで怖かった。
　まだ現実として受け止めたくなく、逃げていたんだ。
　お兄ちゃんの死を目の当たりにした悠大くん。
　事故が起きたのは悠大くんのせいじゃないのに、彼をかばったことで亡くなったのだと思うと、無意識に責めてしまいそうになる自分がいて怖かった。
　悠大くんとの連絡を避けて、ノートパソコンのコンセントも抜いたまま。メールの確認すらしていない。
　かろうじて、ボロボロの妻子を支えるために、お父さん

だけがなんとか出勤している状態だった。

　10月に差しかかったある日のこと。
「お母さん、今の仕事を辞めて、しばらく実家のある東京で暮らそうと思うの」
　大事な話があるからとリビングに呼ばれ、久しぶりに親子３人で顔を合わせたら、真剣な顔で引っ越しの提案をされた。
「父さんは会社のことがあるからこの家に残る形になるけど、母さんと奈々美は透矢を失った傷が癒えるまで違う環境で生活した方がいいと思う。心の負担が減って楽になったら、その時はまた３人で暮らそう」
「ごめんなさい、あなた……。ここには透矢の思い出がありすぎて、今のままじゃあの子がいなくなった現実に耐えられそうにないのよ」
　お母さんが両手で顔を覆い、肩を震わせて泣きじゃくる。
　横に座るお父さんは、気遣うように背中を撫でて、泣くのをこらえるように固く目をつぶっている。
　私は「わかった」と返事をして、自分の部屋に戻った。
　私の地元は、ド田舎というほどではないけど、特別栄えているわけでもなく、地域のコミュニティーが密接していたから、お母さんがいづらくなるのも納得出来た。
　東京ならほとんど知り合いもいないし、賃貸住宅ならご近所と関わり合うこともなさそうだから、今より楽な環境で過ごせるようになると両親は私を説得してくれた。

はじめは知らない土地に移り住む不安や迷いもあったけど、地元に親しい人もいないので、そこまで寂しいとも思わなかった。
　ただ、唯一、悠大くんの存在だけが心残りで……。
　せめて、引っ越しのことだけは伝えようと、詳細が決まってから連絡を入れたら、メールがエラーで返ってきた。
　どうやら、私は悠大くんに拒否されてしまったらしい。
　深い悲しみに包まれ、呆然と送信エラーの画面を眺めていた。

　せめて、転校する日だけでも学校に来てあいさつした方がいいという担任と両親の勧めで、億劫な気持ちを引きずりながら久しぶりに登校すると、夏休みが明けてから、悠大くんが一度も学校に来ていないことをはじめて知った。
　教えてくれたのは、担任の芳野先生で、職員室で話をしていた時に聞かされた。
「……不幸な事故だったとしか言いようがないけど、笠原もあまり自分を追い込みすぎないように」
　芳野先生は、私と悠大くんのことを深く気遣ってくれて、１日も早く前向きになれるよう願ってくれていた。
　その日は、帰りのＳＨＲで転校の話をしてもらい、みんなの前に出て最後のあいさつをした。
　すると、帰りがけに意外な人物——矢口さんから「連絡先教えて」と聞かれて驚いた。
　事故当日の朝、警察からの電話を受けて過呼吸に陥った

私を介抱してくれた彼女は、その後も定期的に私の容態を窺っていたと芳野先生から聞いていたので、戸惑いはしたものの、有難い気持ちで彼女と連絡先を交換した。
「……佐野に、今日笠原さんが転校するって伝えておいたけど、何か連絡きた？」
矢口さんの質問に首を振って否定する。
「そっか……。余計なことしてごめん」
「ううん。悠大くんに連絡してくれてありがとう」
悲しそうな目をする矢口さんの手を取り、深く頭を下げてお礼したら、元気でね、と弱々しい声で苦笑してくれた。
結局、悠大くんには最後まで会えないまま――。
放課後、誰もいなくなった教室で、悠大くん宛ての手紙を書いて机に忍ばせておくことにした。
彼の手に届かないかもしれない。
見つけても読んでもらえない可能性もある。
それでも、ひと言伝えたかった。
白い便箋の真ん中に一行だけ書いた「ごめんね」の文字。
どうか、悠大くんに届きますように……。
机の中に封筒を入れて、心の中で念じるようにお祈りしてると。
……タンッ、と誰かの足音が聞こえてきて。
ゆっくり顔を上げたら、夕日を背にして、悠大くんが教室の入り口に立っていた。
「悠、大……くん？」
ここまで急いできたのか、悠大くんの息は荒く、肩で呼

吸している。額からは汗が流れていて、シャツが肌に張り付いていた。
「……奈々美が、学校に来てるって……矢口から、連絡もらって……」
　教室に足を踏み入れて、悠大くんの席の前で立ち尽くす私の元に歩み寄る。
「最後に謝りたくて……会いにきた」
　もう会えないと思っていた悠大くんが目の前にいる。
　ただそれだけで泣きたくなって、目頭が熱くなる。
　会ったら最後、どうしようもなく気持ちが揺さぶられて、彼への想いが溢れそうになった。
　悠大くん、悠大くん、悠大くん。
　心の中で名前を呼んで、震えるように首を振る。
　謝る必要なんてないから、謝らないで。
　そんな悲しい顔しないで、お願いだから笑って。
　いろんな感情が込み上げて、言葉にならないから。
「ずっと、会いたかった……」
　顔を伏せて、悠大くんの腕を両手で掴む。
　こらえきれず溢れた涙がパタパタと床に跳ね落ちて、喉が焼けるように熱くなった。
「……転校する前に、どうしても悠大くんに話しておきたいことがあって。この前、メールしたの……」
　サーバーエラーで戻ってきて、送信出来なかったけれど。
　メールには、引っ越しのことと……、悠大くんに対する想いを書いていた。

「……ごめん」

　受信拒否していたことを謝られて、目の前が真っ黒に染まる。

　頭上から聞こえた声は、とても苦しそうで。

　顔を上げたら、今にも泣きそうな顔した悠大くんと目が合った。

（――もう、会えない）

　このまま離れたら、もう会えないんだ。

　本物の悠大くんを前にして、彼に触れたら、胸が張り裂けそうなぐらい切なくなった。

「……悠大くんは、気付かなかったと思うけど」

　激しい感情に突き動かされるように、悠大くんの腕にしがみついて、正直な想いを告げる。

「私、私ね……、ずっと悠大くんのことが――」

　好きだった、と告げようとしたら、大きな手で口を塞がれ、言葉を封じ込められた。

　目を見張り、呆然と彼を見つめる。

　悠大くんは眉根を寄せて、苦しそうに奥歯を噛み締めていた。

「その言葉は、聞けない」

　場の雰囲気から、告白されることを感じとっていたのか、悠大くんが顔を伏せて「ごめん」と謝ってくる。

「奈々美の家族を奪った俺に、聞く資格なんてないから」

　涙腺(るいせん)が崩壊(ほうかい)して、視界がユラユラ揺れる。

「……俺のことを憎んで、忘れて」

好きだった気持ちを忘れて。
　そう言われたような気がして。
「さよなら、奈々美」
　嫌だ、って言いたかったのに。
　悠大くんが私から離れて、背を向けるから、カクリと膝が折れて、床に座り込んでしまった。
　行かないでって引き留めたくても、悠大くんのつらそうな顔を見たら、何も言えなかった。
「……うっ、うう……」
　遠ざかっていく悠大くんの足音を聞きながら、その場に蹲り、涙が枯れるまで泣きじゃくっていた。

　お兄ちゃんが死んだ、中学２年生の夏の日。
　私達の時間も停止して、どこにも納得いく答えが見つからないまま、ただ時間だけが流れていって。
　大切な人を失った寂しさが、それぞれの胸にわだかまりを残していた。

高校2年生

どうしても、君に
伝えたいことがあるんだ。

笠原透矢のノート—Ⅰ

　まさか、お兄ちゃんが悠大くんの異変を感じとって、そこまで心配していたなんて思わなかったの。

　　＊　　＊　　＊

　今日、また部活後の更衣室で着替えている最中、後輩の佐野悠大の体に不自然な青あざを発見してしまった。
　前々から、みんなが着替え終わるまで服を脱ごうとしない、部屋の隅っこで隠れるように早着替えしてるから、不信感は抱いてたけど。
　しばらく観察してみて、佐野が日常的な暴力を振るわれてるんじゃないかって疑いはじめた。
　理由は、お腹まわりを中心に、服で隠れる箇所ばっかりに傷痕が見えたから。
　そもそも佐野は、アイツの人気と実力に嫉妬した上級生から執拗な嫌がらせを受けたことがある。
　入部したての頃のように、また誰かに目をつけられてるのか？
　俺が見てる限りでは、爽やか好青年キャラの佐野は、性別問わず全員に好かれていて、危害を加えてきそうな奴はいなそうだけど……。
　ただ、誰に対しても人当たりがいい分、本当は誰にも心

を開いてない部分はある気がするんだよな。
　その証拠に、本気で仲いい奴もいないっぽいし、ある程度親しくなったら、そこから先は一線を引いてるイメージ。
　人に悩みを打ち明けるタイプでもなさそうだから、強引に口を割らせるしかないか。
　入部当初から、どこか陰のある奴だなって感じてたけど、ここ最近は特に思いつめた顔してるのが心配で、そろそろ声をかけようと思ってたんだ。
　疑いたくはないけど、仮にもし部員の犯行だとしたら、バスケ部の部長として責任を取らないといけないしな。
　一見、完璧(かんぺき)に見えて投げやりな部分が垣間見える佐野だけに、個人的にも心配だ。自己犠牲が強そうで、なんでも我慢するタイプに見えるし。
　そうと決めたら、さっそく明日、部活が終わったあとに問いつめてみるか。
　普段、日記とか書かないけど、なんかの証拠になりそうだから、書き残しておく。
　単なる思い過ごしだといいけどな……。

あれからの日々

　中２の夏、突然の事故でお兄ちゃんがこの世を去った。
　そのことがきっかけで、母の故郷である東京の学校に転校することになった私は、中２の秋頃、引っ越し前に最低限の遺品整理をしておこうとお兄ちゃんの部屋の片付けを始め、そこで信じられない『ある物』を見つけた。
　本棚に並ぶ「アルコール依存症」や「家庭内暴力」に関する膨大な数の書籍を目にして、すぐさまお兄ちゃんのパソコンの閲覧履歴やブックマークを確認した。
　すると、そこにも書籍と同じような内容の記録が残されていて……。
　その時、ふと頭に浮かんだのは、お兄ちゃんが亡くなる前日の夜のこと。
　実の父親に暴力を振るわれていた悠大くんの姿を思い出し、まさかと目を見張った。
　でも、憶測で決めつけるわけにもいかないと思って、ほかにも証拠がないか部屋中漁ってみると、机の引き出しから１冊のノートが出てきて驚いた。
「これって……」
　なんの変哲もないＡ４サイズのシンプルなリングノート。
　表紙には『佐野悠大に関する証拠』と書かれていて。
　おそるおそる中身を確認したら、にわかに信じがたい「記

録」が残されていた。

そのノートには、お兄ちゃんが異変に気付いてからの悠大くんの様子や、彼の壮絶な家庭環境が綴られていた。

中には、暴力の証拠に撮っておいたとみられる傷の写真や、病院でもらった診断書のコピーまで。

——これを3年前に発見した時、ひどく動揺して、どうしたらいいのかわからなかった。

身内を亡くして落ち込んでいたのと、悠大くんにさよならを告げられてショックを受けていたのが重なって、お兄ちゃんがしようとしていたことを現実のこととして受け止めきれなかったんだ。

親に相談しようにも、お兄ちゃんのことで塞ぎ込んでるふたりを前にすると何も言えず、偶然見つけたノートを自分の部屋に隠して、誰の目にも触れないよう机の引き出しに鍵をかけた。

こんな小さな田舎で「虐待」の噂が流れたら、悠大くんが住みにくくなってしまう。

暇を持て余した人達に好奇な目を向けてほしくなくて、何がなんでも隠し通さなくちゃいけない気がしたんd。

本棚の書籍も段ボールに詰めてクローゼットの奥にしまい、あらゆる証拠品を隠して、そのまま東京へ引っ越した。

あの日から、3年の月日が流れた高校2年生の夏。

ある1通のメールが届いたことをきっかけに、止まったままの時間がゆっくりと動きだし、夏休みを利用して地元

を訪れることになった。

置き去りの夏

梅雨が明けて、本格的な夏に突入した、7月半ば。
毎年、この季節を迎える度に、胸の奥がうずきだす。
蒸し暑い気温の中、今日も校庭に蝉の声が響き渡っている。
「今日の放課後、ふたりで遊びに行かねぇ？」
4限目の授業を終えて、友人の亜沙ちゃんと教室でお弁当を食べていたら、クラスメイトの阿久津智明がやってきて、間延びした声で誘ってきた。
「ごめん。今日バイトなんだ」
迷うことなく即答で断ると、阿久津は不満げな顔で「またかよ」とぼやき、深いため息を漏らした。
「つーかお前、いつなら予定空いてんだよ？」
「あはは。阿久津ってばダッサー。また奈々美に振られてやんの」
落ち込む阿久津を指差して、亜沙ちゃんは楽しそうにケタケタ笑ってる。
ここ連日、阿久津の誘いを断り続けてるだけに、気まずさで何も言えず、ごめんともう一度謝ってしまう。
「……わーった。でも、俺は絶対ぇ諦めねーからな。あと、亜沙。テメェは笑いすぎだ」
亜沙ちゃんの額を指ではじき、私のお弁当箱からタコさんウィンナーをつまんで口に入れ、くるりと背を向ける阿

久津。
　いつもなら勝手に取らないでって注意するところだけど、心なしか阿久津の後ろ姿がしょんぼりしてるように見えて、うっと言葉に詰まってしまう。
　なんだか無性に罪悪感が……。
「……あのさ、本当にいいの？」
　阿久津が教室から出ていくと、デコピンされた額を押さえながら、亜沙ちゃんが探るような目で私を見てきた。
「阿久津とは幼なじみで長い付き合いだけど、アイツがひとりの人にここまで入れ込むのってはじめてだよ？　前はモテるのをいいことに『来る者拒まず、去る者追わず』で相手をとっかえひっかえしてたけど」
「……らしいね」
「らしいね、って相変わらず反応薄いなぁ。まあ、付き合うかどうするかは奈々美の気持ち次第だけどさ。一応、まだ保留中なんでしょ？　告白の返事」
　紙パックのジュースにストローを刺して、上目遣いで聞いてくる亜沙ちゃん。
「保留っていうか、まだ返事するなって阿久津に言われたからっていうか……」
「奈々美に振られたくなくて必死だね、アイツも」
「ただ、先月告白されてから、阿久津にどう接したらいいのかわからなくて、正直気まずいよ。前まで普通に話してたのに」
「それは、奈々美が阿久津のことを仲いい男友達だと思っ

てたからでしょ。でも、告られてる以上は、異性として何かしら答えを出してあげないと、アイツもふびんだよ」
「…………」
「まだ、中学の時に好きだった人のこと忘れられない？」
「……わかんない」

　小さく首を振って、力ない笑みを浮かべる。
　亜沙ちゃんは「そっか」と言って、私の頭をよしよしと撫でてくれた。

　——突然の事故でお兄ちゃんを亡くしてから、早３年。
　東京に越してきた当初こそ慣れない環境に戸惑ったものの、今ではすっかり新しい生活に慣れた。
　はじめの頃は、私もお母さんも喪失感から立ちなおれず、しばらく暗い気持ちを引きずっていたけど、このまま塞ぎ込んでるわけにはいかないと必死に前を向いて暮らしてきた。
　母娘で協力し合いながら、新しい環境で少しずつ笑顔を取り戻していったんだ。
　お兄ちゃんの死を受け入れるのはつらかったけど、いつまでも目を逸らしてもいられない。事実として受け入れることで、ようやく実感することが出来た。
　完璧に立ちなおったわけじゃないから、胸にぽっかり穴が空いたような寂しさに襲われる時もあるけど……。
　そんな時、必ずと言っていいほど思い出すのは、悠大くんのこと。

３年前のあの日、会いにきてくれた彼に想いを伝えようとしたら、言葉の途中で遮られ、最後まで言わせてもらえなかった。
『……俺のことを憎んで、忘れて』
　そう言って、苦しげに顔を歪めていた悠大くん。
　彼に突き放されてしまった私は、それ以上どうすることも出来ず、消化不良の気持ちを抱えたまま。
　今でもどうすればいいのかわからない。
　悠大くんのことを考える度に、切なさで胸が押し潰されそうになる。
　もう二度と会えないのかな？
　それとも時間が経てば、いつかまた……なんて、ありえもしない夢を見て、我に返る度に泣きたくなる。
　でもね、ちっぽけで無力だった昔の自分と比べて、今の私はだいぶ成長したと思うんだ。
　田舎にいた頃よりも、かなり積極的になって、なんでも自分から行動するようになった。
　それまでの私は、とても臆病で消極的な性格だった。
　面倒を押し付けられても嫌とは言えず、腹の底で不満をためてモヤモヤする。親しい友人もおらず、どこにも本音を吐き出せない。
　それでも、家に帰れば話をしてくれるお兄ちゃんがいたから平気だった。
　たくさんケンカもしたけど、孤独を感じずにいられたのは、お兄ちゃんのおかげ。

本当は、大好きだったんだ。
　……でも、そんなお兄ちゃんは、もういない。
　だからこそ、自分の足でしっかり立って、変わらなくちゃいけないと思った。
　正々堂々と生きて、自分の意見をきちんと持って、嫌なものは嫌だとハッキリ断れる自分になりたい。
　自己中心的で横暴なフリをしていたけど、実際は人一倍正義感が強くて、誰よりも優しかったお兄ちゃんのように。
　素直に認めるのは癪だけど、お兄ちゃんは『なりたい自分』そのもので、まさに憧れの存在だった。

「……お兄ちゃんを真似ることで明るくなれたっていうか、理想の姿を追いかけてるうちに今の性格になったんだよね。そのおかげで、自分から人に話しかけられるようになって、亜沙ちゃんとも仲良くなれたし」
　阿久津の誘いを断り、お昼を食べ終えたあと。
　２階の図書室に来た私は、一緒に付き添ってくれた亜沙ちゃんに昔話をして、今日借りる本を選んでいた。
「そう言ってもらえて嬉しいよ。なんだかんだ、奈々美とは中学からの付き合いだし」
「中学は学校が違ったけど、同じ塾で知り合って友達になったもんね、私達」
「そうそう。あの時、あたらしかクラスに女子がいなくてさ〜。ほかは全員ガリ勉タイプの男子ばっかりで、あとから奈々美が入ってくるまで超しんどかったんだから。女

の子が来てくれて本気で嬉しかったなぁ」
　当時を振り返り、ふたりでクスクス笑う。
　中3の夏に、駅前の進学塾で知り合った私達。
　偶然、志望校が同じで、高校に入ってからも2年連続で同じクラスになったことから、いつもふたりで行動するようになった、親友の金子亜沙ちゃん。
　童顔の亜沙ちゃんは、小学生に間違われるほど小柄な女の子で、私服で遊びにいくと『姉妹？』ってよく聞かれる。
　ちんまりした外見とは裏腹に案外毒舌で、なんでもズケズケ言うタイプ。
　見た目のことをからかわれるのが大嫌いで、馬鹿にされると相手に食ってかかる強気な一面も。
　ひと言で言うと、元気で活発的な子なんだ。
「またそれ系の本ばっか選んでる」
「え？」
　心理学の本がたくさん置かれた本棚の前で、気になった本を抜き取って腕に抱えていると、亜沙ちゃんが怪訝そうに顔を顰めた。
　原因はおそらく、私が"心の悩み"に関するものばかり借りて読んでるせいだと思う。
「——あのさぁ、何度も聞くけど、奈々美の家って本当の本当に問題ないんだよね？」
「ないない。うちは別居してるけど、両親の仲は良好だし、家族3人仲いいよ」
「じゃあ、バイト先に意地悪な奴がいたりとかは？　いき

すぎたパワハラとか」
「バイト先の本屋さんはみんな優しい人達だよ」
「……実はＤＶ気質の彼氏がいたりとか」
「それ以前に、付き合ったことないし」
　疑惑が晴れないのか、亜沙ちゃんに疑り深い目でじーっと見られて苦笑する。
　確かに、心理学の本ばかり読んでたら心配するよね。
　亜沙ちゃんには、悠大くんのことを詳しく話してないから、メンタル系の本を読みあさる理由を説明出来てないんだ。
　家族の虐待で心の傷を負った子ども達が、どうやって傷を癒していくのか。
　昔、悠大くんが父親に暴力を振るわれてるのを目の当たりにした日から、ずっと心配していて、そういう本ばかり読み込んでいる。
「もうっ。奈々美って、時々すごい秘密主義だよね」
　図書室を出るなり、プッと頬を膨らませて歩く亜沙ちゃんに「ごめんごめん」と冗談っぽく謝ってると。
「――誰がＤＶに遭ってるって？」
　突き当たりの角を曲がってすぐ、階段の上から阿久津の声が聞こえて。
　顔を上げたら、鞄を肩に提げた阿久津が、ゆっくり階段を下りて、私達の前までやってきた。
「あれ？　阿久津、もう帰るの？」
「笠原に遊びの誘い断られてやる気なくしたから帰る」

無造作にセットされた長めの前髪を掻き上げて、阿久津が気だるそうに答える。
「断られたって……ああ、放課後デートのことか」
　亜沙ちゃんが納得したようにうなずくと「うるせ」と不機嫌そうな顔でぼやき、彼女のおでこにデコピンした。
　亜沙ちゃんと阿久津は、子どもの頃から同じマンションに住む幼なじみなので、本物の兄妹のように仲がいい。
　見た目も、亜沙ちゃんが小学生っぽいのに対して、阿久津は大学生に間違われるほど大人っぽい容姿をしてるので、より兄妹っぽく見えるんだと思う。
「ごめん、阿久津……」
「じゃあ、デートして」
「それは……」
　困り顔で俯くと、阿久津は無言で私の頭をわしゃわしゃ撫でてきた。
「嘘だよ。帰るのは、午後からの授業がだりぃからだし、笠原のせいじゃないから。じゃあな」
　ひらひらと手を振りながら、阿久津が私達の横を通りすぎていく。
　昇降口に向かう彼の背中を申し訳ない気持ちで見つめていると。
「いつも言ってるけど……阿久津、かなりモテるよ？」
　亜沙ちゃんにポツリと呟かれ、ごまかすように苦笑した。

　阿久津は、高校に入ってから知り合った男友達。

1年、2年と同じクラスで、共通の知り合いである亜沙ちゃんをきっかけに親しくなった。
　放課後や休日はよく3人で遊んだりする。
　亜沙ちゃん曰く、阿久津は昔から女子に人気で、今でも頻繁に告白されてるらしい。
　阿久津は、アンニュイな雰囲気をまとう美形男子で、三白眼で彫りが深い顔立ちをしている。
　独特の脱力感があって、制服の着こなしもオシャレなので、周りの女子がほっとかないのも納得の外見だ。
　全体的に長めの黒髪は、緩めのパーマがかかってる。
　背も高くて、ガッチリした体形なので、私服だと大学生にしか見えないぐらい大人っぽい。
　自由気ままな性格なので、人の顔色を窺うことなく常に飄々としていて、自己主張がハッキリしている。
　そんな彼が、どうして私なんかを気に入って、彼女にしたがるのか……全くの謎だ。

「あら。奈々美ちゃんは美人さんよ。見た目の清潔感や、控えめで謙虚な性格から優しい人柄が滲み出てるっていうか、息子の嫁にするならぴったりのタイプじゃない」
「……吉田さん。嫁にするならって」
　その日の放課後、バイト先の本屋で仕事してる時に、同じ店で働く吉田さんに阿久津のことを相談してみたら、脱力するような返事が返ってきた。
　吉田さんは3歳の娘さんがいる20代前半の若ママで、何

かと気が合うことから、よく相談に乗ってもらっている。
　今も、お客さんがいない頃合いを見計らって、レジで作業しながら話を聞いてもらってる最中。
「その彼、奈々美ちゃんの作る料理がお気に入りなのよね。きっかけはなんだったっけ？」
「阿久津がお弁当を忘れてきた日に、おかずを分けてあげたのが始まりなのかな？　私が作ってるのを知ってからは、しょっちゅうねだられるようになったから」
「ふふ。奈々美ちゃんてば無自覚に阿久津くんの胃袋をガッチリ掴んじゃったのね」
「そんな大袈裟な……。あ、でも言われてみれば――」
　そういえば、去年の夏。
　風邪で学校を休んだ阿久津から、【うちに誰もいない。腹減った。死ぬ】というヘルプ要請のメールが届いて、お見舞いに行ったことがある。
　家が近くなんだから、亜沙ちゃんにお見舞いを頼めばいいのに……と思ったものの、亜沙ちゃん本人から『奈々美が頼まれたんだから奈々美が行きなよ』と言われてしまい、ひとりで行くことになったんだ。
　マンションの部屋にたどり着くと、阿久津は苦しそうに寝込んでいて、慌てて看病した。
　寒気で震えが止まらないのか、私の手を握り締めたまま離そうとしない阿久津に『少し待っててね』と言って、キッチンを借りてお粥を作らせてもらったら。
『食わせて』

目をつぶって、雛鳥のように口をあーんと開ける阿久津。
　自力で食べるのがしんどいと言うので、レンゲでお粥をすくい、息を吹きかけて冷ましながら食べさせてあげたんだ。
『お粥、卵と鰹節入っててうまかった』
『よかった。前に好物だって言ってたから』
『……俺の好きなもの覚えてたの？』
『いっつも誰かさんが人のお弁当箱から鰹節入りの卵焼きを奪ってくからね。嫌でも覚えちゃったよ』
　ふーん、と呟いた阿久津は、なぜだか嬉しそうで。
『笠原って母ちゃんみたい。……さっき、キッチンから調理の音が聞こえてきた時に、そう思った』
　うつらうつらしているうちに、阿久津は眠ってしまって。
　彼の寝顔を眺めながら、母ちゃん呼ばわりされたことに脱力しつつ、おかしくなって噴き出した。
　思い返してみれば、あの日以降、やたら懐かれるようになったような……？
「ほら。やっぱり胃袋をガッチリ掴んでるじゃない」
「胃袋って……そんなご飯がおいしかったぐらいで好きになったりしますかねぇ？」
「するする。なんだかんだ男の人って、料理の出来る女が好きだし。今は10代だからピンとこないかもしれないけど、そのうち意味がわかるわよ〜」
「私のクラスでは、明るくてかわいい子の方が人気ありますけど……」

「ふふ。若いうちはね。——と、お客さんよ」
　吉田さんに促されて、接客するためにカウンターに戻ると、レジに意外な人物が立っていた。
「いらっしゃいませ……って、阿久津!?」
「おー」
　阿久津は間延びした声で返事をしながら、メンズ雑誌を差し出してくる。
「なんで阿久津がうちの店に？　家と反対方向だよね？」
「そろそろバイト上がりの時間かなと思って笠原のこと迎えにきた」
「迎えに、って。今日、何か約束してたっけ？」
「いや。明日、土曜だし学校休みじゃん？　んで、俺んちの親も出張中だから、亜沙も呼んでタコパしようぜ」
「はい？」
「駄目なら、笠原んちでもいいけど」
「ちょっと待って。それ以前になんでそんな話になってるの？」
「俺が笠原といたいから」
「っ」
　ふっと優しく目を細めて、阿久津が私の頭をくしゃっと撫でてくる。
　いとおしいものを見つめるような眼差しに、頬が熱くなって、不覚にもグラッとしてしまいそうになった。
「じゃあ、バイト終わるまで適当にブラついてるから、終わったら連絡して」

「ちょっ、阿久津……!!」
　会計を終えて商品を受け取るなり、呼び止める声を無視して店の外に出ていかれてしまう。
　カウンターに手をついて、がっくり肩を落としてたら、後ろで見ていた吉田さんに「愛されてるね、奈々美ちゃん」とからかわれて赤面した。

　＊　＊　＊

「駅前のスーパー、24時間営業の店があって助かったな」
「…………」
　一方的に用件を告げて立ち去った阿久津は、あのあと本当に私を迎えにきて、ふたりでスーパーまで買い出しに行くことになった。今はその帰りで、阿久津の家に向かってる途中なんだけど。
　もう。阿久津ってば、人が仕事してる間に、ちゃっかりうちのお母さんに連絡して外泊許可までもらってるし。
　家に何度も遊びにきてるから、お母さんに気に入られてるんだよね。
　自由奔放な阿久津は、亡くなったお兄ちゃんに似てるところがあるから……。
「やけに楽しそうだね」
「タコパすんの久しぶりだからな」
　高層ビルが連なる夜道は、ネオンが輝いていて明るく感じる。

歩道橋を渡っていると、阿久津が空を見上げて「笠原、上見てみ」と頭上を指差した。
　阿久津に言われて空を見上げたら、白い満月が浮かんでいて、なんだかふと地元の空を思い出した。
「綺麗だなー」
「うん……」
　でもね、東京の空は、排気ガスの影響か、厚い雲に覆われて濁ってるように感じるんだ。
　前に住んでた田舎は、肉眼で星が見えるくらい、澄んだ夜空だったから。特に、夏の夜空は綺麗で——。
　いつかの、実家の庭先で花火をした時の光景が甦(よみがえ)って、胸の奥がチクリと痛む。
　お兄ちゃんと悠大くんと私。
　3人で手持ち花火をしたり、縁側に並んでスイカを食べたり、悠大くんの横顔を盗み見てときめいていたこと。
　あの頃の私は、ただ純粋に3人でいられる時間が嬉しくて、悠大くんともっと仲良くなりたいと願っていた。
　もう何年も経ってるのに、当時の記憶は色褪(あ)せることなく、頭の片隅で光り輝いている。
「……今、どこ見てんの？」
「え？」
　ぼんやりと思い出に浸っていたら、阿久津に話しかけられて我に返った。
　とっさに「何が？」と惚けたフリして笑うと、阿久津は「……なんでもない」と先を歩きだして、階段を下りていっ

た。
（ごめんね、阿久津……）
　私に想いを寄せてくれてる人の隣で、違う人のことを考えていて、ごめん。
　だけど、毎年夏がくる度に、感傷的な気分になって、彼の存在を思い出してしまうんだ。
『その言葉は、聞けない』
『奈々美の家族を奪った俺に、聞く資格なんてないから』
　転校する日に、告白を遮られてからずっと。
　悠大くんの言葉が頭から消えてくれないんだ……。

「おっかえり〜！　阿久津に合鍵渡されてたから、ひと足早くお邪魔して、準備しといたよ」
「おー。悪いな。スーパーでゆっくりしてたら遅れた」
「お待たせ、亜沙ちゃん。すぐ始めようか」
　その日の夜は、阿久津の家でタコパをして、食べ終わってからはテレビゲームで遊んで、わいわい盛り上がった。
　こっちに越してくるまで親しい友人がいなかった私にとって、ふたりと過ごす時間はかけがえのないもので、誰よりも大切にしたい人達なんだ。
　暮らしてみてわかったけれど、都会の人は、いい意味で他人に無関心でいてくれるような気がする。だから、人目を気にしすぎることなく自然体でいられる。
　地元にいた頃は、田舎特有の閉塞感が苦手で、人の顔色ばかり窺っていたから、余計そう感じるのかもしれない。

今思えば、勝手に窮屈な思いを感じていただけなのにね。
　人との付き合い方を楽に考えられるようになったのは、こっちに来てから内向的な性格を変える努力をしてきたからだと思う。
　……ねえ、お兄ちゃん。
　お兄ちゃんはいつも、臆病な私の背を押してくれてたね。
　当時はわからなかったけど、新しい環境で自分を見つめなおした今ならなんとなくわかるんだ。
　人と繋がることや、自分の意思を言葉や態度に出すこと。
　相手の顔色を窺うんじゃなく、相手の気持ちに寄り添って対等な関係を築く努力。
　どれも、お兄ちゃんが人との繋がりで大切にしてたことだったね。
「……そんなところで寝てたら風邪引いちゃうよ？」
　散々ゲームで遊び尽くし、ソファの上で重なり合うようにして熟睡してしまった阿久津と亜沙ちゃん。
　ふたりに声がけしたけど、まるで起きる気配がないので、阿久津の部屋からタオルケットを持ってきて、そっとかけてあげた。
　そのまま寝てるふたりを起こさないよう、なるべく注意を払いながらベランダに移動する。
　柵を掴んで、ため息交じりに空を見上げる。
　真夏の熱帯夜で、しっとり浮かぶ汗。
　額に張り付いた前髪を指でどかしながら、小さな声で呟いた。

「会いたい——」
　本当は夏だけじゃなく、いつだって会いたくて会いたくてたまらない。会えない時間がよりいっそう恋しさを募らせて限界寸前なんだ。
　悠大くん。
　君は今、どこで何を思っていますか……？
　置き去りにしたまま、くすぶり続けている想い。
　胸を焦がす感情は、ひりひりとうずいたまま。
　月日が経つごとに、会いたい気持ちが込み上げて。
　その都度、3年前に逃げ出してしまった事実が重く圧しかかって、身動きがとれなくなる。
　中2の私は、お兄ちゃんの死に戸惑って、悠大くんの気持ちをないがしろにしてしまった。
　誰よりも自分を責めて苦しんでいただろう彼に寄り添うことが出来ず、つらい現実から逃げ出してしまったんだ。
　今更考えても、どうしようもないことはわかりきってる。
　でも、もし、もう一度だけ会えたなら——。
「……なんて、どの面下げて会いにいけばいいのよ」
　柵に額を押し当てて、渇いた笑みを漏らした直後。
　ピロン、とスカートのポケットからメッセージアプリの通知音が鳴って、ぼんやりと差出人を確認した私は、驚きで目を見開かせてしまった。
　なぜなら、メッセージを送ってきた相手が、中学時代の同級生——矢口さんだったから。
　滅多にこない連絡に、緊張しながら画面をタップすると、

そこには不穏な一文が書き込まれていた。
【佐野を助けて】
　しばらくの間、どう反応したらいいのかわからず、スマホ画面を見つめたまま硬直していた。

偶然の再会

「笠原さん、悪いんだけど教室の掃除当番代わってもらってもいい?」
「ごめんなさい。今から用事あるんだ」

放課後。SHRが終わり、自分の席で帰り支度をしてたら、ギャル系の女子に当番を頼まれ、その場ですぐ断った。

相手は、一瞬きょとんとしてたけど「そっか〜」と気にした様子もなく笑って、違う人に頼みにいっていた。

昔と違って、面倒な頼み事をされても、きちんと誠意をもって断れるようになった。

その際、相手の目をしっかり見て、笑顔で断るようにしてるのは、高1の夏から始めた本屋でのバイト先で接客をこなすようになったからかな?

『こういう時、お兄ちゃんだったらどうするかな?』って考える癖がついて、それをそのまま実行してるうちに、自分の意志を態度で示せるようになった。

お兄ちゃんの姿勢を見習うことで強くなれたんだから、本人に感謝しなくちゃね。

「——笠原、お前今日バイト休みだったよな?」

下駄箱の蓋を開けようとしたら、横から阿久津が現れて、下から顔を覗き込まれた。

ここ最近、バイトを理由に遊びの誘いを断り続けてたの

で「そうだけど……」と返事を濁してしまう。
「じゃあ、俺のこと構って」
「構って、って……」
「この前、うちでタコパしてから全然遊んでくんねぇし、マジで退屈してんだけど」
　先週末、阿久津の家に泊まった日に、矢口さんから連絡がきたことを思い出して、顔を強張らせてしまう。
「魂抜けてんの？」
　ぽーっとしてたら、顔の前でプラプラ手を振られて正気に返る。やばい。全然違うこと考えてた。
「なんか、うちに泊まった日から様子がおかしいんだよな。
　元気ないっつーか、気い抜けてる？」
「そ、そんなことないよ」
　帰宅ラッシュで人が溢れる昇降口。
　阿久津は腕組みをしながら、探りを入れるような目でジロジロ見てきて。
「そんなことあるから言ってんじゃん。好きな女の変化ぐらい、ずっと見てたらわかるし」
　近くにほかの生徒がいるにもかかわらず、サラリとすごいことを口にするものだから、慌てて阿久津の口を両手で塞いでしまった。
「ちょっと、阿久津……っ」
　今の会話が聞こえていたのか、そばにいた女子数名がチラチラこっちを見てることに気付き、羞恥心でいっぱいになった私は、阿久津の腕を引っ張って体育館の裏に連れ出

した。
　周囲に人気がないのを確認してから、木の陰で掴んでいた手を離す。
「……あのねぇ。何度も言ってるけど、人前で好きって言うのはやめてよ。周りに誤解されちゃうよ？」
「は？　なんでだよ。好きなもんは好きだし、誤解も何も本当のことだろ」
「……っ、そうじゃなくて。最近、私と阿久津が付き合ってるって噂が流れてるみたいだから、気を付けな——」
「じゃあ、付き合えばいいじゃん。噂じゃなくて、本物の彼女になって」
　緊張気味に告白するどころか、飄々とした態度の阿久津に絶句する。
　駄目だ。全然話が通じてないどころか、話の流れが面倒な方向に向かってる。
「あのね、阿久津……」
　覚悟を決めて、真っ直ぐ相手の目を見る。
　この1か月近く、阿久津の想いにどう応えたらいいのか迷って、散々悩み抜いてきた。
　大事な友達だからこそ、告白の返事次第でギクシャクしたくないし、傷付けたくない。
　そう思って、あいまいにごまかしてきたけど。
　このままずるずる引っ張っても、阿久津を不安にさせるだけだから、きちんと向き合わなくちゃいけないんだ。
　……もしかしたら、阿久津と付き合うことで過去を振り

切って、悠大くんのことを諦められるのかもしれない。
　けれど、相手を利用するような卑怯な真似は嫌だから。
「私ね……地元に好きだった人がいて、その人のことをいまだに忘れられずにいるんだ」
　怯むことなく、正直な想いを伝える。
　まだ未練を断ち切れなくて、彼のことを忘れられないと。
「うん。1か月前にも聞いたわ、その話。そんで、やっぱり納得いかねぇ」
「……っ」
「だって、そいつとはずっと会ってないんだろ？　亜沙から聞いたけど、連絡先だって知らないそうじゃん」
「……それは」
「そんな奴に負けたくないし、そんな理由で諦めようとも思わない」
「…………」
　阿久津の言うことがごもっともで、何も言い返せなくなる。
　泣きそうな顔で言葉に詰まっていると、でも——と阿久津が私の頭を無造作に撫でてきて。
「いつまでも未練を引きずって、思い出の中のそいつを美化してくんじゃ、俺に勝ち目はないんだわ」
　ふっと目尻を下げて、阿久津が寂しそうに苦笑する。
　そんな顔させてるのは、自分があいまいな態度をとってきたせいなんだと思ったら、申し訳ない気持ちが込み上げた。

だけど、次の瞬間。
「だから、そいつに会って、気持ちにケリつけてきて」
「……え？」
「来週からちょうど夏休みだろ？　地元に戻って会ってこいよ。今の姿を見て、それでも好きだって思うなら、俺も素直に諦めるから」
「ちょっと待ってよ、阿久津っ」
「俺は十分待ってるよ。本気で好きな女が、ちゃんと目の前の相手を見てくれるのをずっと待ってる」
　真剣な目に射抜かれて息が止まりそうになる。
　どこまでも真っ直ぐで自分に正直な阿久津。
　こうなるまで彼を追い込んでしまったのは自分の責任だけど……。
「真面目に好きなんだよ、お前のことが」
　真剣な想いをぶつけられて、気持ちが揺らぎそうになる。
　鼓動が速くなって、頬に熱が広がっていくのがわかる。
　いつも自信満々で飄々としてる阿久津が、切なげな声で言うから。
　そこまで私のこと……って、嬉しい気持ちと複雑な気持ちが交じり合って返事に躊躇してしまう。
「いい加減、過去を引きずってないで前に進んでこいよ」
　ズボンのポケットに両手を突っ込んで、木の幹に背中をもたせかけながら、阿久津が優しく微笑む。
「返事は『ＹＥＳ』しか聞く気ないけど？」
　本音は会いに行ってほしくないはずなのに、私が前に進

めるよう背中を押してくれてるんだ。
「今の正直な気持ちを言えよ」
　そう言われて、頭の隅をよぎったのは、数日前に矢口さんからきたメッセージ。
【佐野を助けて】と書かれた、気になる文章。

　何よりも、悠大くんに会いたいという強い気持ちが勝って、目のふちがじわじわ熱くなってくる。

　３年分の想いは、もう抱えきれないぐらい膨らんでパンク寸前なんだ。
「お前は、そいつに会いたいのか、会いたくないのか？」
　悠大くんの顔を思い浮かべた瞬間、涙が零れ落ちて——、それが正直な「答え」だった。

　阿久津のひと言が最後の押しになって、気持ちを熱くさせる。
「……っ、会いたい」
　誰かの前ではじめて言葉にしたら、ようやく前に進めた気がした。

ねぇ、悠大くん。
今、どうしようもなく君に会いたくてたまらない。

　＊　＊　＊

夏休みが始まってからしばらく経った８月中旬。
ジリジリ降り注ぐ蝉の声。

真夏の太陽が容赦なく地面を照らし、電車から降りたとたんに、どっと汗が滲み出る。
　プシューッと背後で扉のしまる音がして、電車が次の駅に向けて動きだす。この駅で下車したのは、私と杖をついて歩くお婆さんのふたりだけ。
「あっつ……」
　久しぶりに降り立った地元の駅は相変わらず閑散としていて、周囲にはのどかな田園風景が広がっていた。

「おーい、奈々美〜」
「お父さん」
　改札を出て声がした方を向くと、タクシー乗り場の駐車場に車を止めたお父さんが、車の窓から顔を出して手を振っていた。
「お疲れ様。荷物は後部座席に適当に置きなさい」
「ボストンバッグだけだから手に持ってるよ」
「そうか。ここまでくるのは大変だったろう？」
「そうでもないよ。電車の発車時刻と乗り換えさえ間違えなければ、大丈夫だってわかってたし」
　助手席に乗り込み、シートベルトを締めて前を向く。
　お父さんは「前はひとりでバスにも乗れなかったのにな」と誇らしげに笑い、ゆっくり車を発車させた。
「奈々美がこっちに帰ってきたのは、透矢が亡くなった年以来だから、3年ぶりか？」
「……そうだね。ずっと来てなかったから、お兄ちゃんも

さすがに怒ってるかな？」
「大丈夫。アイツは怒りはしないさ。むしろ、奈々美が帰ってきて喜んでいるよ。透矢はああ見えて、結構シスコンだからな」
「ふふ。気持ち悪いね、それ」
　自然と笑いが溢れ、同時に目頭が熱くなる。
　実家が近付くにつれて緊張が増して、胸が騒ぎだす。
　気持ちを落ち着けるために息を吐き出すと、窓の外の懐かしい町並みを見つめて、お兄ちゃんに語りかけた。
　——ただいま。
　逃げ出した過去と向き合うために、３年ぶりに帰ってきたよ。

　実家に着いて早々、仏壇に手を合わせてお焼香をあげた。
　仏壇の周りには、お兄ちゃんがバスケの大会で入賞した時のトロフィーや賞状が飾られていて、埃がたまらないようこまめに手入れされてるようだった。
「お兄ちゃん、来るのが遅くなってごめんね」
　黒い額縁の中におさめられたお兄ちゃんの遺影写真を見て微笑む。
「……この部屋に入るのも、久しぶりだな」
　お兄ちゃんと悠大くんと私。
　３人で川の字に布団を敷いて寝た和室部屋。
　ここには、いろんな思い出が詰まっていて、お兄ちゃんの事故以来、なかなか足を踏み入れることが出来なかった

んだ。
「よかったな、透矢」
　私の隣にすっと膝をついて、仏壇の前に正座するお父さん。その眼には、うっすらと涙の膜が張っていて、つられるように私も泣いてしまい、ずっと鼻を啜った。
「……ねえ、お父さん。この花は？」
　仏壇に供えられたフラワーアレンジメントを指差して訊ねると、お父さんは「ああ」とうなずいて説明してくれた。
「父さんの知り合いが月命日にいつも持ってきてくれるんだ。綺麗な花だろう？」
　チリン……、とベランダに吊るした風鈴が揺れて、開け放した障子から生ぬるい風が入り込んでくる。
「……うん。綺麗だね」
　黄色い向日葵と、オレンジ色のガーベラと、白い菊が一緒になった暖色カラーの花束は、明るい人柄のお兄ちゃんのイメージにぴったりだなと思った。

　それから、しばらくリビングでお父さんと話をしたあと。
　2階の自室に上がり、机の引き出しや押し入れの中から大事なものを取り出して、ボストンバッグの中に詰め込んでいった。
　その後も、なんだかんだ2時間ぐらい実家に滞在して、夕方過ぎに家を出ることにした。
「お父さん、いってきます」
「せっかく来たのにもう行くのか？」

「うん。友達が待ってるから」
　玄関で靴を履き替えていると、お父さんがしょんぼりと肩を落としていたので「数日後には帰ってくるよ」と明るく笑いかけた
「駅まで送ろうか？」
「バスで行くから大丈夫」
　心配性なお父さんに手を振り、玄関のドアを開ける。
　――ごめんね、お父さん。
　中学時代の友達と会うために帰省してきたって嘘なんだ。
　本当は誰とも約束してないし、これから行く先で目的の人物と会えるかも不確か。
　もし、会えたとしても避けられてしまうかもしれない。
　それでも、気持ちを伝えにいくって決めたから、引き返さない。
　近場の停留所でバスに乗り込み、隣町に向かう。
　夕日でオレンジ色に染まった空を座席の窓から眺めながら、無事に会えますようにと祈っていた。

　夏休みに入る寸前、阿久津に背中を押された私は、迷いに迷ってから矢口さんに連絡を取って、悠大くんの近況を教えてもらった。
　その話を聞いたら、居ても立っても居られなくなって、衝動に突き動かされるように帰省を決意していた。
　バイト先のシフトを変更してもらって、両親には『地元

の友人の家に泊まる』と嘘をついて、悠大くんを探しに戻ってきたんだ。

　矢口さんから聞き出した情報によると、悠大くんは現在、実家を出て、ひとり暮らしをしているらしい。

　なので、本人に会いたいなら、直接アパートを訪ねた方がいいとアドバイスされた。

　教えてもらった住所を頼りに、スマホの地図アプリで検索をかけて、おおよその位置を確認してから出向いた──、はずなんだけれど……。

「……どっち方面に向かったらいいんだろう？」
　隣町まで来たのはいいけど、地元の駅からは想像出来ないぐらい都会っぽくて、土地勘がないので戸惑うばかり。かれこれ15分以上、駅前のロータリー周辺をうろうろしてる。

　もうすぐ夕方の６時半。

　地図アプリでルート検索するものの、道が入り組んでてわかりにくく、頭を抱えてしまう。

　駅前には、デパートや百貨店が並んでいて、若者向けのレジャー施設も充実してることから人通りが多く、非常に混雑している。

　通行人の邪魔にならないよう、ロータリーの端っこでスマホを操作してると。
「ねぇねぇ、さっきからひとりで何してんの〜？」
「そんな大きい荷物持って、もしかして家出？　行くとこ

ないなら、俺らがいいとこ連れてってあげよっか」
　目の前に、ふっと影が落ちて。
　顔を上げたら、大学生ぐらいの男ふたりがニヤニヤしながら絡んできて、行く手をはばむように囲んできた。
「だ、大丈夫です。行き先は決まってるので」
　ふいと視線を逸らし、足元に置いていたバッグの紐を持ちなおす。なるべく関わらないよう足早に去ろうとしたら、柄の悪そうな髭面の男に腕を掴まれてビクッとなった。
「え〜？　そんなこと言って、さっきからずっと、ここら近辺うろついてんじゃん。なあ？」
「俺らが助けてやるからさ。おいでって」
　髭面の男が、アロハシャツを着た金髪頭に目配せすると、金髪頭が私の肩に腕を回してきて、そのまま強引に歩き出そうとする。
　まずい、と本気で焦って、周囲の人達に助けを求めようとするものの、みんな面倒事に巻き込まれたくないのか見て見ぬフリ。私達の周りを避けるように通りすぎていく。
　心臓がドクドク鳴りだし、全身が小刻みに震えだす。
　怖い、けど。
　誰も助けてくれないなら、自分でどうにかしなくちゃ。
　確か、駅の改札口方面に交番があったような……？
　そこまで逃げ切れば、なんとかなるはず。
　だけど、全く逃げる隙を与えてもらえず、ふたりがかりで背中を押し出されて、強引に引きずられていく。
　情けないことに膝が震えて、恐怖で声が出てこない。

どうしよう、どうしよう、とパニック状態に陥っていると――。
「離せよ」
　背後から、男の人の低い声が響いて。
　突然、金髪頭が「いてててっ」と叫び出し、後ろからねじり上げられた手首を押さえて蹲った。
　掴まれていた腕を離され、すぐさま後ろを振り返る。
　するとそこには、目を見張るような美形が立っていた。
　私に絡んできた男達を上から軽く見下ろすほどの長身。
　サラサラの髪は、綺麗な栗色をしていて。
　彼をひと目見た瞬間、息が止まるかと思った。
「テメェッ、何すんだよっ」
　負傷した金髪男を見て、もうひとりの男が怒りの形相で美形男子に掴みかかろうとすると。
「さっき、通報しといたけど？　もうすぐ警察が来るんじゃない？」
　美形男子は首の裏を押さえながら淡々とした口調で話し、静かに男達をにらみ付けた。
　通報という言葉に怯んだのか、ふたり組は「チッ」と舌打ちして、血相を変えて逃げ出していく。
　男達の姿が見えなくなったとたん、緊張の糸がほどけて、へなへなと地面にしゃがみ込んでしまった。
「大丈夫？」
　助けてくれた彼が、放心状態の私を見て、背を屈めながら手を差し伸べてくれる。

大丈夫、って返事をしたいのに、なかなか顔を上げられない。その理由は、男達に連れ去られそうになったこと以上に、別の感情で気持ちが高ぶっていたせい。
　だって……、こんな偶然ありえない。
　昔の面影を残したまま、大人っぽく成長した姿。
　斜めに分けられた長めの前髪。
　目鼻立ちが整った中世的な顔立ち。
　長い睫毛に縁取られた目は、あの頃のまま。
　線の細い体つきから、ほど良く筋肉のついた体になって、身長がだいぶ伸びた。
　頭ひとつ分以上離れているので、180cmは超えてる。
　無地の白シャツに、細身のジーンズ。
　首には革製のネックレスが提げられ、革靴を履いている。
　シンプルだけどオシャレな着こなしで、より彼のカッコよさが引き立ってる。
「……悠、大くん。悠大くんだよね？」
　質問した声は震えて、信じられない思いで胸がいっぱいになった。
　たくさんの人々が行き交う道の真ん中で、ここだけ時間が止まったような気さえした。
　お互いの顔を食い入るように見つめ合っていたのは、ほんの数秒の出来事。なのに、1秒1秒がとても長く感じて、瞬きすることさえ忘れていた。
　私の顔を見た彼も、驚きで目を見張っている。
「……奈々美？」

やっと私に気付いてくれたのか、半信半疑な様子で目を見開き、呟くように名前を口にする。
　目に見えてわかるぐらい動揺していて、ひどく困惑した表情をしていた。
「うん。笠原奈々美だよ」
　ゆっくり立ち上がりながら、眉尻を下げて苦笑する。
　気を緩めたら泣きだしてしまいそうで、気持ちが溢れ出しそうになるのを必死に抑えた。
「すごく背が高くなったね」
「そっちも、髪が長くなったね」
「うん。ずっと伸ばしてたから」
「……それより、どうして奈々美がここに？」
　私から目を逸らして、気まずそうに黙り込む。
　3年前に、キッパリ突き放されただけに、再会を喜んでもらえるとは思ってなかったけれど……この反応は、正直悲しい。
　——でも、ここでへこたれるわけにはいかないから。
　今だけ。少しでいいから勇気をちょうだい、お兄ちゃん。
　嘘をつくのは苦手だし、罪悪感もあるけど。
　どうか、許して。
　ぎゅっと手のひらを握り締めて、唇を引き結ぶ。
「お、お母さんとケンカして、家出してきちゃって。勢いで地元に戻ってきたんだけど、連絡せずに来たもんだから、お父さんが出張に行ってたの忘れてて、実家に入れないの。それで、どうしようかなって困って、行くあてもなくプラ

プラと……」
　苦しい言い訳だけど、あくまでも自然な感じで説明する。
　もし、悠大くんの性格が変わってないなら、優しい彼は困ってる人を見捨てたりせず、助けようとするはずだから。
「悠大くんはどうしてここに？」
「俺、は——実家から出て、ひとりでこっちにいるから」
「それって、ひとり暮らししてるってこと？」
　ごめんね。本当は矢口さんから聞いてて知ってるんだ。
「……ん」
　私からの質問に、悠大くんが歯切れ悪く返事する。
　その隙を逃さず、すかさず彼の腕を掴んで頭を下げた。
「お願い!!　しばらくそこに泊めさせてっ」
「は？」
「久しぶりに会ったばっかりで何言ってんだって感じだけど、本当に頼れる人がいなくて……。それに、悠大くんは覚えてないかもしれないけど、困ったことがあったら助けるって言ってくれたじゃない？」
　自分でも滅茶苦茶なこと言ってるって思う。
　でも、ここで別れたらおしまいだから。
　悠大くんとの接点をつくるために、とにかく必死だった。
「『約束』、覚えてない……？」
　すっと小指を差し出して、不安げに悠大くんを見つめる。
　中2の夏、ふたりで交わした約束のゆびきりげんまん。
『——透矢先輩に何かあったら、今度は必ず俺が助けにいくし、先輩の妹である笠原さんのことも困ったことがあれ

ば手助けしたいと思ってる』
『……じゃあ、何かあった時は佐野くんに相談するね?』
『ん。約束するよ』
　たとえ、お兄ちゃんへの恩返しだとしても、悠大くんに力になると言ってもらえて本当に嬉しかったんだ。
「私は、忘れてないよ……」
　真剣な瞳で見つめる私に、悠大くんは「でも……」と躊躇したように言葉を濁す。
「——仮にも、俺は男で、奈々美は女だし」
「そんなの全然関係ないよ!!　悠大くんは人の嫌がることをしない人って、ちゃんとわかってるもん」
「……部屋も狭いし」
「大丈夫!　私は畳1枚分のスペースで十分だから。もちろん床で寝るし、お世話になる期間の生活費もきっちり入れるよ。炊事、洗濯、なんでもやるし、悠大くんの生活の邪魔になるようなことは絶対しない」
「そうは言っても……」
　前髪を掻き上げて、悠大くんが深いため息をつく。
　眉間に皺を寄せて、どうしたものかと考えあぐねているようだ。
　ここまで渋られるってことは、もしかして……。
「か、彼女がいるから駄目、とか……?」
　自分で言いだしておいて想像しただけで泣きそうになる。
「いる、よね……。そりゃ、家に上げられないに決まって

るよね」
　だって、こんなにカッコいいんだもん。
　周りが放っておくわけないよね。
　それでなくても、再会を望まれてないのに……。
「いきなり変なこと言ってごめんね。それじゃあ、私行くから……」
　悠大くんにくるりと背を向けて、ボストンバッグを持ちなおす。
（……私の意気地なし。悠大くんに会ったら、伝えたいことがたくさんあったのに）
　微妙な反応をされたことに落ち込んで、意気込みが萎んでしまった。
　そんな自分の不甲斐なさが情けなくて、目頭がじわりと熱くなる。
　いくら脳内シミュレーションしてても、リアルで失敗してるんじゃ意味ないじゃない。
　東京に行って、少しは変われたと思ったのに。
　悠大くんを前にしたら、昔の臆病な私が顔を出して、すっかり引っ込み思案に逆戻りしてしまった。
　だって、怖かったんだ。
　3年前のように、また拒まれたらって……。
　考えただけで、気持ちが不安定になって、逃げるように背を向けていた。
　だけど、いざ歩き出そうとしたら。
「待って」

――グイッ。
　後ろから肩を掴まれて引き留められていた。
「違うから」
　振り返ったら、悠大くんが焦った顔で額に汗を滲ませていて。
「彼女とか、いないし」
「え……？」
「誰とも付き合ってないよ。だから、勝手に誤解して自己完結しないでよ」
「だって、私が泊まらせてって言ったら、すごく迷惑そうな顔してた……」
「それは……、いきなりで驚いたのと、部屋の片付けとか、女の子を泊めてもいいのかとかいろいろ考えてて」
　困ったように目尻を下げて、苦笑いする悠大くん。
（拒否、されてたわけじゃなかったの……？）
　昔みたく突き放されることにおびえていた私は、ほっとしたとたんに、泣きそうな顔になってしまって。
　泣くのをこらえるために、眉間に皺を寄せて唇を引き結んでいたら、相当変な顔になってたみたいで、悠大くんが「ふ」と短く噴き出した。
　中学の頃と変わらない、穏やかな笑顔で。
「奈々美、すごい顔」
「……してないもん」
　笑われたことが恥ずかしくて、悠大くんの肩に弱々しいパンチをする。

顔を上げて、目と目が合った直後。
私達は、ほぼ同じタイミングで噴き出していた。

——ねぇ、お兄ちゃん。
やっと、悠大くんに会えたよ。
3年ぶりに、『今』の彼と再会出来た。

眠れない夜

　駅前のロータリーから徒歩15分。

　ネオンがきらめく繁華街の通りの先に、悠大くんがひとり暮らしをしているアパートはあった。

　集合住宅が何棟か集まっているエリアの一角に建つ、2階建ての木造アパート。

　そこの2階にある角部屋が悠大くんのおうちだった。

「少し散らかってるけど、適当な場所に座って」

「お、お邪魔します……」

　悠大くんに促されて部屋の中に上がった私は、きょろきょろと室内を見渡し、放心する。

　ひとり暮らしの部屋ってどんな感じだろうって思ってたけど、意外と普段から綺麗に片付けてるみたい。

　およそ6畳のワンルームにベッド、テレビボード、ローテーブルが配置されてて、あとは必要最低限の家具しか置いてないみたいだった。

「あの、ひとり暮らししてるって言ってたけど、家族の人は……？」

「中3の時に、父親がアルコール依存症で入院することになって、しばらく婆ちゃんの家で暮らしてたんだ。けど、なんか落ち着かなくて……。ひとりになりたいってお願いしたら、高校に入る時に、ひとり暮らしの許可を出してもらえたんだ。父親は実家にいるけど、しばらく会ってない」

「そうだったんだ……」
　サラリと説明してくれたけど、相変わらずの複雑な事情を聞いてなんとも言えない気持ちになる。
　やっぱり、まだ家族の間でわだかまりがあるのかな……？
　未成年がひとり暮らしをするって、相当大変なことだと思うから、人に言わないだけでたくさん苦労してるんだろうなって感じてしまった。
「えっと、ごめん……。せっかく来てくれたのに悪いけど、食べ物の買い置きがなくて」
「買い置きがないって……、ちょっと見せてもらってもいい？」
　玄関を上がってすぐの台所スペースに移動して、ひと言断ってから冷蔵庫の中を確認させてもらうと、なるほど。
　見事に空っぽで、ペットボトルの飲料水しか入ってない。
　周りをよく見てみると、ゴミ袋の中にはコンビニのお弁当やカップ麺の空容器が大量に捨てられていて、それらが悠大くんの普段の食生活を物語っていた。
「今からコンビニ行ってくるけど、何が食べた——」
「ストップ、悠大くん!!」
　ガシッと両手で悠大くんの腕を掴んで口を開く。
「家に置いてもらってる間、私が料理するから、スーパーまで案内して！」
　ものすごい剣幕で迫る私に、悠大くんはびっくりした様子で目を丸くさせていた。

——ということで。
　あれから、近所のスーパーにふたりでやってきた。
「悠大くん、食べたいものがあったら教えてね」
「基本的にはなんでも食べるけど、インスタント食品ばっかだから野菜を取りたいかも」
「じゃあ、まずは野菜コーナーから見て回るね」
　スーパーで買い物することはほとんどないと言う悠大くんに、栄養価の高い野菜の見分け方を簡単に説明してあげると「へぇ」と関心してうなずかれた。
「でも、覚えたところで自炊しないからなぁ」
「食べ盛りなんだから、しっかり栄養取らないと駄目だよ。普段はどうしてるの？」
「コンビニ弁当とかカップ麺。あと、たまに外食とか」
「ジャンクフードばっかりじゃ体に悪いよ。それに、体力だってもたないし」
「……いいんだよ。特に今運動とかしてないし」
　ほんの一瞬、突き放すように冷たくなった声。
　投げやりなセリフとは対照的に、悠大くんの横顔はどこか寂しそうで……。
『特に今運動とかしてないし』
　——それは、バスケを辞めたって意味だったから、チクリと胸が痛んだ。

　レジで会計して、商品を袋詰めし終えると、悠大くんが何も言わずに重たい荷物を全部持ってくれた。

「わ、私も半分持つよ。ペットボトルのジュースとか入ってて重たいし……」
「ううん。俺ひとりで平気だよ」
　優しく微笑まれて、思わずキュンとしてしまう。
「でも、さっきもレジでお金払ってもらっちゃったし……。私が一方的に押しかけて迷惑かけてるんだから、もっとコキ使っていいんだよ？」
「コキ使うって、透矢先輩じゃないんだから」
　ふっと表情を緩めて、悠大くんが短く噴き出す。
　彼の口からお兄ちゃんの名前が出てきたことにドキッとして、同じぐらい嬉しく感じた。
「ふふ。長年、傍若無人（ぼうじゃくぶじん）な兄に振り回されていたせいか、どうもパシリ体質が抜けきらなくて」
　悠大くんに合わせて、私もわざとおどけてみせる。
　肩をすくめて苦笑すると、悠大くんは「ちょっと合点がいったかも」と、考える顔をして。
「中学の時、奈々美って人からの用事を全部引き受けてたじゃん？　あれって、もしかしたらだけど、透矢先輩からの用件をこなすことに慣れすぎてて、面倒事を引き受ける癖がついてたのかなって」
「！」
「全部が全部そうってわけじゃないとは思うけど」
「ううん。言われてみれば確かに……。ってことは、ちょっと待って。そう考えると、お兄ちゃんのせいで悩んでたんじゃん！」

家来のように妹をコキ使っていたお兄ちゃん。
　あまりにも毎日用事を言いつけられるものだから、文句を言いつつも引き受ける癖がついてしまって。
　反発するだけ時間の無駄だし、さっさと用事を片付けちゃおうって、今悠大くんが言ったとおりの考えになってた気がする。
「お兄ちゃんめぇ……っ」
　両手をわきわきさせて憤怒してたら、悠大くんがこらえきれないといった様子で盛大に噴き出した。

　アパートに戻る頃には、外はすっかり暗くなっていた。
　玄関のドアを開けて「ただいま」も言わずに部屋の中に上がる悠大くんの姿を見て、未成年がひとり暮らしする心細さみたいなものを感じとってしまった。
　そりゃ、寂しいに決まってるよね。
　……でも、今は私がいるから。
「ただいまーっ」
　元気な声であいさつして家の中に上がる。
　きっと、お兄ちゃんなら「お前はひとりじゃないぞ」って元気づけるために、こうすると思ったから。
「……この家で『ただいま』って聞いたの、はじめてかも」
　私の声に振り返った悠大くんが、物めずらしそうな顔で呟き、わずかに表情を緩める。
　でしゃばりすぎかなってドキドキしてたから、嬉しそうな顔を見て、言ってよかったって安心した。

「ご飯の支度をするから、悠大くんは好きなことしてて」
「いや、自分の家だし、何か手伝うよ」
「いいのいいの。とりあえず、今晩は私に任せて！」

　手伝いの申し出を遠慮すると、悠大くんはまだ何か言いたげな顔で「……わかった」と返事をしてくれた。
「ありがと。じゃあ、着替えちゃうね」

　ボストンバッグの中から自前のエプロンを取り出し、調理の邪魔にならないよう背中まで伸びた髪をポニーテールに結びなおす。

　台所に立つと、最初に手を洗い、すぐさま調理に取りかかった。

　それから、約30分ぐらいして、大体のおかずが出来上がってきた頃。
「なんかいい匂いがする」

　くんくんと匂いを嗅ぎながら、悠大くんがひょっこりと現れて。

　フライパンの中を覗き込んで、嬉しそうに瞳を輝かせた。
「ハンバーグ？」
「正解」
「やった。俺、ハンバーグ好きなんだよね」

　くしゃっとした笑顔を浮かべて、子どもみたいに喜んでくれる悠大くん。ふふ。かわいいなぁ。

　──ねぇ、悠大くん。

　きっと、悠大くんは忘れてると思うけど。

　ハンバーグを作った理由はね、3年前に悠大くんが食べ

たいってリクエストしてくれたからなんだよ。
　あの時、おいしそうに食べてくれた姿が本気で嬉しかったから。
　そのことは、内緒にしておくね。

「いただきます」
「いただきます」
　出来上がった料理を部屋に運んで、ローテーブルの上に並べたあと、ふたりで手を合わせて、食事しはじめた。
「うまい」
　ハンバーグをひと口食べて、ぱあっと表情が明るくなる悠大くん。
「やばい、マジでうまいわ」
　パクパク食べる度に、味を絶賛されて、嬉しさで胸がいっぱいになる。喜んでもらえて本当によかった。
「悠大くんは自分でご飯を作ろうとは思わないの？」
「……はじめのうちは何度か挑戦してみたけど、料理の仕方がよくわからなくって。味付けが変に薄かったり、反対にしょっぱすぎたりしてさ。面倒くさいから、出来合いのものに頼るようになった」
　私の質問に、悠大くんがお箸を口にくわえて「ぐっ」と眉をひそめる。
　なんでも器用にこなせるイメージがあったので、悠大くんにも苦手なものがあるのが意外だった。
　そのことを、食後にふたりで食器洗いしてる時に話した

ら、悠大くんはびっくりしていた。
「中学の時ね、私の中の悠大くんって、頭も良くて、運動も出来て、見た目もカッコ良くてモテモテで、周囲からの人望も厚い、まさに完璧な人ってイメージだったんだ」

　私がスポンジで洗った食器を水切りしながら話すと、悠大くんが「俺が？」とびっくりした顔で目を見張る。
「うん。欠点がないっていうか、みんなが憧れるものを全部持ってて、うらやましいなって思ってた」

　非の打ちどころがない人気者の悠大くんに、私はずっと憧れていたから……。
「でもそれって、反対に言えば、悠大くんの上辺しか見てなかったってことなんだよね」
「……え？」

　最後の1枚を洗い終えて、水道の水を止める。
「前に、悠大くんがバスケ部に入部した当初の苦労話を聞かせてくれたでしょ？　あの時から、悠大くんもみんなと同じように悩みを抱えてる普通の人間なんだって感じるようになったの」
「それって、あの話を聞いて幻滅したってこと？」

　不安そうな目をする悠大くんに、私は「ううん」と首を振る。
「違うよ。周りが勝手に押し付けてたイメージの中の悠大くんじゃなくて、目の前にいる本物の悠大くんをもっと知りたいなって思ったの」

　お兄ちゃんが悠大くんを家につれてくるようになって、

たくさん素の部分を知っていった。
　年相応にはしゃぐ姿。
　ご飯をおいしそうに食べる姿。
　お兄ちゃんの厳しい特訓に必死でくらいついていく真剣な姿。
　いろんな姿を見て、どんどん好きになっていった。
「何が言いたいかっていうとね、私は『今』の悠大くんを全然知らないでしょう？　だから、今日からまたお互いのことをもっと知り合って、悠大くんの素顔を見ていきたいんだ」
　記憶の中の悠大くんは、中２の夏で止まったまま。
　だからこそ、今の悠大くんを知って、彼の気持ちに寄り添いたかったんだ。
「……うん」
　私の言葉に、悠大くんの瞳が揺らいで。
　複雑な表情でうなずく彼を見て、やっぱりまだ『過去』に縛られてるんだなと悟った。
　悠大くんの顔から笑みが消えて、悲しそうな表情になる。
　過去に囚われている人にとって、現在を見つめるのは、難しいことだから。
（……どうか、悠大くんの傷が少しでも癒えますように）
　心から強くそう祈った。

　それ以降、なんとなく気まずい空気が流れ出して。
　交互にシャワーを浴びて、そろそろ寝る時間になった頃。

更に大きな問題が発生して、私達は押し問答していた。
「奈々美はベッドで寝て。俺は床で寝るから」
「だ、駄目だよ！　ここは悠大くんの家なんだし、私が床で寝る」
「それこそ駄目だろ。奈々美は女の子なんだから」
「でも……、布団はひとつしかないのに、雑魚寝なんかしたら体が痛くなっちゃうよ」
　どちらも引かず、ベッドの譲り合いをした結果。
「そうだ！　なら、一緒に寝ればいいんだ」
　両手をポンと合わせて、そうしようよと笑顔で勧めたら。
「……本気で言ってるの？」
　悠大くんの顔が怖くなって、ビクリと肩が震えた。
「えっと……、悠大くん？」
　ジリジリと距離を詰められて、一歩ずつ後ずさる。
　けれど、あっという間に、壁際まで追いつめられて。
「――奈々美は何もわかってない」
　トン、と肩を押された直後、視界が反転して、ベッドの上に体が沈み込んでいた。
　驚きで目を見開いたのは、悠大くんが私のお腹を跨ぐようにして、ベッドに片膝をついていたから。
　ギシリとスプリングの軋む音がして、すっぽりと影に覆われる。
　視界いっぱいに広がる悠大くんの顔に、ごくりと唾を呑んで、フイッと視線を逸らしたら、すぐに顎を掴まれて正面を向かされた。

「ちゃんと俺の目を見て」
「……っ」
　私の顔の横に片手をついて、悠大くんが真っ直ぐな目で見下ろしてくる。
　真剣な表情で見つめられて、嫌でも頬が熱くなった。
「奈々美は『女』で、俺は『男』だってこと、ちゃんとわかってる？」
　悠大くんのサラサラな前髪が額に触れて、吐息のかかりそうな至近距離に心臓が騒ぎだす。
　クラクラと眩暈がして、指１本動かせない。
「一緒の布団で眠るってことは、俺のタガが外れて、奈々美にひどいことする可能性があるってことなんだよ？」
「ひどい、こと……？」
「俺だって、普通の男だから……あんまり無防備で近寄られると、困る」
　気まずそうに目を逸らす悠大くんの頬も赤らんでいて。
　見たことない表情に、胸がドキッとして。
　こんな状況にもかかわらず、異性として意識してもらえていたことに喜んでしまう自分がいた。
「……いいよ」
「は？」
「悠大くんなら、ひどいことされてもいいよ」
　少しだけ怖いと思った気持ちが消えて、目を細めてふんわり笑う。
「何言って……」

「だって、本気で言ってるわけじゃないって、ちゃんとわかってるから」
　すっと手を伸ばして、悠大くんの頬に触れる。
　目を合わせて微笑んだら、悠大くんが「ッ」と息を呑み込んで、ずるずると私の上に倒れ込んできた。
「……この状況でそれを言うのはズルいだろ」
　ボソリと呟かれた声は聞こえなかったけれど、ゆっくりと上体を起こして、私から体を離した悠大くんは、
「背中を反対方向に向けて寝ること。これだけ絶対守って」
　と、観念したように、額を押さえて呟いた。
　押し問答の末、私達は一緒のベッドで寝ることに。
　今更だけど、いざ電気を消して、同じ布団に入ったら、思ってた以上に体が密着してドキドキした。
　でも、背中越しに感じる温もりが心地良くて、今日１日強張っていた体から少しずつ力が抜けていく。
　人肌ってあったかいんだなぁ、と微睡の中でぼんやり思っているうちに、いつの間にか眠ってしまって——。
「……こんな状況で、眠れるわけないだろ」
　意識を手放す寸前、ギシリとスプリングの軋む音が聞こえて、悠大くんが上体を起こす気配がした。
「奈々美……」
　切なげな声で吐息交じりに名前を呼ばれたような気がして、目を開けたいのに、瞼が重くて開いてくれない。
「どうして、今更——……」
　ゴツゴツして骨ばった手が私の頬に触れて、優しくひと

撫でする。
　あ——、と遠のく意識の中で感じたのは、誰かが前髪を掻き分けて、額に口づけしてきたような感触だった。

笠原透矢のノート—Ⅱ

　正々堂々としたお兄ちゃんらしい行動力。
　間違っていることは間違っていると思ったからこそ、悠大くんのために協力出来ることしようと動いてたんだよね。
　きっと、悠大くんもその気持ちに——。

　＊　＊　＊

　今日、ついに佐野の口からあざの原因を白状させた。
　はじめは頑なに口を割ろうとしなかったけど、しつこく粘り続けたら、ようやく諦めたように事情説明してくれた。
　その結果、アイツに暴力を振るっていたのは、実の父親だって判明したんだ。
　佐野本人は『たいしたことない』って言うけど、どう見ても立派な虐待だよな？
　心配しだしたらキリがなくて、俺なりに何か手助け出来ることがないか、かたっぱしから本やネットで調べてみた。
　はじめは児童相談所に通報しようか迷ったけど、下手に事を荒立てて佐野を傷付けたら意味がないし、もっと慎重に情報を集めてから動くことにした。
　まずは、せめてもの証拠に、このノートに記録を残してくことにする。

前に、ＤＶ被害者が裁判で有利になるよう、被害記録を残してたって記述を何かで読んだことあるし。全く役に立たないってことはないだろ。
　佐野には『とりあえず、家で困ったことがあったら、すぐ連絡してこい』って伝えておいた。
　でも、被害が悪化してくようなら、本人が拒否したとしても強制的にうちに泊まらせて、父親から離す時間をつくってやろうと思う。
　その時は、俺の親にも事情を話して協力してもらわねぇとな。
　奈々美は動揺してうろたえまくるだろうから、当分隠しておく。つーか、アイツって佐野のこと好きだよな絶対？
　やたら部活中の佐野の話を聞きたがるし、バスケ部の大会で撮った集合写真も佐野のとこだけ食い入るように凝視してた。我が妹ながら、なかなか気持ち悪かったぜ。
　……って、奈々美のことはさておき。
　佐野は大事な後輩だし、バスケ部の将来的にも必要な人材だしな。俺に出来ることはなんでも協力するつもりだ。
　何かあってから『もっと早く気付いてあげればよかった』なんて、卑怯なこと言いだす人間になりたくないしな。
　困ってる奴がいたら助ける。
　ただそれだけだ。

「おはよう」と「おかえり」

「ん〜っ」
　翌朝、目を覚ました私は、ベッドの上で体を起こし、うーんと伸びをした。
　って、あれ？　いつもと天井が違うような……。
　寝起きでぼんやりしたまま、ベッドに視線を戻して、ぎょっと目を見開かせる。
「ゆっ……!?」
　大声を出しかけて、両手で口を塞ぐ。
　隣で眠る悠大くんを見て、徐々に記憶を戻した私は「そうだった……」と顔を真っ赤にして息を吐き出した。
　私、昨日悠大くんの家に押しかけて、泊まらせてもらったんだった。
　上からチラリと悠大くんの寝顔を見下ろすと、あどけない顔で健やかに寝息を立てている。クッションを抱き締めて眠る姿に、胸がキュンとなった。
　かっ、かわいい……。
　ていうか、睫毛長っ。
　出来るなら、このまま起きるまで眺めていたいところだけれど、ベッドから抜け出して、足音を忍ばせて移動する。
　冷蔵庫の中身を確認すると、朝食の献立を決めて調理に取りかかった。
　悠大くんが目を覚ましたのは、それから約１時間後。

「ん……」
　シャツの中に手を入れて、お腹をポリポリ掻きながら起きてきた悠大くんに「おはよう」って元気良くあいさつしたら、なぜかため息をつかれて。
「……朝まで眠れなかった」
　目の下に隈をつくった悠大くんが、額に手を当てて呟き、フライパンの中を覗き込んできた。
「あ、もうすぐ出来るから待っててね。今、お皿によそって運ぶから」
　満面の笑顔で話しかけたら、心なしか悠大くんの頬が赤く染まって、照れながらうなずいてくれた。

「……こういう感じ、懐かしいな」
　ローテーブルの前に向かい合わせに座り、いただきますした直後。お箸を握りながら、悠大くんがポツリと呟き、昔を懐かしむように目を細めた。
「朝起きたら、料理中の音がして、作り立てのご飯が出てくるの」
　お椀を持ったまま、寂しそうに微笑む悠大くん。
「それは……実家にいた時の話？」
　家の話題に触れていいのかためらったものの、気になって質問してみたら。
「うん。俺の母親が生きてた頃のね」
　と、サラリと重たい発言が出てきて。
「生きてた……？」

目を見張る私を見て、悠大くんが苦笑する。
つらい時ほど無理して笑う、あの笑顔で。
「俺が小6の時に、癌(がん)で亡くなったんだ」
カラン、とグラスの中の氷が溶けて。
衝撃的な事実に胸の奥がざわめいた。
「うちの母親、なんでも無理する人で。ギリギリになるまで病院に行かなくて、倒れて検査した時には、手の施(ほどこ)しようがない状態だった」
悠大くんの口からはじめて聞かせてくれる、お母さんの話。
それは、あまりにも想像を絶していた。
「手術をしようにも、全身のいたるところに癌が転移していて。お見舞いに行く度に、目に見えて体がやせ細っていて、悪化してくのを見るのがつらかった。抗がん剤の影響で髪も眉も抜け落ちて……どんどん死に近付いていくのがわかるんだ」
成績優秀で運動神経も抜群な上に、誰からも人望を集める人気者。完璧な彼に悩みなんてないと、かつての私はそう思い込んでいた。
だけど、違ったんだ。
言葉にしないだけで、深い苦しみを抱え続けていたのだと気付かされる。
「はじめの頃は、親父とふたりで『絶対元気になるから大丈夫だ』って母親を励まし続けてたんだけど、医者から病気の進行具合を聞かされる度に親父も気落ちして……。つ

らいことを忘れるためか、仕事から帰ると毎晩酒を飲むようになってさ。母親が死んでからは、一気に酒量が増えて、酔っぱらうと家で暴れだすようになったんだ」
　脳裏に浮かんだのは、３年前の夏の出来事。
　悠大くんの家の前で目にしたショッキングな光景。
　家の中から響く怒号。ビール瓶で割れたガラス窓。言い争いの末に、庭に放り出された悠大くんの姿。
　あとから発見したお兄ちゃんのノートを読んで、虐待の事実を把握することになった。
「はじめは物に当たって、家中の家具が破壊されてった。それでも飽き足らないと、暴れるのを止めようとする俺にも手を出すんだ。いくら酒飲むのをやめろって言っても聞かないし……。なんとかしてやりたくても、俺自身、母さんが亡くなったことを受け止めきれてなくて限界だったから、俺を殴ってスッキリするなら『それはそれでいんじゃん？』って投げやりな気持ちになって、ストレス発散のサンドバッグみたいなことやってた」
「そんな……」
「よその人を怪我させるよりマシだし、親父も役所関係の堅い職に就いてるから、よっぽど飲みすぎなければ奈々美が見た日みたいに暴れないからさ。……それに、悲しみを怒りに変えて発散したい気持ちはなんとなくわかる気もしたから」
「でも、それだと、悠大くんの気持ちは……っ」
「うちの父親、元々モラハラ気質なところがあって、仕事

や対人関係のストレスがたまると母さんにぶつける癖があったんだ。当然、母さんからすれば身に覚えのないことで八つ当たりされるわけだから口論になるんだけど、先に折れるのはいつも母さんの方で……。そういうのが長年積み重なって、なんでも我慢する癖がついたんだと思う」

「…………」

「それが結果的に、病の発見を遅らせたんじゃないかって親父はずっと後悔してる。酒に逃げ続けてるのは、気持ちの持っていき場がなくて逃げてるだけなんだよ」

この話はおしまいと言わんばかりに無言で食事を再開する悠大くんに、それ以上の追及が出来なくて。

「……悠大くんは、我慢しないでね」

泣きそうな顔で言う私に、悠大くんは「ありがとう」と苦笑して、そのまま口を閉ざした。

お兄ちゃんの部屋から遺品として出てきた『記録ノート』には、ここまで詳細なことは綴られていなかった。

その分、当人から語られた真実に衝撃を受けて、予想を遥かに上回る悠大くんのつらい過去に涙が溢れそうになったんだ。

今の会話の中で感じとったのは、悠大くんは決してお父さんを憎んでいないということ。

恨むどころか、父親のメンタルや体調さえ気遣ってる。

ひどい目に遭わされたというのに、相手を非難せずに、心から心配しているんだ。

悠大くんは、人の傷付く姿を見るよりも、自分が傷付け

られた方が楽なのかもしれない。
　優しさが自己犠牲に繋がっている。
　繊細(せんさい)すぎる彼の一面を見て、そんな印象を受けた。

「ごめん。9時からバイトで、夕方まで帰ってこれないんだ。スペアキー渡しておくから、出かける時に使って」
　ワンショルダーバッグを肩に提げて、大急ぎで出かける支度をする悠大くん。
　どうやら、夏休みの間だけ短期バイトをしているらしく、今日もこれから仕事らしい。街頭で物配りをする仕事だというので、熱中症には気を付けてねと言って、笑顔で送り出した。
「いってらっしゃい。気を付けて帰ってきてね」
「……ん。いってきます」
　玄関先まで見送りに出ると、悠大くんは照れた様子で口元に笑みを浮かべて、外に出かけていった。

　その後、ひとりで家に取り残された私は、家に置いてもらってるお礼に部屋の掃除をすることにした。
　まずは、洗い物と脱衣籠にたまった衣類を種類別に分けて洗濯し、部屋全体に掃除機をかけて床ぶきをした。
　共働きで多忙だった両親に代わって、小さい頃から家事をこなしてきたせいか、どうも何もしてない状態が落ち着かないんだよね。
「ふー、だいぶ綺麗になってきたかな？」

ひととおりの家事を終えて、手の甲で額の汗を拭う。
　窓ふきもしたし、あとは夕飯の買い出しに行くぐらい。
「——と、その前に」
　掃除の邪魔にならないよう、床にあった小物類をひとつの箱にまとめておいたんだった。すぐに使うものでもないので、ひとまず押し入れにしまっておこう。
「……あ」
　襖を開けた瞬間、中から見覚えのある写真とバスケットボールを見つけて、思わず声が出てしまった。
「これって……」
　写真立てに入っていたのは、私の実家にも飾られている、男子バスケ部が全国大会に出場した時の集合写真だった。
　この写真は、お兄ちゃんが中２の時。
　当時の３年生が最前列に膝立ちして座り、中腰で立った２年生が２列目に、１年生は３列目に並んで立っている。
　１年生の頃からスタメン入りしていたお兄ちゃんは、２年生の中で唯一ユニフォームを着用していて、２列目の真ん中で豪快に大口を開けて笑ってる。
　写真をよーく見ると、３列目の端っこに女の子みたいにかわいい顔した悠大くんも映っていて、目をぱちぱちさせた。
「悠大くんて、こんなにちっちゃかったんだ……」
　ぱっと見は『小柄な美少女』で、一瞬誰かわからなかった。
　何も説明されてなければ、男子バスケ部の女子マネー

ジャーって勘違いされてもおかしくないレベルだ。

そこら辺の女子より遥かにかわいすぎる。

そういえば、私が悠大くんの存在を知ったのって、中2で同じクラスになってからなんだよね。

佐野悠大って名前自体は、一部の女子が騒いでて知ってたけど、それまで顔と名前が一致してなかった。

だから、教室ではじめて見た時『この人が、みんなが噂してる佐野くんなんだ』って意識して見てたのを覚えてる。

中2の頃には、身長も伸びて、すでに大人っぽい容姿をしてたから、写真の中の幼い悠大くんの姿は、私の目に新鮮に映った。

「……バスケは辞めたって言ってたけど、ちゃんと持ってたんだね」

写真立ての隣に置かれたバスケットボールに触れて苦笑する。

年季が入っているためか、ボールは空気が抜けていて、表面も薄汚れている。長い間使用されてなくても、捨てずに取ってあること自体が嬉しかった。

「悠大くんは、もうバスケしないのかな……?」

あんなに真剣に取り組んでたのに、もったいない気がする。

『佐野に何かあったら、すぐ俺に教えろ。それから、お前もアイツの支えになれるようになれ。ただの友達だろうが恋人だろうが繋がりはなんだっていい。佐野が苦しんでる時に、アイツを少しでも助けてやれ』

いつかのお兄ちゃんの言葉がよみがえり、チクリと胸が痛む。
　ねえ、お兄ちゃん。
　私なんかが頼ってもらえる日は本当にくるのかな？
　本当はもっと力になりたいのに、無力な自分が歯がゆくて情けなくなる。
　支える、なんて大袈裟かもしれないけど。
　私に出来ることはなんでもしてあげたい。
　悠大くんには心から元気になってほしいんだ。
　……けど、現実はそう簡単にはうまくはいかず、自分の力不足を痛感してしゅんとしていたら。
　バスケットボールのそばに懐かしい物を発見して、大きく目を見開いた。
「この本……悠大くんと一緒に観た映画の原作本だ……」
　ふたりで映画を観てから立ち寄った本屋さん。
　そこで原作小説の面白さを熱弁したら、興味を持った悠大くんがその場で購入してくれた本だった。
「まだ持っててくれたんだ……」
　たまたま処分せずに持ってただけで、特別な思い入れなんてないと思う。
　それでも、思い出の本を捨てずにとっておいていてくれたことが嬉しくて、じんわりと目頭が熱くなった。
「あれ？　本の間に何か挟まって……」
　懐かしさで本のページをめくっていたら、見覚えのある白い封筒が挟まってることに気付いて、言葉をなくした。

なぜならそれは、転校する日の放課後、私が悠大くんの机にこっそり忍ばせたものだったから。
「……ちゃんと、読んでくれてたんだ」
　両目から溢れ出した涙がパタリと封筒に染み込んで、宛名の文字が滲む。
「悠大くん……」
　懐かしくて、切なくて、どうしようもなく苦しくて……。
　手紙を握り締めたまま、声を押し殺して泣き続けた。
　力不足でもなんでもいい。今は、少しでも悠大くんの気持ちに寄り添ってあげたい……。
　手紙を胸に抱き締めて固く誓いなおす。
　3年前と同じ後悔を繰り返さないように。
　もう、逃げないって決めたんだから。

　　＊　　＊　　＊

「ただいま」
「おかえりなさい、悠大くん」
　夕方、バイトから帰ってきた悠大くんを笑顔で出迎え、すぐに夕飯を食べた。
　悠大くんがバイトに行ってる間に、スーパーに買い出しに行って、帰宅する頃合いを見計らって用意しておいたんだ。
「なんか、こうしてると新婚さんみたいだよね……って、ごめん。変なこと言った」

エプロンを身に着けて、おかわりのご飯をお茶碗によそってたら、悠大くんが何気なくそう言って。
　すぐさまハッとして我に返り、真っ赤な顔で謝られた。
「う、ううん！　全然気にしてないからっ」
　しゃもじを握ったまま、つられて私も赤面する。
「……家に帰ってきて、ご飯が用意されてるの見たら感動しちゃって、わけわかんないこと口走ってた」
　赤くなった顔を片手で覆い隠しながら「今のは忘れて」と恥ずかしそうに呟く悠大くん。
　でも、ごめんね。忘れるのは無理みたい。
　だって、深い意味なんてないってわかってても本気で嬉しかったから。
　……それに、昨日と今日一緒に過ごして、気付いたことがあるんだ。
　悠大くんにとっては、普通の家庭で行われてる「当たり前」のことが当たり前じゃなくて、家庭の愛情に飢えてること。
　今朝、おはようって見送った時も。
　夕方、おかえりって出迎えた時も。
　悠大くんは目を見張るようにして驚いていて。
　食卓を囲んだ時も同じ。
　家で他愛ない会話をすること自体、久しぶりの様子だった。
　普通が普通じゃなくて、当たり前じゃないことが当たり前で。

悠大くんの言葉の端々から、誰かと過ごす日常の尊さを感じずにはいられなかった。
「ねえ、悠大くん。夕飯食べ終わったら、少し出かけない？ 今日、スーパーで買い物した時に、たまたま見つけて買っちゃったんだ」
　テレビボードのそばに置いておいた買い物袋から中身を取り出して、悠大くんにチラ見せする。
「手持ち花火。ふたりでしようよ」
　にっと笑いながら誘ったら、悠大くんが少し考えるそぶりをしてからうなずいてくれた。

　花火をしたのは、実家の庭先でお兄ちゃんと悠大くんとしたのが最後。
　あの事故でお兄ちゃんを失って以来、楽しかった思い出までもがつらい記憶に塗り替わって、どうしてもする気になれなかったんだ。
　花火のあとに３人で食べたスイカの味まで苦いものに変わってしまった。
『スイカ、おいしいですね。透矢先輩、ごちそうさまです』
『糖度高いの選んできたからな。奈々美の好物だし、たまには労いの品を献上してやらないと家臣も反発するだろ？』
『……お兄ちゃん、家臣って誰のこと言ってるの？』
『誰ってひとりしかいねーだろ。俺の妹に生まれた段階でお前は俺のパシリじゃん』

『そんなわけないでしょ！　お兄ちゃんの馬鹿っ』
『──ふはっ、ふたり共落ち着いて』
　みんなの笑い声が重なっていた、楽しい時間。
　その中から、ひとりがいなくなって。
　失ったそのひとりの存在があまりにも大きすぎて、過去に囚われたまま、私も悠大くんも消えない喪失感を抱え続けている。

「……わぁっ、綺麗」
　近くの公園に出かけた私達は、砂場のそばで花火をすることにした。
　持ってきたバケツに水道水をくんで、スーパーの袋から手持ち花火を取り出して火を点ける。
　パチパチと音を立てて光る花火を見て、私は無邪気な声を上げていた。
「悠大くんも見てるだけじゃなくて一緒にやろうよ。花火、楽しいよ？」
「……うん」
　さっきからあいまいに苦笑するだけで花火に手をつけようとしない彼に、私は痺れを切らして、手に持っていた花火を強引に握らせる。
「ほら。綺麗でしょ？」
　隣にしゃがんで微笑みかけると、はじめは戸惑いがちに目を伏せていた表情がほんの少しやわらいだ。
「……昨日から思ってたけど、結構強引な性格になったよ

ね?」
「ふふ。お兄ちゃんに似てきた?」
　袋からもう1本、花火を取り出して火を点ける。
　さりげなくお兄ちゃんの名前を出したら、悠大くんの肩がビクリと震えて、暗い顔つきに戻ってしまった。
　不安そうに揺れる瞳から、ひしひしと伝わってくるんだ。
　あの事故以来、悠大くんが抱え続けてるだろう後悔や罪悪感が。
「あんな自己中の塊みたいなお兄ちゃんと似てるとかないわ〜」
　重たい空気を払拭するように、ふふっと肩を揺らして笑う。そんな私を見て、悠大くんはほっとしたように息を吐き出した。
「私ね、花火するの3年ぶりなんだ……」
　何気なく告白したら、悠大くんも小さな声で「俺も」と答えてくれて。
「……花火を見ると、透矢先輩への申し訳なさでいっぱいになるから、つらくて出来なかった」
　苦しそうに表情を歪めて、つらい心境を零してくれた。
　きっと、花火が記憶を呼び戻したせいだと思う。
　ふと気が付けば、お互いの手に持っていた花火の火は消えていて、辺りに火薬の残り香だけが充満していた。
　帰りがけにスーパーでスイカを買って帰ろうと思ってたけど、やっぱりやめておこうと思った。
　生ぬるい夜風が吹き抜けて、肌にしっとりと汗が浮かぶ。

「ごめん。今のも聞かなかったことにして」
　つらそうな姿を見ていられなくて、無意識のうちに彼の頭に手を伸ばしかけていて、触れる寸前で手首を掴まれて引き離された。
　昨日から、ほんの少しだけ心の距離が近付いたと思ってたけど、実際はまだまだ遠くて、ガードされてる状態なのだと思い知らされる。
　悠大くんが抱える、心の傷。
　その深さを目の当たりにして、改めて彼を救い出したいと思った。
　同じぐらい、無力でちっぽけな自分に歯がゆさを感じながら——……。

笠原透矢のノート―Ⅲ

そうだね。
大切なのは自分の気持ち。
我慢し続けて潰れてたら元も子もないから。
どうか、自分を労わってほしい。

*　　*　　*

　もう我慢出来ん。
　後輩の体にあざが増えていくのをみすみす見逃せるほど、俺は薄情な人間じゃねぇ。
　うちを避難場所だと思って連絡してこいといくら言っても笑ってごまかされるので、強制的に約束を取りつけて佐野を自宅に泊まらせることにした。
　ったく、佐野は人に頼ることを覚えてほしい。
　なんでも器用にこなせるくせに、自分を守ることについては無頓着で、見ているこっちがハラハラする。
　佐野は確かに優しい。でも、優しすぎて自分のことをおろそかにしがちな印象も受ける。
　何を我慢してる？　何を言いかけて呑み込んだ？
　自分の意思を殺す癖があるように見えるというか……。
　バスケットをしてるとわかるんだ。
　一緒にプレイしてる時のアイツは、もっと子どもらしく

て、無邪気で単純で、うまく言えないけど、変に取り繕ったりせずに気持ちのまま動ける奴なんだって。
　佐野、痛いなら痛いって声を上げろ。
　嫌なら嫌だって主張していいんだ。
　それは立派なお前の感情だ。誰も否定なんて出来ねぇ。
　──今、佐野のことを考えてて、俺がどうしてアイツのことばかり執拗に気にしてるのか、やっとわかった気がする。
　なんとなく、似てるんだ。佐野と奈々美の性格って。
　うちの妹も肝心(かんじん)な時ほど言いたいことを我慢して、嫌な思いするってわかってて人の言いなりになる癖がある。
　家ではハキハキしてるのに、外に出るとてんで駄目。
　ガッチガチに固まって、貝みたいに口を閉ざしちまう。
　ふたりに共通して言えるのは、人目なんか気にするな。
　大事なのは自分自身のハートだ。
　無理して潰れるぐらいなら、相手の言うことなんか聞く必要ねぇ。
　人に優しく出来る分、自分にも優しくしてやれよ。
　それだけが気がかり。

突然の訪問者

　悠大くんのアパートに押しかけてから3日目の朝、9時。
　朝食を食べ終え、部屋でのんびりしてたら、スマホの着信音が鳴りだした。
（こんな朝早くから、一体誰？）
　疑問に思いながら、待ち受け画面を確認して「嘘っ」と大きな声を上げてしまう。
　ベッドの前に座って、一緒にテレビを見ていた悠大くんも、突然の大声にびっくりした様子で。
「どうしたの？」
「えっ、あ、その……ちょっと、電話してくるね！」
　スマホを握り締めて、ダッシュでアパートの外に出る。
　会話が聞こえないよう、建物から少し離れた場所まで移動すると、深呼吸してから通話ボタンをタップした。
『電話出るの遅ぇよ、馬鹿』
　開口一番、受話器の向こうから聞こえてきた声に脱力する。
「遅いも何も、こんな朝っぱらから急に電話してこないでよ。一体、何の用？」
　私に電話してきたのは、阿久津だった。
『うるせぇ。そっちがわけわかんねぇメッセを亜沙に送ってくるから、慌てて事実確認の電話入れたんだよ』
「えっ。阿久津、今亜沙ちゃんと一緒にいるの？」

『ああ。昨日の夜からうちに亜沙が泊まりにきてたからな。言っとくけど、普通にゲームしてただけでなんにもねぇから。変な誤解すんなよ』
「誤解はしないけど……」
　まずい。
　まさか、亜沙ちゃんが阿久津といるとは想像もせずに、朝起きてすぐに近況報告を兼ねたメッセージを入れてしまった。
　主な内容は、地元に帰ってきて無事に悠大くんと会えたことや、彼の家に居候することになった経緯について。
　変な誤解を与えないよう当たりさわりのない事務的な文面で送ったけど、どうやらそのメールが何かのきっかけで阿久津の目に触れてしまったらしい。
『確かに、好きだった奴に会って決着つけてこいって言ったのは俺だけど、ひとり暮らししてる男の家に乗り込んで迫ってこいなんてひと言も言ってねぇぞっ』
「せっ、迫――って、何言ってんの!?」
　声の調子から阿久津がイライラしてるのが伝わってきて、クラリと眩暈する。
　なんだかとんでもない方向に話が飛躍してるし。
『あー、マジ黙ってらんね。はじめはカッコつけて会いに行ってこいよとか背中押したけど、こんなん想定外にもほどがあるし。このまま黙って笠原のこと盗られるぐらいなら、今から奪い返しに行くわ』
「はい？」

『相手の男も、どんな部屋に住んでるのかも、この目で全部確かめにいく』
「いやいや、そんな勝手に決められても困るよ」
『つーことで、今日中にそっち向かうから。近場に着いたら連絡するから、駅の方まで迎えに来いよ。じゃあな』
「ちょっと、阿久津……!?」
　　──プツッ、ツーツー……。
　言葉を挟む暇なく遮断された通話に、呆然と言葉をなくす。
　スマホ画面を見つめたまま固まっていると、再びメッセージが届いて。
　おそらく、今の通話を間近で聞いていたのであろう亜沙ちゃんから、
【ごめん!!　カップ麺用意してた時に奈々美からメッセ入って、手が離せなかったから「スマホ持ってきて〜」って阿久津に頼んだらスマホの画面に出てたメッセージを見られて問いつめられた（汗）】
　と土下座マークのスタンプ付きで謝罪文が入っていた。
「嘘でしょ……」
　ぐったりと項垂れて、とぼとぼとアパートの部屋に戻ると、悠大くんが心配そうに話しかけてきてくれた。
「何かあった？」
「……じ、実は」
　これ以上、悠大くんに迷惑をかけたくないのに。
　緊急事態なのでやむを得ず、東京の友人が私の様子を見

にこっちまで来てくれることになったと事情説明する羽目になった。

　なんとなく、この時、あえて男友達だと言わなかったのは、悠大くんに彼氏がいると誤解されたくなかったから。

　一応、親とケンカして家出してきた設定なので、あくまでも友達は『顔を見にくるだけ』で迎えにくるわけじゃないという部分を強調して訴えた。

「――っていうわけで、お昼過ぎには電車でこっちに来るみたい。それで、その……いきなりで申し訳ないんだけど、友達が悠大くんのことを紹介しろ、ってうるさくて」

「なるほど」

　大雑把に会話の内容を説明すると、悠大くんは顎に手を添えて考え込んでしまった。

　そりゃそうだよね。見も知らない他人と会うなんて誰だっておっくうに決まってる。

　ましてや、私は彼女でもあるまいし、ただの知り合いなのに、東京から来る友人に紹介されるなんて。

「ご、ごめんね。結構心配性な友達っていうか、なんでも思い込んだら一直線なところがあって。私が男の人のところでお世話になってるって聞いて、居ても立っても居られないみたいなの……」

「そっか。それで、どんな人物か把握したくて、俺に会いたいって言ってるわけだ」

　申し訳ない気持ちでいっぱいになりながらこくりとうなずくと「友達の気持ちもなんとなくわかるけど」と、悠大

くんが納得したようにうなずいて。
「へ？」
「だって、普通に考えたら心配だろ？　俺も奈々美も年頃の男女なわけだし、何かあってもおかしくないっていうか……って、その、変なつもりで言ってるわけじゃなくて、世間一般的にさ」
「……っ」
　悠大くんが頬を染めて恥ずかしそうに視線を逸らすから、彼につられて私まで顔が赤くなってしまう。
　何か、って、要するに「何か」だよね。
　想像するだけで頭が沸騰しそうだけど、同級生の中にはすでに経験済みな子も多いし、密室にふたりきり――ましてや、同じベッドに寝てる時点で何か起こりうる可能性も十分あるわけで。
　その意味がわからないほど無知ではないので、言葉の意味を意識しすぎて変に緊張してしまう。
「ごめん。おかしなこと言って」
「う、うん。私こそ、無茶なお願いしてごめんね」
　正面に向かい合いながら、ふたり揃って赤面する。
　恥ずかしいような、むずがゆいような、うまく表せないけど変な気分。
「……まあ、事情を把握したとして。俺はべつに構わないよ。奈々美の友達に会うのも、家に連れてくるのも」
「でも、ただでさえ十分迷惑かけてるのに……」
　顔を俯かせて、しゅんと項垂れる。

すると、悠大くんが私の頭をそっと撫でてくれて。
　びっくりして顔を上げたら、穏やかな顔で苦笑する彼と目が合って、頬っぺたが熱くなった。
「家主の俺がＯＫしてるんだから、奈々美は気にしなくていいよ。それに、家に来てから毎日家事してもらってるし、せめてものお礼に奈々美の友達に会って、あらぬ疑いをかけられる前に説明させてよ」
「悠大くん……」
「俺は男だからいいけど、奈々美は女の子だし。男の家に泊まったって変なふうに噂が流れて、奈々美が傷付くようになるのだけは避けたいから」
　もし仮に、そんな噂が流れても、悠大くんには関係ないのに。
　都内と地方で距離も離れてるし、彼に被害が及ぶことはないはずなのに、この人はどこまで優しいんだろう。
　細かな気配りにじんときて、胸の奥がぽっとあったかくなる。
「……ありがとう」
　潤んだ瞳でじっと見つめたら、悠大くんが「その目はやめて」と言って、手のひらで目元を覆い隠してきた。
「悠大くん？」
「……前にも言ったけど、奈々美は男に対して無防備すぎる。俺だっていつどこで自制が利かなくなるかわからないから、同じ部屋にいる間は、もっと気を付けてほしい」
「え、えっと……」

「たとえ、俺相手だとしても必要最低限の警戒心は持って。わかった?」

　すっと手のひらが離れて視界が開ける。

　目の前には、私と同じぐらい顔を真っ赤に染めた悠大くんがこっちを見ていて、ドキッと胸が高鳴った。

「は……はい」

　鼓動が鳴りやまない胸を服の上から両手で押さえて、コクコクと首を縦に振る。

　まさか、悠大くんに女として意識されていたなんて夢にも思わなかったから、信じられない思いでいっぱいだった。

　成長しても相変わらずカッコいいなって容姿にばかり見とれて深く考えてなかったけど……、悠大くんもれっきとした男の人なんだ。

「俺も気を付けるから」

　悠大くんが気まずそうに首の後ろに手を添えて、ポツリと呟く。その耳は赤く染まっていて……。

　彼につられるように、私も顔を真っ赤にして俯いていた。

　＊　＊　＊

　午後2時。

　今朝、連絡してからすぐに電車に乗り込んだ阿久津と、阿久津についてきた亜沙ちゃんが悠大くんの暮らす街までやってきた。

　亜沙ちゃんからメールで事前に、阿久津と一緒に来るこ

ととと到着予定時間の連絡を受けていたので、その時間帯に間に合うように悠大くんと駅に向かった。
　改札口のそばでふたりが到着するのを待っていたら、見覚えのあるシルエットが目に入って。
　黒のタンクトップに、ブカッとした腰ばきジーンズ、腰回りに赤いチェックのシャツを巻いている長身のイケメンと、スポーティーなパーカーワンピ姿にスニーカーを履いている小柄な女の子。
「おーいっ、ふたり共〜」
　改札口を出てきた阿久津と亜沙ちゃんに、こっちの居場所を知らせるよう大きく手を振ったら、阿久津が先に気付き、亜沙ちゃんの肩をトントン叩いて、私が立っている券売機の方を指差した。
「よお」
「ごめんね、奈々美〜。阿久津のこと止めたんだけど、今すぐ行くって聞かなくて……。見張り役として同行するので手いっぱいだった」
　混雑する人込みを避けて私の元へ歩いてくるなり、阿久津は間延びした声であいさつし、亜沙ちゃんは申し訳なさそうに顔の前で手を合わせながら頭を下げてきた。
「ちょっ、亜沙ちゃんは何も悪いことしてないんだから顔を上げて！　ていうか、ここまで来るのに結構時間かかったよね。お昼ご飯は食べた？　まだなら、近場の店に入ってランチにしようよ」
　阿久津に振り回されて憔悴しきっている亜沙ちゃんの肩

を抱き、よしよしと優しく背中をさすっていると。
「——てか、ソイツが世話になってる男？」
　訝しげに表情を顰めた阿久津が呟くように言うと、私の後ろに立つ悠大くんを見て、忌々しそうに舌打ちした。
「どうも。奈々美の元同級生の佐野悠大です」
　にらみを利かせて凄む阿久津に対して、悠大くんは動じた様子もなく、ニッコリと爽やかな笑顔を浮かべている。
　これには阿久津も怯んだらしく、ぐっと言葉を詰まらせ、亜沙ちゃんから「うちらも自己紹介するよ」と肘で肩を突かれて注意されていた。
「……阿久津智明。高2。笠原と同じクラス」
「あたしは金子亜沙。奈々美の親友で、阿久津とは同じマンションに住む幼なじみ。今日は、この馬鹿が暴走してごめんね〜。コイツ、奈々美のこと好きだから、ほかの男と同居してるって知って黙ってられなかったみたい」
「ちょっと、亜沙ちゃん……っ!?」
　不機嫌そうに顔を顰めて悠大くんから目を逸らす阿久津と、余計なひと言まで笑顔でまくし立てる亜沙ちゃん。
　おそらく、これでもオブラートに包んだ態度や発言なんだろうけど、あまりにも直球すぎる。
　すかさず亜沙ちゃんの口を両手で塞いだものの、時すでに遅し。
「奈々美のこと……？」
　悠大くんが少し驚いた様子で阿久津の顔を凝視していて、嫌な予感に口元を引きつらせる。

「もしかして、彼氏とか？」
　やっぱり誤解されてた！
「違う違う違う!!　阿久津はただのクラスメイトだよっ。誤解しないで、悠大く……って、いたっ」
「うっせぇ。告った相手の目の前でキッパリ否定してんじゃねぇよ」
　必死になって誤解を解こうとしたら、阿久津が苛立った様子で私の後頭部にチョップを落としてきて。
「コラ、阿久津!!　奈々美にただの友達扱いされたからって、八つ当たりするとかみっともなさすぎでしょ。彼が想像以上のイケメンだから焦るのはわかるけど、余裕なさすぎ。バッカじゃないの！」
　阿久津に頭突きをかまして怒鳴りつける亜沙ちゃんに、私と悠大くんは呆然として立ち尽くす。
　そうだった。このふたりは長い付き合いの分、お互いに遠慮がなくて、口ゲンカもすさまじいんだった。
「あんだと、コラ？」
「何おう、やるか〜？　ここまで付いてきてあげた亜沙様に歯向かうんなら、今すぐアンタの親に連絡して強制送還すっからね」
　亜沙ちゃんの頭を手のひらでわし掴みにして見下ろす阿久津に対して、亜沙ちゃんは阿久津が着ているシャツの襟元を引き寄せてにらみを利かせている。
　人目もはばからず、獰猛な野生動物のようにふたりが威嚇し合っていると。

「とりあえず、ここだと通行人の妨げになるし、ゆっくり話せる場所に移動しようか。ふたり共、お昼は食べた？」

　悠大くんがふたりの間に割って入り、にこやかな笑顔を浮かべて場所を移そうと提案してきた。
「そういえば、昼めし食ってねぇな」
「言われてみればお腹空いてきたー」
「うん。じゃあ、駅ビルの７Ｆにレストラン街があるから、そこで何が食べたいか相談し合って決めようか。結構有名な店も入ってるし、こっちの地方ならではの名産品を使用した料理もあるから、ふたりの好きなところを選ぶといいよ」

　空腹でお腹を鳴らすふたりに、次の行き先をテキパキ決めて、混雑している駅の改札口から離れて、ビルの中へと案内していく悠大くん。

　ふたりのケンカをしずめるだけでなく、あっという間に自分のペースで誘導(ゆうどう)していく彼を見て、さすがのリーダーシップだと関心する。

　思い出してみれば、中学の頃もよくクラスの代表的な役割を務めていたし、お兄ちゃんからも男子バスケ部の次期部長候補に上げる予定だと聞いていた。

　物腰の柔らかさや、さりげなく相手を気遣う優しさ。

　人を自然と動かす力は天性のものなんだろうな。
「悠大くん、ごめんね」

　後ろのふたりを気にしつつ、隣を歩く悠大くんにコソッと謝ったら、

「ううん。賑やかなふたりで楽しいね」
　悠大くんは優しく目を細めて、ニコッと微笑んでくれた。
「ここは、スタミナ系でガッツリだろ」
「はあ？　ただでさえ夏バテしてんのに、胃にたまりそうなものとか勘弁してよ。ここはあっさり系の軽食でしょ」
「阿久津、亜沙ちゃん。ふたり共、ケンカ腰でにらみ合うのはやめて！」
　駅ビルに入るなり、正面口のエレベーターで7Fにまで上がり、レストラン街の入り口でどの店に入ろうか話し合うものの、一向に決まらなくて。
　ガッツリ食べたい阿久津と、あっさりした軽食を所望する亜沙ちゃん。まるきり正反対の要望に、私がどうするべきか悩んでいると。
「じゃあ、この店なんてどうかな？」
　ふたりの意見をまとめて、悠大くんが提案してくれたのは、和洋中のメニューを取りそろえたバイキングのお店だった。90分の時間制限はあるものの、各自で好きなメニューを選べるのが決め手となって、全員一致でOK。
　店員さんに案内されたのは、サラダバーのそばにある4人掛けのテーブル席だった。
「うひゃ〜。種類豊富なお店だね〜。今チラッと見たけど、サラダだけで10種類近くあったよ。佐野くん、よくこの店利用してんの？」
　各自トレーを持って、お皿に好きなおかずをよそってると、亜沙ちゃんが悠大くんに質問しだして。

「うん。しょっちゅうってわけじゃないけど、何食べたいか決まらない時は、大体ここに来るかな。ひととおりなんでも揃ってるし、ご飯もおいしいしね」
「へぇ。けどさぁ、ここってひとりで入るような店じゃないじゃん？　普段は誰かと来るの？　やっぱ、彼女とデートの時とか？」

　気になる話題に耳がピクピク反応してしまう。

　素知らぬ顔しつつも、ふたりの会話が気になって、そっちに意識が集中していた。

　言われてみれば、高校生の男の子がひとりで入る店ではないよね。

　今は彼女がいないって言ってたけど、前までは……、と不安に陥っていると。
「ううん、違うよ。大体、学校行事の打ち上げでクラスの人達と来る時ぐらい。それに、彼女とかいたことないし」

　照れくさそうに苦笑する悠大くんに、私と亜沙ちゃんは声を揃えて「嘘っ」と叫んでしまう。

　こんなにカッコいい悠大くんに彼女がいたことないなんて信じられない。

　阿久津のようにとっかえひっかえとまではいかなくてもすごくモテるし、付き合ったことあると思い込んでた。
「えーっ、なんでなんで!?　佐野くん、絶対モテるっしょ！」
「いや、そんなことないよ。それに……」

　チラッと意味深な視線を私によこす悠大くん。

　何か言いたげな表情に、きょとんとして首を傾げている

と。
「おい。さっきからうるせーぞ、お前ら。ほかの客の迷惑。時間制限あんだから、とっとと選んでめし食え」
　仏頂面の阿久津に注意され、その話題は自然とおしまいになった。

　少し遅めの昼食を食べたあとは、阿久津が「笠原を泊めてる部屋見せろ」と悠大くんに強引に迫りだして、ぎょっとした。
　今日知り合ったばかりの他人を家に上げろなんて失礼にもほどがあるし、これ以上阿久津の我儘を通すわけにはいかない。
「ちょっと、阿久津っ」
　ここはビシッと叱らなくちゃ。
　そう意気込んで阿久津に文句を言おうとしたら。
「俺は気にしてないから」
　悠大くんが私の耳元でボソリと囁き、ニッコリ笑ってくれた。
「少し歩くけど平気？」
　阿久津の隣に並んで、にこやかに話しかける悠大くん。
　無茶なリクエストにも嫌な顔ひとつせず、爽やかに応じてくれるので、より申し訳ない気持ちになってしまう。
「お、おう」
　阿久津も断られると踏んでいたのか、あっさり了承されて肩すかしを食らったみたい。

拍子抜けしてるのが丸わかりのタジタジな態度で、亜沙ちゃんから白い目で見られて「ダサ」と呟かれていた。

「狭い家だけど、どうぞ」
　駅前から徒歩15分。この前と同じルートでアパートにたどり着くと、悠大くんは私達３人を家の中に上げてくれた。
「部屋の中暑いよね。今冷房入れるから」
　ピッとリモコンを操作して、飲み物を取りにいく悠大くん。その後ろについていき、すかさず手を合わせて謝った。
「ごめんね、悠大くん……。阿久津が無理言って」
「はは。今朝も言ったけど、俺は気にしてないから平気だって」
「でも……」
「それよりも、仲いい友達が出来てよかったね。中学の時は、いつも教室で本を読んでる大人しい人ってイメージだったから。なんか、安心した」
「……こっちにいた頃は、かなりの人見知りだったから。今は、ふたりのおかげで楽しい学校生活を送れてるよ」
「きっと、今の話を聞いたら透矢先輩も喜ぶよ。奈々美の前では隠してたけど、あの人、いつも妹の心配ばっかりしてたから」
　ふっと遠い目をして、悠大くんが切なげに苦笑する。
「……お兄ちゃん、悠大くんに私のこと話してたんだ？」
「中２で俺と奈々美が同じクラスになった時、真っ先に『アイツのことよろしく頼む』って頭下げられたよ」

「そんなの全然知らなかった……」
「だろうね。奈々美の前では横暴な態度を取ってたけど、俺の前では『クラスの奴らに奈々美がいじめられてないか心配だ』とか『学校で人と話せてない分、家の中ぐらいはたくさん喋らせてやんねーと』とか、常に奈々美のこと気にしてたよ。よっぽど大切なんだなって思ってた」
　お兄ちゃんがそんなこと言っていたなんて……。
　今まで知らなかった事実に、目の奥がじわりと潤む。
　自分がどれだけ大事に思われてたのか知って、嬉しさと寂しさが交互に押し寄せてくる。
　喉の奥が締めつけられて、胸が張り裂けてしまいそうだ。
「それを言うなら、悠大くんのことも──」
　お兄ちゃんはこう言ってたよ、と伝えようとしたら。
「ちょっ、人ん家なんだから勝手に開けちゃ駄目だって」
　部屋から亜沙ちゃんの声が響いて、話が途切れた。
「どうしたの……って、本当に何やってんの!?」
　急いで部屋に引き返すと、そこには押し入れの中を覗き込んでる阿久津と、阿久津の腰にしがみついて暴走を止めようとしている亜沙ちゃんの姿があって。
「あ？　見たらわかんだろ。客用布団探してんだよ」
　こっちに振り返った阿久津の表情は不機嫌そのもの。
　大層ご立腹なのか、鋭い目が吊り上がってる。
「客用布団ってなんでそんなもの……？」
「何かあった？」
　悠大くんが部屋に戻ると、阿久津がキッとにらみ付けて。

「何かあったもクソもねぇよ！　お前ら、この部屋のどこで寝てんだよっ」

　まさかの指摘に、ギクリと硬直する私と悠大くん。

　阿久津は毛を逆立てた猫みたいに憤慨していて、亜沙ちゃんだけが「あっ、そういうこと!?」と興奮気味に瞳を輝かせてる。

　ひとり暮らしのアパート。

　部屋のほとんどの面積がベッドで占められていて、ほかに寝るような場所は見当たらない。

　押し入れに客用布団も見当たらないとなれば、当然どこで寝てるんだって話になるわけで。

　野生の勘が鋭い阿久津はそれだけでピンときてしまったらしい。

　どう反応したらいいのか迷っていると、焦る私達をしり目に、亜沙ちゃんが「なるほど。一緒の布団で寝るとか、さてはデキてるね、ふたり共」と、顎に手を添えながらニンマリしてきて。

　その言葉を聞いた阿久津は、ピシリと石化してしまった。

「……っ」

　一緒の布団で寝てるのが事実なだけになんとも言えず、真っ赤な顔で黙り込んでいると。

「……えっと、誤解のないよう言っておくけど、奈々美に手を出したりしてないし、ベッドで一緒に寝てるわけでもないから、このことで変な噂を立てないでもらえると助かる。俺はいいけど奈々美は女の子だから——お願いします」

悠大くんが真面目な表情でこの件を口外しないよう頼み込み、阿久津と亜沙ちゃんに深々と頭を下げた。
　真摯(しんし)な態度から『やましいことがなかった』のが伝わってきたのか、さっきまで怒っていた阿久津や、面白がっていた亜沙ちゃんがぐっと口をつぐむ。
　本当は一緒に寝てるけど、変な噂が立たないよう嘘をついてくれてるんだ……。
「ゆ、悠大くん、頭を上げて！　私はべつになんとも思わないから……っ」
「都内に戻ったあと、俺は奈々美のピンチにすぐ駆けつけてあげられないから。今、疑惑を晴らしておかないと、奈々美のためによくないと思う」
　柔らかい口調とは裏腹に、悠大くんの言葉は真っ直ぐ響いて。
　誤解が解けるまでこの状態でいるつもりなのか、一向に頭を上げようとしない。
　私なんかのために頭を下げてほしくないと思う反面、悠大くんの誠実な人柄に心惹かれていた。
「だ……だ〜いじょうぶだって！　ちょっと悪ふざけしちゃったけど、最初からほかの人に話す気なんてないし、それに、奈々美は大事な友達だもん！　印象悪くなるようなこと言うはずないって。ねっ、阿久津」
「お、おう」
　悠大くんの気迫に圧されたのか、亜沙ちゃんが阿久津の肩を肘で突きながら、焦り気味にフォローを入れる。

ふたりの誤解が解けたことで悠大くんも安心したのか、ようやく顔を上げて、ほっと安堵の息を漏らしていた。
「つーか、佐野ってバスケしてんの？」
　だけど、阿久津が押し入れにしまってあった「ある物」を見つけてしまったせいで、せっかく元に戻りかけた空気が再び凍り付いてしまったんだ。
　阿久津の指差す先には、古いバスケットボールと、男子バスケ部が全国大会に出場した時の写真立てが並んで置かれている。
　バスケという単語に反応して、悠大くんの表情がさっと陰り、瞳の色が真っ黒に塗り潰されていく。
　その目は、空虚感に苛まれているようで……。
「……ううん。前はしてたけど、もうやってない」
　ぎゅっと拳を固めて、作り笑顔を浮かべる悠大くん。
　本当は苦しんでるのに、どうして無理に笑おうとするの？
「ふーん。なんで？」
　阿久津はさも興味がなさそうに後頭部を掻いて質問する。
　けれど、今の質問は、決して気軽にしていい内容じゃなかったんだ。
「——中学の時、男子バスケ部の部長を務めてた奈々美のお兄さんが、俺をかばって事故で亡くなったからだよ」
　感情を殺したように、悠大くんの口から淡々と説明される出来事は、何も知らないふたりにとって衝撃的なもので。

阿久津と亜沙ちゃんが同時に息を呑むのがわかった。
「夏合宿に向かう日の朝、交差点の青信号を渡ろうとしたら居眠り運転のトラックが突っ込んできて……即死だった。車の向きは俺に向かってたのに、透矢先輩に思いきり突き飛ばされて、先輩が犠牲になった」
　ミーンミンミン、ジワジワジー……。
　窓の外から響き渡る蝉の声。
　シンと静まり返った室内は、重苦しい沈黙に包まれる。
「そのせいで、奈々美の家族はバラバラになって……、俺が透矢先輩を殺してしまった罪悪感で塞ぎ込んでる間に、奈々美は転校していった」
　違うよ、悠大くん。
　そうじゃないよ。
　否定したいのに、すぐに言葉が出てこなくて。
「阿久津……くんは、奈々美のことが好きだって言ってたよね？」
　放心状態の阿久津は、突然話を振られて、目を見開かせる。
　阿久津の隣にいた亜沙ちゃんも、衝撃的なカミングアウトに言葉を失ってるようだった。
　ドクン、と。
　嫌な予感に胸の奥がざわめいて。
　その先を聞きたくなくて、両手で耳を塞ぎたいのに。
　どうしてかな？　指が１本も動いてくれない。
　すっと阿久津の前に立ち、寂しそうに笑う悠大くん。

「大丈夫だよ。大切な家族を奪った俺が、この先、奈々美とどうにかなることはないから」
「……っ」

　自分勝手で独りよがりな発言にすごく腹が立って、反論の言葉が出てきそうになったものの、ぐっとこらえる。

　なぜなら、悠大くんが自嘲気味に呟いて伏し目を落としていたから。

　その声は、微かに震えていて、何かと葛藤するように複雑な表情を浮かべていた。
「……ごめん。雰囲気悪くした上に、大したもてなしもせずに悪いけど、そろそろバイトの時間だ」

　前髪で顔が隠れていたので、顔はよく見えなかったけれど、悠大くんが深く傷付いてるのは誰の目に見ても明らかで、全員引き留める言葉が出てこなかった。
「俺のことは気にせずゆっくりしてって。……奈々美も、このまま友達と帰るなら帰るでいいから」

　玄関先に向かう彼を呼び止めることも出来ず、ただ呆然と背中を見送る。

　結局、悠大くんは一度も振り返らず、家から出ていってしまった。

＊　＊　＊

　家主不在の部屋に居座るのはさすがに申し訳ない――という３人の意見が一致して、私達もすぐに場所を移動する

ことにした。
　ひとまず向かった先は、さっきまでいた駅前通り。
　街の中心部に出ればひととおりいろんなお店が揃ってるだろうと、みんなで静かに話せそうな場所を探し、雑居ビルのカラオケ店に入ることにした。
　ここなら、全室個室だし、人目を気にする必要もないので、ゆっくり話せると思う。
　受付を済ませて部屋に入室すると、私と亜沙ちゃんは並んでソファに座り、阿久津は出入り口側のひとり用の椅子に腰を下ろした。
　ここに来るまでの間、ほぼ会話もなく気まずい空気が流れていたので、いい加減息が詰まりそうだ。
　阿久津はずっと無表情のままで、亜沙ちゃんは不安そうな顔する私と阿久津を交互に見比べて心配している。
　……お兄ちゃんが死んだ話はしてたけど、ふたりには詳しい事情を語っていなかった。
　私は、いつも一緒にいる友達に隠し事をしていたんだ。
　そのことが後ろめたくて、罪悪感が込み上げてくる。
　——でも、いつまでも隠し通すわけにもいかないから。
「家のこととか、お兄ちゃんが亡くなった理由とか……今まで黙ってて、ごめんね」
　ゆっくりと顔を上げて、ふたりの顔を見る。
　情けないことに、声は震えていて、気を抜いたらすぐにでも泣きだしてしまいそうだった。
「さっき、悠大くんが話したとおり……3年前、私のお兄

ちゃんは、悠大くんをかばってトラックに撥ねられたんだ。事故がきっかけでお母さんの精神バランスが崩れて、私も悠大くんとどう向き合っていいのかわからなくて、逃げるように東京に転校してきたの」
　そう。
　あの頃の私は、お兄ちゃんの死というショックから抜け出せず、現実から目を逸らすようにして、悠大くんから逃げ続けていた。
　私にとって、お兄ちゃんは家族であり親友のような、とても大切な存在だったから。
　お兄ちゃんを間に挟んで交流していた悠大くんと、お兄ちゃん抜きでどう接していけばいいのかわからなかった。
「悠大くんを責めたいわけじゃない。私も、私の家族も、決して悠大くんのせいでお兄ちゃんが亡くなったなんて考えてなかった」
　なのに、当時の私は自分の心を保つのでギリギリで、彼に直接伝えることが出来なかった。
「あの事故は、あくまでも居眠り運転してたトラック運転手の過失だよって。悠大くんは何も悪くないって……伝えなくちゃいけなかったのに、結局それができないまま転校して、時間が過ぎれば連絡しづらくなって、ずっと後悔だけを引きずってきた……」
　もしも、お兄ちゃんが私の立場だったら――。
　お兄ちゃんなら、無理矢理でも悠大くんに会いに行って、彼が納得するまで自分の気持ちを伝えただろう。

お前のせいじゃない。だから、自分を責めるなって。
　必死に説得して、悠大くんが元気になるまでそばについてたと思う。
　東京に越してきてから、毎日そんなことばかり考えるようになって……。
　あの時と同じ後悔を繰り返したくない。
　そう感じるようになった私は、何に対しても「お兄ちゃんだったら」って想像して、そのとおりに実践してみるようになった。
　自分が引き受けたくない用事を押し付けられたら、余裕のある時はOKしても、無理な時はキッパリ断る。
　知り合いがひとりもいない中で話し相手が欲しい場合は、自分から興味のある相手に話しかけにいく。
　お小遣いが足りなかったら、バスケ部に入ってなかったと仮定して、きっとアルバイトを始めて、自分のお金で遊ぶんだろうな。
　じゃあ、バイト先はどこにする？──、まずは自分の興味ある場所。私は本が好きで、本屋さんの落ち着いた雰囲気が好きだから、接客業に自信はないけどチャレンジしてみよう。
　……そうやって、徐々に自分を変える努力をして。
　お兄ちゃんがいなくてもひとりでも大丈夫だよって、天国から安心してもらえるように頑張ってきたんだ。
「だから、笠原は伝えにきたんだろ？　アイツに、自分の想いを」

顔を俯かせていたら、ふと目の前に影が落ちて。
　——ガンッ!!
　椅子から立ち上がった阿久津が靴の裏でテーブルを蹴り上げ、真正面からじっと私を見下ろしてきた。
　煮えきらない私の態度に苛立ちを隠せないのか、今まで見たことないぐらい怖い顔してる。
「俺、ずっと疑問だった。なんで笠原は付き合ってたわけでもない、連絡先すら知らない相手のことを引きずってるんだって。でも、今の話を聞いてて納得した。お前は結局、兄貴の死を隠れ蓑にして、自分の気持ちから逃げ続けてるんだよ」
「阿久津……っ」
「いいの、亜沙ちゃん!　……本当のことだから、いいの」
　あまりの言い草に亜沙ちゃんが文句を言い返そうとしたので、彼女の手首を掴んでとっさに引き留めた。
　心配そうに私を見つめる亜沙ちゃんに「私のせいで揉めたりしないで」と首を横に振る。
　認めるのは怖い、けど。
「阿久津の言うとおり……ここまで来といて、まだ迷ってるんだ、私」
　転校してから、ずっと会いたいと思っていた。
　でも、結局思うだけで、何も行動に移せなかった。
　躊躇したまま、あと一歩を踏み出せずにいる。
「迷ってんじゃなくて、ビビってるだけだろうが」
　阿久津の両手に頬を挟み込まれて強引に顔を上げさせら

れる。
　重なり合う視線。鼻と鼻がぶつかりそうな至近距離。
　阿久津の長めの前髪が頬に当たってくすぐったい。
「ちゃんと本音で向き合いたいなら本気でぶつかれよ。兄貴の真似事する前にお前自身はどうしたいのか逃げずに考えろ……っ」
　阿久津の怒声が狭い室内に反響して、キーン……と響く。
　真剣な、熱い眼差し。
　心の内側に訴えてくるような強い言葉に気持ちが揺さぶられて、目の奥に熱いものが込み上げてきそうになる。
「……っ、俺からも、佐野からも、逃げんな」
　阿久津は、はじめて私に告白してくれた男の子。
　直接目を見て好きだと言ってくれた。
　自分の気持ちから目を逸らさずに、いつだって真っ直ぐにぶつかってきてくれた。
　今だって、私の頬を持ち上げる手は震えていて、瞳も不安そうに揺れているのに、私の背中を押そうと必死になってくれている。
「家族のことも、佐野くんのことも、話しづらいことを教えてくれてありがとう。すっごく嬉しいよ。……でも、奈々美の話を聞いてたら、切なくて歯がゆくなる」
　阿久津に続いて亜沙ちゃんまで私に抱きつき、腰に腕を回され、ぎゅっとしがみつかれる。
「奈々美は自分が傷付くよりも、自分のせいで佐野くんを傷付けてしまうかもしれないことが怖いんだよね……？」

亜沙ちゃんの言葉に躊躇しながらうなずく。
怖いよ。怖いに決まってる。
——でも。
「それと同じぐらい、佐野くんに会いたくてたまらなかったんだよね？　会えて嬉しかったよね？　ずっと忘れられないって言ってたんだもん。また会えて、迷いが生じるのは当たり前だよ」
「亜沙ちゃん……」
「笠原はなんでもないことはキッパリ断るくせに、肝心なことは濁してごまかす癖があるから、なんでだよってイラついてたけど……元々のお前がそうだったってわかって、なんか納得した。つか、そう考えると、かなり自分を変える努力してきたんじゃん？」
「わっ……」
阿久津の手が私の後頭部に回されて、わしゃわしゃと髪を掻き乱される。
顔を上げたら、阿久津の方が得意げに笑っていて、亜沙ちゃんも瞳を潤ませて微笑んでいた。
「俺らも、今この瞬間に笠原が自分のこと話してくれたから、お前の気持ちが伝わったんだ。普通に考えてエスパーでもねぇ限り、人の考えてることなんて言葉にしないと伝わらねぇんだから、こんなとこでひよってないで、佐野にもっかいぶつかってこいよ」
「そうだよ、奈々美！　もし、傷付く結果になっても、うちらがそばについてるし。あたしだって、阿久津のお守り

するためだけにわざわざこんな遠いところまで来ないし。奈々美のこと大好きだから、応援しに来たんだよっ」
　人の考えてることなんて言葉にしないと伝わらない。
　正直者のふたりに指摘されたら、これ以上ごまかせるわけがない。
　正論を突きつけられて、とうとう言い訳が出てこなくなった。
「ははっ」
　口元に手を添えて肩を揺らして笑ったら、左目から涙が零れ落ちて、チュールスカートの生地に染み込んでいった。
「……全くもってそのとおりだ」
　いつかのお兄ちゃんも言ってたじゃないか。
『お前が人に興味を示すとか滅多にねぇじゃん。正直言って、もっと佐野と仲良くなりたいんだろ？……俺はそれが嬉しかったんだよ』
『どんなきっかけでも奈々美が人に興味を示した。でも、引っ込み思案なお前のことだから、放っておいたら何もせずに勝手に自己完結して諦めちまう。そうなるのが嫌だったから、佐野に頼んで今日１日お前に付き合ってもらったんだよ』
　いつだって、私の心配をして見守り続けてくれていた。
　見えない形で、背中を押してくれてたんだ。
　引っ込み思案で人見知り。
　人と話すのが苦手で、面倒事を押し付けられても嫌だと言えず断れない。

親しい人もおらず、自分の殻にこもりがち。
そんな自分に嫌気が差していた、中学２年生の夏。
『笠原さんっていつも担任から雑用任されてない？』
放課後の教室で、担任から任された用事をひとりでこなしていたら、バスケ部のユニフォームを着た悠大くんが偶然現れて、話しかけてきてくれた。
クラスの人なんて誰も私に関心ないと思ってた。
影の薄い存在だから、ちゃんと私を見てくれてたことに驚いた。
『笠原さんも嫌な時は嫌ってハッキリ言った方がいいよ。言葉にしないと伝わんないことってあるしさ』
——あの時、悠大くんが言ってくれた言葉が本当に嬉しくて。
はじめは痛いところを突かれて落ち込んだけど、それを上回るぐらい嬉しい気持ちの方が勝っていた。
阿久津の指摘と悠大くんの言葉が重なって、スーッと心の奥深くに染み渡っていく。
上辺だけ取り繕ったって根本的なところで問題解決してなきゃ駄目だよね。
どんなに人前で話せるようになったって、肝心なところで大切な人から逃げていたんじゃ意味がない。
人に伝えるのって怖い。
うまく伝わらないかもって不安になるし、誤解が生じて仲違いする危険性だってある。
それでも、自分が傷付くことも、相手を傷付けることも

覚悟の上で言葉にしなきゃいけない時があるんだ。
「阿久津、ごめん」
　手の甲で涙を拭い取り、真っ直ぐな目を阿久津に向ける。
「……せっかく好きだって言ってくれたのに、阿久津の気持ちに応えることは出来ない」
　阿久津は視線を逸らさずに、真剣な眼差しで私を見つめている。
「なんで、って聞いたらなんて答える？」
　ふっと口の端を持ち上げて、阿久津が意地悪く笑う。
　腰を屈めて顔を覗き込んでくる彼に、私は顔を真っ赤に染めながら正直に答えた。
「悠大くんが、好きだから」
　ハッキリと人前で告げたのは、これがはじめて。
　そのせいか、妙に照れくさくてむずがゆい。
　でも、これが嘘偽りのない今の本当の気持ち。
　──救いたいの。
　深い悲しみと孤独を抱える、悠大くんをこの手で。
　ちっぽけな私には大したことなんて出来やしないけど、それでも悠大くんに本当の笑顔を取り戻してほしいんだ。
「ちゃんと言えんじゃん」
　合格と言わんばかりに阿久津に肩を叩かれ、唇を引き結びながら大きくうなずく。
「……って、なんで亜沙まで泣いてんだよ？」
「だっ、だって……知らない土地のカラオケボックスで失恋とか、阿久津がふびんすぎて……」

「ああ？　テメェ、ケンカ売ってんのかよ」
「売ってないし！」
　ぷいっとそっぽを向いて、私に抱きつく力を強める亜沙ちゃんの目には大粒の涙がたまっている。
　真っ赤な顔で俯く亜沙ちゃんの横顔からは、阿久津を気遣う彼女の本心が垣間見えて。
（やっぱり……）
　以前から薄々とは勘付いていたけど、亜沙ちゃんは阿久津のこと——。
　長い付き合いの幼なじみで兄妹のように仲いいふたり。
　阿久津を振った直後の私に何か言える資格はないし、亜沙ちゃんからしてもこの現状は微妙な立ち位置だと思う。
　それでも、私達のことを心配して見守っていてくれてありがとう。
　小柄な亜沙ちゃんの体をそっと抱き締め返して優しく包み込む。
　私の肩に額をうずめて、小さく鼻を啜る亜沙ちゃん。
　そんな彼女の背中をよしよしするように優しくさすった。
　阿久津も「わけわかんねぇ」って顔しながらも、亜沙ちゃんの頭を大きな手のひらで撫でて。
「……ずっ、ごめんね、奈々美」
「ううん。気にしなくていいんだよ、亜沙ちゃん」
　耳元で囁いたら、私の服を掴む手にぎゅっと力を入れて「奈々美も、頑張るんだよ」と泣きじゃくりながら、とび

きりの笑顔ではにかんでくれた。
「……うん。ちゃんと向き合ってくる」
　東京で出来た、はじめての友人達。
　いつもそばにいてくれるふたりのことを、今まで以上に大切にしていきたいと心から思った。

夏の思い出

「じゃあ、うちらは予約しておいたホテルに行くけど、何かあったらすぐ連絡してくるんだよ？」
「せっかく遠出してきたし、観光してから帰るわ。コイツ、行きの電車でホテルを決めてくれたのはいいけど、何気に値段張る部屋予約しててよ。交通費と宿泊費がこっち持ちだからって、マジで容赦ねーの」
「あはは……。さすが、亜沙ちゃん」

　カラオケで話し込んだあと。

　店を出た私達は、真っ直ぐ駅に向かい、改札口のそばでお別れのあいさつをしていた。
「ふたり共、今日は遠くまで来てくれて本当にありがとう。亜沙ちゃんと阿久津のおかげですごく前向きな気持ちになれたよ」

　心からの感謝の気持ちを込めて笑顔でお礼する。

　亜沙ちゃんも阿久津も嬉しそうにはにかんでくれて「頑張れ」って私の肩や二の腕に軽くパンチしてくれた。
「佐野に急に押しかけて悪かったなって伝えといて」
「うん。しっかり伝言しとくね」

　じゃあね、と3人で手を振り合って、ふたりの姿が見えなくなってから踵を返す。

　亜沙ちゃんと阿久津は、事前予約していたターミナルホテルへ。駅のそばにあるので、交通の便も良く、明日はこ

の辺りをふたりでゆっくり観て回るそうだ。

　悠大くんの元に戻るのが気まずければ、今からフロントに電話して宿泊人数を追加するよう交渉するると言われたけど、大丈夫と言って断った。

　ふたりと別れた私は、一旦地元に戻るためにホームに向かい、電車が来るのを待っていた。

　電光掲示板で次の到着時刻を確認すると、もうしばらく時間がありそうだったので、ある人物に電話をかけた。

　バッグから携帯を取り出し、アドレス帳を検索して、電話の発信ボタンをタップする。

　急に連絡して驚かせるかも、と若干不安になりつつも、呼び出し音がなること数秒。

『……もしもし？』

　相手が電話に出てくれて、ほっと胸を撫で下ろした。

「もしもし、矢口さん？　私です。笠原奈々美」

『あれ？　そっちから連絡くれるなんてめずらしい。久しぶりだね。元気にしてた？』

「うん。矢口さんは？」

『元気元気。相変わらず高校でもバスケやってるよ。それより、今、笠原さんどこにいるの？　なんか今、聞き覚えのある駅名が聞こえてきたんだけど』

「え、えっとね。実は……」

　地元に戻ってきてからの経緯と、悠大くんに再会したことをかいつまんで説明すると、矢口さんに驚かれて。

　詳しい話をするため、これから地元で会うことになった。

＊　　＊　　＊

　同じ中学に通っていた矢口さんと会うのは中2の夏以来。

　お兄ちゃんが交通事故で亡くなった日、警察からの電話にショックを受けて気絶した私を介抱してくれたのが彼女だった。

　悠大くんとあまり親しくならないよう釘を刺しにきた矢口さんは、あの時のことを深く後悔していたらしく、転校前に私の連絡先を訊ねてきた。

　曲がったことが大嫌いでサバサバした性格の彼女にとって、お兄ちゃんを通して悠大くんと親しくなっていく私が許せなかったと、その時に謝られた。

　当時、学年でトップクラスの美少女だった篠原さんと毎日悠大くんを取り合っていた矢口さん。

　彼女がどれだけ真剣に悠大くんを想っていたか知っていたので、あの日のことを責める気なんて全く起きなかった。

　自分の力で好きな人を振り向かせようと努力してる人にとって、私のやり方がフェアじゃないのはわかっていたし。

　矢口さんが怒るのも当然だと思ってたから……。

　東京に転校してからも、矢口さんは年に何度か定期的に【最近元気にしてる？】とメールを送ってきてくれた。

　同じクラスだった時は、そもそものグループが違うし、関わる機会もなかったけど、引っ越してからも連絡をくれ

る彼女に「本当は面倒見が良くて優しい人なんだな」って感じるようになっていった。
　メールの内容は簡素で当たりさわりないものだったけど、気にかけてもらえるだけで十分嬉しかったんだ。
　実は、電話をしたのも、さっきがはじめて。
　だけど、自分でも驚くくらい、矢口さんと会えることを楽しみにしていた。

　地元の駅に着いて、そこからバスで移動すること15分。
　待ち合わせ場所の公園にたどり着くと、先に来ていた矢口さんがスマホから顔を上げて、ベンチから立ち上がった。
「矢口さん」
　久しぶり、と片手を上げて私の方に歩み寄る矢口さんの身長は、中２の頃よりも伸びたみたい。
「あ、やっと来た。――って、笠原さん？　雰囲気だいぶ変わったね〜。垢抜けたっていうか、表情が明るくなってる」
「矢口さんは背が伸びた？」
「伸びた伸びた。バスケしてるせいかわかんないけど、高校入っても伸び続けてるんだよね」
　ワンレングスの前髪を親指と人さし指でつまんで照れくさそうに苦笑する。聞いてみたら、10cmも伸びたそうだ。
　クールな印象を与える猫目が柔らかく細まり、いつ見ても綺麗な人だなって思った。
　ボーイッシュな見た目は健在で、身長が伸びた分、そこ

らの男の子よりもイケメンに見える。
　肩に提げている斜めがけのスポーツバッグに、腕まくりしているバスケ部専用のジャージ姿から、部活後に直行してくれたのだと気付く。
　体を動かして疲れてるだろうに、突然の呼び出しに応えてもらえて心から感謝した。
「日が暮れてきたとはいえ、外は暑いし、どっか移動して話す？」
「そうだね。熱中症もあなどれないし、近くのファミレスに入ろうか。あそこって店まだやってる？」
「やってるやってる。てゆーか、あそこが潰れたら、うちらのダベる場所がなくなるし、なくなったら困るって」
　あはは、と笑いながら、前を歩きだす矢口さん。
　彼女の隣に並び、他愛ない雑談をしながら、それぞれの３年間について語り合った。
　地元の高校に進んでからも女子バスケットボール部に入部して、１年生ながらスタメンに抜擢。
　２年になった現在は、次期部長候補として顧問や部員達から多大なる期待を寄せられ、嬉しい反面プレッシャーも感じているそう。
　悠大くんとは学校が離れてしまったけど、年に何度か連絡を取り合って近況を報告し合っているそうだ。
　一時期、悠大くんを取り合っていた美少女の篠原さんは不良の多い高校に入学後、たちまち学校一の人気者に。
　イケメンの彼氏をつくっては別れてを繰り返し、どんど

ん派手な交友関係ではじけまくっているらしい。
　前は連絡取ってたけど、高２に進級したあたりから自然と連絡が途切れがちになって、今は全くの音信不通だと笑っていた。
「なんだかんだ言いつつ、篠原と佐野を取り合ってケンカするの、結構楽しかったんだよね。あの頃は本気でムカついてたけど、今振り返ってみると、あそこまでムキになって誰かと張り合うことなんてなかったし、篠原の自分に正直なところはうらやましいなって憧れてた」
　矢口さんにとって篠原さんとは友情のほかに固い絆で結ばれた同士だったのかもしれない。
　懐かしそうに話す彼女の横顔を見て、ふとそう思った。
　最初に矢口さんと待ち合わせたのは、私が転校前に通っていた中学校の裏手にある児童公園。
　そこから歩いて10分の場所に、学生達がよく利用するファミレスがあった。
　私は家族としか訪れたことがないけど、同級生達が語り場としてよく利用してるのを見て、いつか友達と来られたら……と密かに憧れていた場所。
　ハンバーグが有名なお店で、料金も格安なことから若年層のお客が多く、店内は多くの学生達の話し声でわいわい賑わっている。
「矢口さんの高校からこの店って結構遠いけど、今でもよく来るの？」
　店の前にたどり着き、キィ……と木製の引き戸を押して、

店内に足を踏み入れる。
「しょっちゅうでもないけど、中学の友達と会う時とか、部活帰りにふらっとひとりで来たりするよ。うちからちょっと離れてるけど、ジョギングがてら空腹満たせて一石二鳥って感じだし、バイトしてないから格安な店で食べようってなると、近場でここぐらいしかないんだよね」
「そう言われてみれば、ここら辺って学生が気軽に入れる飲食店があんまりないもんね。飲み屋は多いけど、大人が行く場所って感じだし」
「そうそう。かと言って、食事するためだけに電車乗って隣町まで行くのも面倒だしさ。バスも待ち時間が長いし、それならてっとり早くいつものとこでいいやって。まあ、結局、この店の味が好きなんだけどね」

　いらっしゃいませ、と笑顔で寄ってくる店員さんに「禁煙席、2名で」と2本指を立てて受け答えする矢口さん。

　高校生と思しき若い女の子のウェイターさんに案内された座席は、店内の奥まった場所にあるボックス席だった。

　向かい合って椅子に腰かけた私達は、それぞれ好きなメニューを注文し、ひと息ついた頃に本題に入った。
「──ところでさ、さっき電話で話してたけど、佐野と再会したんだって？」

　矢口さんがお手ふきの袋を破って、手をふきながら質問してくる。
「うん。会ったよ。……会ったっていうか、再会自体は偶然なんだけど、そのあと、悠大くんのアパートに押しかけ

て……その、強引に転がり込んでる」
　うう。言葉にしてみると、我ながらなんて大胆なことをしてるんだろう……と急激に恥ずかしくなり、言葉尻が萎んで、どんどん声が小さくなっていく。
　顔を真っ赤にして俯く私に、矢口さんは目を大きく見開いて唖然とした表情になった。
　そりゃそうだ。
　中学であんなに地味だった私が人気者の悠大くんの家に押しかけるなんて、当時を知ってる人からすればにわかには信じられないに違いない。
「え？　押しかけたって……笠原さんが!?」
　半信半疑で問われ、瞬きを繰り返す矢口さんに赤面しながらコクリとうなずく。
　沈黙すること数秒。矢口さんはガタンッとテーブルに両手をついて、前のめりに立ち上がりながら「マジで!?」と大声を上げた。
　すぐさま我に返り、ほかのお客さんの目を気にして、恥ずかしそうに「コホンッ」と咳払いしている。
「大声出してごめん。びっくりしすぎて変な声出た」
「ううん。こっちこそ、急に変なこと言ってごめんなさい」
「いや、全く謝る必要ないけど、そうか……あの笠原さんがねぇ。かなり意外っていうか、そこまで積極的な人だと思わなかったわ」
「あはは……。自分でもそう思う」
　指先で頬を掻きながら苦笑する。

「——でも、なんか安心した。そこまでガッツあるなら、笠原さんにヘルプ送って正解だったなって」

目を伏せて、切なそうに苦笑する矢口さん。

長年、悠大くんを想い続けていた彼女にとって、自分以外の誰かに助けを求めるのは、どれだけ複雑な心境だったんだろう。

「……メールでは話さなかったけど、笠原さんが転校してからの佐野って、本当に生きてるのか死んでるのかわからないぐらい無気力で、しばらく学校も休んでたんだ。あたしは、毎日授業のノートを余分に取って、部活帰りに佐野の家まで寄って、なんとか元気出してほしくていろいろ話振るんだけど、全く心ここにあらずで」

当時を振り返っているのか、神妙な顔つきになって、苦しげに語りだす矢口さん。

テーブルの上に両肘をついて手の甲に顎先を乗せながら、私がいなくなったあとの出来事を聞かせてくれた。

「結局３か月ぐらいだったかな？　担任の説得とか大人達の間で佐野の対応を話し合われて、中２の冬ぐらいからまた学校に通うようになったんだけど……。みんな、どうして休んでたのか事情を知ってたから、腫れ物を扱うように気遣っててさ。佐野も人前ではにこやかに接してるんだけど、明らかに前と違って様子がおかしくて……。でも、絶対誰にも弱音を吐いたり、頼ったりしてくれなくて、ひとりで殻に閉じこもってるみたいだった」

悠大くんをかばって車にひかれたお兄ちゃん。

目の前で息絶えていく人間を目の当たりにした悲しみや恐怖は、どれだけ14歳の少年の心を追いつめていたのか。
「時間が経つにつれて、佐野も笑顔を見せるようになって、周りも普通の態度に戻っていったんだけど、あたしにはあれが嘘の笑顔だってすぐにわかった。人当たりのいい顔して爽やかに笑ってるけど、目の奥がちっとも笑ってないんだもん。ロボットみたいっていうか、こっちがどれだけ必死に話しかけても定型文で自動返信されてるような感じがして虚しくなった。……佐野はあたしを頼りにしてくれないんだって思い知る度に自分が情けなくなって、どんどん自信をなくしていった」
　いつも優しい悠大くん。
　誰に対しても平等で、だけど、誰に対しても心を閉じている。
　少しでも心の内側に踏み込もうとしようものなら、強固なガードで跳ね返されてしまいそうな、繊細すぎてあやうい一面を抱えていて。
「ぱっと見、佐野の様子も元に戻ってきた中３の春頃に、バスケ部の顧問や部員が部活に復帰するよう説得しに行って『透矢先輩の思いを引き継いで、俺達が部長の叶えたかった全国大会制覇を成し遂げようぜ！』って、熱く訴えて、乗り気じゃない佐野を強引に部活に参加させたんだ」
　途中で言葉を止めて、矢口さんが深い息を吐き出す。
　親指と人さし指で眉間の皺を揉みほぐし、ひと息ついてから話を再開させた。

「男バスのメンバーに悪気はなかった。みんな、透矢先輩の次にバスケがうまかった佐野に期待してて、特に３年生は最後の試合で結果を残すために必死になってた。去年の雪辱を晴らして、みんなで透矢先輩にいい報告をするぞって一致団結しててさ……透矢先輩って面倒見いいじゃん？だから、後輩達にすごく信頼されてたんだ」
「…………」
　カラン、とグラスの中の氷が溶けて、グラスの表面に浮かんだ水滴がテーブルの上に垂れていく。
　何も言えずに沈黙したのは、お兄ちゃんが亡くなってからも「部長」を慕って努力し続けてくれた人達の存在を知って胸が詰まったから。
　人一倍バスケ馬鹿で、自分にも後輩相手にも容赦のないスパルタ特訓を課して、そのくせ部員一人ひとりの気持ちに寄り添って協力し合う。
　熱血漢で人情家なお兄ちゃんらしいエピソードに心が温かくなった。
「あの事故に遭う前、透矢先輩は次の部長候補に佐野の名前をあげてたんだ。アイツならみんなをうまくまとめられるし、全体を見回して冷静にプレイ出来る実力の持ち主だから試合でも部員達を引っ張っていける——って。そう話してたのを知ってたから、余計にみんな佐野をバスケ部に引き戻したかったんだと思う」
　心が和んだ直後、矢口さんが思いつめたように沈黙して。
「……男バスの連中が佐野を連れてコートに入ってくるの、

あたしも見てたんだ。男バスと女バスで体育館を半分ずつ使用してたから」
　やっと喋りだした声は微かに震えていた。
「みんな、もう一度バスケをすれば、佐野がやる気になって戻ってきてくれるって単純に考えてた。でも、強引に練習試合に参加させられて、コートに立たされた時……過呼吸でひきつけを起こしちゃったんだ」
　悠大くんが倒れたことに気付き、騒然となる部員達。
　全身痙攣したみたいにブルブル震えて、額に脂汗を滲ませながら荒い呼吸を吐き出し続ける。
　悠大くんの手から滑り落ちたバスケットボールだけが、コート上の床を転がっていく。
　慌てて介抱する人、教職員を呼びに走る人、その場でオロオロするだけの人と、周囲の反応もそれぞれで。
　矢口さんの話を聞きながら、そんな光景を想像していた。
「佐野、真っ青な顔してた……。呼吸困難で死んじゃうんじゃないかっていうぐらい苦しそうで、佐野の手を握って名前を呼び続けることしか出来ない自分が悔しかったよ。……っ、あんだけ好き好き騒いでたくせに、あたしは結局何の支えにもなれなかったし、ただ取り乱してただけだった」
　ずっと鼻を啜る音がして顔を上げたら、矢口さんが両手で顔を覆って泣きだしていた。
「それでも諦め悪くて、高校が離れてからも定期的に連絡を取り続けて佐野の様子を気にしてた。でも、毎年、今の

季節になるとすごく苦しそうなんだよ……。見るからに塞ぎ込んで、落ち込んで。ずっと……透矢先輩が亡くなったのは自分のせいだって自分を責め続けてる」

矢口さんが言うには、高校に入ってからひとり暮らしを始めた悠大くんは、今まで部活に注いでいた時間をアルバイトに当てて、体を動かして働くことで余計なことを考えないようにしてるみたいに見えたらしい。

相変わらず爽やかで人当たりはいいけど、笑顔が作り物っぽくて、人との間に一線を引いてしまうことから、みんなに好かれてるけど特別仲いい人はいないんじゃないかな、と話していた。

「——どうして、矢口さんは私に助けを求めてきたの？」

ずっと気になっていたことを問うと、矢口さんは寂しそうに「失恋したから」と呟いた。

「夏休み入る前に、佐野を呼び出して告ったら、真剣な顔で謝られた。矢口のことは友達にしか見れないって——ハッキリそう言われたよ。佐野にとっての友達って『その他大勢のうちのひとり』だからさ、外野がこれ以上騒ぎ立てるのはまずいよなって判断して、佐野のことをほかの人にバトンタッチすることにした」

「それが私？」

「うん。なんかさ、誰にしようって考えた時に、なんでか笠原さんの顔がぱっと浮かんだんだよね」

赤い目をして苦笑する矢口さんに、バッグの中から取り出したハンカチを渡して、使ってと差し出す。

ありがと、と言って、受け取ったハンカチを目元に当てながら、矢口さんは大粒の涙をぽろぽろ流した。
「気付かなかった？　佐野が笠原さんの前では気を許してたの」
「え……？」
「佐野のことずっと見てたから、佐野の目線の先にいる人が誰なのかすぐに気付いちゃったんだよね。あたしと佐野、中１の時も同じクラスだったんだけど、夏休みが明けた頃から佐野はほかのクラスの女の子を目で追うようになってさ……。相手は誰なのか視線を辿っていくと、そこには必ず笠原さんがいたんだ」
　お箸を握ったままピタリと静止する。
　中１の時？
　夏休み明けって、一体何のこと……？
「その頃は、悠大くんと話したことないはずだけど……？」
「さあ？　理由はわかんないけど、事実に変わりないよ。２年に進級して同じクラスになってからは、笠原さんにばっかり雑用を押し付けてた担任とか篠原に面と向かって注意してたし。もしかして、知らなかった？」
「ぜ、全然……」
　意外な事実に驚き、目を瞬かせる。
　何かあったら連絡してとは言われていたけど、私の知らないところで担任や篠原さんに注意してくれていたなんて気付かなかった。
「どっちにしても、当時のあたしからすれば面白くない事

態なわけで。こっちが積極的にアピールしても、佐野の目には笠原さんしか入ってなくて。なのに、そのふたりは特別親しい間柄って感じがしないどころか、まるっきり話してないし。じゃあ、気にしなくても平気じゃんって余裕こいてたら、ある日を境に急に仲良くなって、どんどん距離が近付いてくし、超焦ったっつーの。そりゃあ、文句のひとつも言いに家まで押しかけたくなるよ」
「でもそれは、私と悠大くんの間にお兄ちゃんがいたからで……。あくまで私はおまけの存在というか、お兄ちゃんに対する義理で親切にしてもらってたというか」

　しどろもどろに言い訳すると、ちょうどウエートレスさんが料理を運んできて、一旦会話が途切れた。

　私は、あまりお腹が空いていなかったので、サイドメニューのグリーンサラダとオニオンスープ。

　部活帰りの矢口さんは、ガッツリ系のビーフハンバーグステーキと大盛りライス。

　テーブルに並ぶ料理はどれもおいしそうで、匂いにつられてお腹がぐぅ……と鳴る。それは、矢口さんも一緒だったみたいで。

　ふたりで顔を見合わせ、プッと噴き出す。
「とりあえず、先に食べようか？」
「だね。あー、泣いたら余計にお腹空いたわ」

　いただきます、と手を合わせて食事しはじめる。

　おいしいご飯を口に入れた瞬間、体の内側からしゅるしゅると緊張感が解けて、頬の筋肉まで緩んでいく。

このサラダ、具材は何を使ってるんだろう？
　近いうちに食材を買ってきて自分でも作ってみようかな。
　全体の栄養バランスを考えてメインの料理は——と、意識はすっかり献立メニューへ移ってしまう。
　矢口さんもよほどお腹が空いていたのか、ガツガツと豪快に平らげていって、口の端についたご飯粒を指先で取って、そのまま口に含んでいる。
　美人なのに、気取ることなく食事する姿に好感を抱いたりして。
　次第に緊迫したムードまでやわらぎ、ご飯の力ってすごいなぁ、なんてしみじみと実感してしまった。
「——さっきの話に戻るけど、あの頃の佐野が笠原さんを特別視してたのは本当だよ」
　食べ終えたステーキ皿の上にフォークを置いて、紙ナプキンで口元を拭いながら、キッパリ断言する矢口さん。
　冗談にして茶化せない空気を感じとったのは、私を見つめる彼女の瞳が真剣そのものだったから。哀愁を漂わせながら、寂しそうに口元を綻ばせている。
「それが、恋愛なのか、友情なのか、笠原さんが言うように透矢先輩に恩返しするためなのかわからないけど。それでもあたしはうらやましかったし、妬ましかった」
「矢口、さん……」
「佐野は、どんなにあたしがお願いしても絶対にアパートの部屋に上げてくれなかった」

「？」
「笠原さんみたいに強引に押しかけても、玄関の外に出てきて丁寧に断るんだよ？　用があるなら外で話そうって。……ほんと、嫌になるぐらい対応違うし。てか、笠原さんもそこまで意外そうな顔しないでよ」
「ご、ごめん」

　呆れたという目で見られ、条件反射で謝ってしまう。
　矢口さんから語られた内容はどれも目玉がひっくり返りそうなものばかりで、驚きの連続で思考がショートしかけていた。
　眉根を寄せて考え込む私を見て、矢口さんは脱力したように肩をすくめて苦笑する。
「……本音を言えば悔しいけど、助けてあげてよ、佐野のこと」
　力強い瞳に見つめられて、コクリと唾を呑み込む。
　生半可な気持ちで返事をしたらいけないと思わせる、そんな強い意思が込められた眼差しを受けて。
「うん」
　キュッと顎を引いて、力強くうなずいた。
　いろんな不安を吹き飛ばすように、自分自身の心の声をシンプルに拾い上げて。
　正義感とか、偽善とか、そういうの全部抜きにして単純に悠大くんに楽になってほしかった。
　私の決意が伝わったのか、矢口さんが安心したように微笑み、テーブル脇の伝票を持って立ち上がる。

「ならよかった。そう言ってもらえて安心したよ」
　彼女に続いて私も椅子から立ち上がり、忘れ物がないか見渡してから会計に向かう。
　レジ前には２組の会計客が並んでいたので、ふたりで近くの丸椅子に座り、順番がやってくるのを待つ。
「……あのさ、もうひとつだけ気になってたこと言っていい？」
「うん？」
「あの日さ、急に家まで文句言いに言ってごめん」
「…………」
　矢口さんが言う『あの日』とは、お兄ちゃんが事故に遭った日の朝のことを言っているのだろう。
「全然気にしてないよ」
　申し訳なさそうに謝る彼女に、小さく首を振って答えた。
「それに、矢口さんには感謝しかしてないから。地元の知り合いの中で、転校する前に連絡先を教えてくれたのも、引っ越してから連絡を取り続けてくれたのも、矢口さんだけだったよ。……ありがとう。私もずっとお礼を言いたかったんだ」
　ふっと目を細めてはにかんで笑ったら、矢口さんも同じように笑い返してくれた。

　　＊　　＊　　＊

　ファミレスを出ると、外はすっかり日が沈んで真っ暗に

なっていた。
　帰りが危なくなるからいいよと断ったものの、矢口さんに「いいから」と押し切られ、駅まで送ってもらうことに。
　矢口さんの帰り道を心配すると、
「あたしみたいな巨女は滅多に狙われないからいいけど、笠原さんみたいに大人しそうな女の子は変なのに狙われやすいし。それに、もうすぐ親の仕事が終わる時間帯だし、車で迎えに来てもらえるから」
　と、あっけらかんと笑って言われ、男前な部分に不覚にもときめいてしまいそうになった。
　矢口さんてあれだ。性別が男だったら、無自覚に相手をたらしこんでモテるタイプだ。
　男前な性格なのか、舗道を歩く時も車道側を譲らず、さっきのお会計の時も『久しぶりに会えた記念だから』とスマートに奢ってくれた。
　さらに暗い夜道を心配して駅まで送り届けてくれて……なんていうか、行動の一つひとつがイケメンすぎる。
「矢口さんて女の子に人気あるでしょ？」
　素朴な質問をしてみたら、まんざら心当たりがないわけでもないのか、顎を手でさすりながら「ここだけの話、男には告られないのに、同性には付き合ってとか言われるんだよね」とカミングアウトされて、やっぱりと妙に納得してしまった。
「矢口さん、いきなり呼び出したのに私と会ってくれてありがとう。食事もごちそうさまでした。今度必ずお礼する

ね」
「頭下げなくていいって。あたしも会えてよかったし。まあ、お礼は楽しみにしとくよ」
　含み笑いをして、私の肩を叩く矢口さん。
　顔を上げるよう促されて、ゆっくり頭を上げると、少し照れたようにはにかんでる彼女の笑顔が見えた。
「……っていうか、夜９時過ぎると本当に誰もいないねー、ここ。笠原さん、ひとりで待つのおっかなくない？　電車来るまでついてようか？」
「ううん。大丈夫だよ」
　駅にたどり着くと、ほかの人の姿は見当たらず、駅員室の窓口もシャッターが下ろされていた。
　地元は交通の便が悪いため、ほとんどの家に自家用車があるためか、あまり電車を利用する人が少なくて、夜になると本当の意味で無人駅と化してしまう。
「ふぅ……。夜でも暑いね」
　ここまで歩いてくるだけで全身にしっとり汗をかいてしまったので、ハンドタオルで額や首筋を拭う。
　電光掲示板で次の到着時刻を確認すると、もうすぐ到着する電車があったので、それに乗って悠大くんのいる町まで戻ることにした。
「じゃあ、そろそろ行くね」
「気を付けて帰ってね。あと、アイツによろしく」
　改札口の前で別れ、改札をくぐり抜ける。
　一度振り返ったら、矢口さんは私の背中を見つめていて、

お互いに微笑み合いながら「またね」と手を振り合った。
　そのまま１番線ホームの中央に立ち、周囲を見渡す。
　のどかな田園地帯。星の形が肉眼でくっきりわかるほど澄み渡った夜空。田んぼの中からは蛙の鳴き声が響いてる。
　そんな風景を見て、改めて「田舎だなぁ」って実感した。
「……あ、来た」
　乗車アナウンスと共に、線路の向こうから２両編成のローカル線がやってくる。
　１番線ホームに電車が到着すると、プシューッと音を立てて扉が開き、さあ乗ろうと足を踏み出しかけた、その時。
　電車の中から、ひとりの男性が降りてきて。
　コツ、とスニーカーの裏が地面に擦れる音と、目の前に落ちる影。
　頭上からは深く息を吐き出す気配を感じて、信じられない思いで目を見張る。
　なぜなら、ここにいるはずのない人が目の前に立っていたから。
「なん、で……？」
　声が震える。
　膝から力が抜けて、気を抜いたら、すぐにでも地面にへたり込んでしまいそうだ。
「なんで、悠大くんが、ここにいるの……？」
　視界が徐々にぼやけていく。
　乗車アナウンスが次の駅名を告げて、発車のベルを鳴らす。

悠大くんの背中の後ろで扉が閉められると、ガタンゴトン……と、レールの上を走りはじめた。
「──バイト終わって家に戻ったら、部屋の電気が消えたままで、奈々美の姿が見えなかったから……」
　切なげに顔を歪めて、悠大くんが汗で濡れた前髪を掻き上げる。
　鎖骨があらわになったUネックの白シャツは背中の部分が汗でぐっしょり濡れていて、電車に乗る前に全力疾走してきたのだと伝わってくる。
　どうして、そこまでして追いかけてきてくれたの？
「自分から『友達と帰れば』って言ったくせに、勝手すぎるよな。気が付いたら、駅まで走って、ここまで探しにきてた」
「もしかしたら、私が実家にいるかもしれないと思って来てくれた……？」
　うん、とうなずいて、悠大くんが気まずそうに目を逸らす。
「急にいなくなって焦ったの？」
「……うん」
「ふふっ、馬鹿だなぁ」
　目尻から熱いものが零れ落ちて頬を伝っていく。
　手の甲で涙を拭いながら苦笑すると、悠大くんが私の手首を掴んで、強引に自分の方へ引き寄せた。
　瞬間、強い風が吹き抜けて。
　横髪がさらわれ、額が彼の肩口に埋まり、悠大くんのシャ

ツに私の目から零れた涙が次々と染み込んでいった。
　背中に回された両腕に包み込まれて強く抱き締められる。
　高い背を屈めて、私の耳元に唇を寄せる悠大くん。
　ボソリと囁かれた言葉に、ますます涙腺が崩壊して、どうしようもなく胸が張り裂けそうになる。
　いなくならないで、と呟いた声は、とてもか細くて。
　置き去りにされた子どもみたいに不安そうな目をしていたから。
「……いなくならないよ」
　彼の首に手を回し、そっと抱き締め返す。
　ふと、脳裏をかすめた過去の記憶。
　以前、お兄ちゃんが私に話していた内容を思い出して、こういう意味だったんだね、とひとり納得する。
　父親に暴力を振るわれていた彼を自宅にかくまい、傷を手当てしたあの夜、お兄ちゃんは私にこう言ったんだ。
『いいか、奈々美。安っぽい同情は相手の心をかえって傷付ける場合もあるんだ。だから、むやみに佐野を哀れむのはやめろ。それから──』
　その言葉の続きをはじめて聞かされた時はピンとこなかったけど、今ならなんとなくわかるよ。
　悠大くんと同じ部屋で生活して、薄々と感じていたこと。
　私が当たり前のように朝食を用意して、起きてきた彼に「おはよう」とあいさつした時。
　バイトに出かける彼を玄関先まで見送り、「いってらっ

しゃい」と手を振る時も。

　悠大くんはとても驚いた顔をして、それから、必ず照れくさそうに苦笑する。

　スーパーでの買い出し。

　ふたりで向かい合って食べるご飯。

　隣に並んで作業分担した食器洗い。

　部屋でのんびりくつろぎながら過ごす時間。

　テレビのバラエティー番組を見ながら、他愛ない話をしたり、お風呂に入る順番をじゃんけんで決めたりしてさ。

　一緒の布団に入って、背中合わせで眠った。

　多分、私にとっては家族と『当たり前』にしていたことが、悠大くんにとってはそうじゃなかったのだと実感させられる日々だった。

　出来立てのご飯を食べた時、泣きそうな顔になってたね。

　いつも暗い部屋に帰っていた彼にとって、アパートの外から部屋の明かりが見えるのはどんな心境だったんだろう？

　私が笑顔で『おかえりなさい』って出迎えた時、ほっとした顔していたのも、ちゃんと覚えてるよ。

　早くに母親を失い、父親との関係もうまくいかず、わけあってひとり暮らしを始めた悠大くん。

　まだ17歳の少年が、家族の温もりから離れて生活するには、今の環境はあまりにも寂しすぎる。

『いいか、奈々美。安っぽい同情は相手の心をかえって傷付ける場合もあるんだ。だから、むやみに佐野を哀れむの

はやめろ』
　安心して、お兄ちゃん。
　この感情は決して同情でも哀れみでもないよ。
『——それから、佐野は寂しがり屋だから、そういうサインが見えたら黙ってそばについててやれ』
　悠大くんが出してくれた、はじめてのサイン。
　消え入りそうな声で囁かれた彼の本音。
『いなくならないで』
　……大丈夫。
　私は悠大くんのそばにいるよ。
　病気で亡くなったお母さんや、事故で帰らぬ人となったお兄ちゃんのように悠大くんの前から姿を消したりしない。
　突然いなくなったりしないよ。
　そんな想いを込めて、優しく包み込むように彼を抱き締め返した。

3年後の真実

『透矢くんは明るくて社交的なのに、妹さんは人見知りで内向的なのねぇ』

　小さい頃から、なんでも出来るお兄ちゃんと比較されて、周りの大人達に引っ込み思案のレッテルを貼られていた。

　知らない人の前に出ると緊張して言葉が出なくなるだけ。

　会話のきっかけが掴めなくてオロオロしているうちに、話せる者同士で固まってしまって、いつもひとりになってしまう。

　家族の前では普通に話せるのに、どうしてこうなっちゃうんだろう。

　おどおどして俯いてばかり。気弱そうに見えるため、人から雑用を押し付けられてもハッキリ断れない。

　お兄ちゃんだったら。お兄ちゃんだったら……。

　そんなふうに自分を追いつめて、どんどん塞ぎ込んでいってたんだ。

　けど、それじゃいけないよね。何も変われなくて当然だ。

　自分のことばかり考えてたから、周りがちゃんと見えてなかった。

　私は私。ほかの誰でもないよ。

　私がいなくなったと焦って、地元まで探しにきてくれた悠大くんを抱き締めた時に気付いた。

誰かを守りたいとか、心から優しくしたいってそう思えた瞬間から、人って変われるんだなって。
　お兄ちゃんの真似してお兄ちゃんの言葉を伝えても意味がない。
　ちゃんと、自分の言葉をぶつけなくちゃ駄目なんだって。
　だから――。

　＊　＊　＊

　このまま私の実家に行こう。
　そう提案したのは、電車をやり過ごして無人ホームで抱き合ったあと。
　突然のことに悠大くんは驚き躊躇していたけど、返事を聞く前に彼の腕を引いて強引に歩きだした。
「実家って、父親が出張中で入れないんじゃ……？」
「えっと……来ればわかるよ」
「？」
「どのみち、悠大くんを家に連れてく予定でいたから」
　それ以上は多くを語らず、彼の手を引いてタクシー乗り場に向かう。
　たまたま１台だけ止まっていたタクシーが空車になっていたので、それに乗り込み、実家の住所を告げて発車した。
　いきなりの展開に頭がついていかないのか愕然とした様子の悠大くん。
　ついさっき、矢口さんと食事した時に『佐野はひとり暮

らしを始めてから、全く地元に戻ってこない』と聞いていたので、こっちに立ち寄りたくない原因があるのだろう。

その原因のひとつは、透矢お兄ちゃんとの思い出の場所。

証拠に、家が近付く度に彼の顔色は青ざめていき、手を繋いだままの左手が小刻みに震えていた。

お互いに窓の外の景色を見たまま、会話を交わすことなく車を走らせること十数分。

実家の前にたどり着くと、動悸がおさまらなくなってきたのか、悠大くんは額に手をつき、苦しそうに息を吐き出した。

我ながら酷なことしてると思う。

荒療治にもほどがあるし、彼が耐えきれるかもわからないのに実家まで連れてきて、ますます彼の傷口を抉るだけかもしれない。

インターホンを押すと10秒もしないうちにお父さんが出てきて玄関のドアを開けてくれた。

「おぉっ、おかえり奈々美。連絡もなしに帰ってくるから驚いたよ……っと、隣の彼は？」

私の隣に立つ悠大くんを見て、お父さんが困惑気味に目を泳がせる。

今まで友達を連れてきたことがない私が、異性と手を繋いでやってきたら腰を抜かしそうになるのも当然だ。

「佐野悠大くん。中学の時、お兄ちゃんと同じバスケ部に所属していて、私とはクラスメイトだったの」

「佐野……佐野悠大くんって……」

悠大くんの名前を聞いて、お父さんが目を見開かせる。
「そうか。あの佐野くんか……。以前に何度か家で会ったことがあるよね？　しばらく見ない間に大きくなったなぁ。奈々美と同い年ってことは、今高校２年生か。ずいぶん久しぶりだけど、元気にしてたかい？」
「は、はい。ご無沙汰してます……」
　ニコニコと気さくに話しかけるお父さんとは対照的に、悠大くんは萎縮しきってて、緊張が顔に滲み出てる。
「明日は『あの日』でしょ？　だから、悠大くんをうちに連れてきたの。このままうちに泊まらせて、明日一緒にあそこへ出かけようと思って。いいよね、お父さん？」
　お父さんの目をじっと見つめる。
　断っても聞き入れない。そんな固い決意を込めて。
　娘の眼差しに突き動かされるものがあったのか、お父さんは「どのみち、もう夜遅いからね」と苦笑し、了承してくれた。
「さあ、上がりなさい、ふたり共。話はあとでゆっくり聞こう」
　遠慮がちな悠大くんに、お父さんが優しく微笑みかけるものの、まだためらってるみたいで。
　悠大くんの腰が引けてることに気付いた私は、彼の手を引いて玄関に上がらせた。
「……お邪魔、します」
　ためらいがちにあいさつし、脱いだ靴を綺麗に揃えて家の中に上がる悠大くん。

あの日以来、3年ぶりに訪れた我が家に込み上げるものがあったのか、目頭を手で押さえ、感慨深げに息を吐いている。

廊下を歩く悠大くんの足取りは重く、表情は硬(かた)く強張っていた。

「悠大くん、こっち来て」

彼を手招きして案内したのは、かつてお兄ちゃんと悠大くんと3人で寝たことがある、1階の和室。

スーッと襖を引いて中に通すと、悠大くんの視線はある一か所に止まり、ごくりと唾を呑み込む音が響いた。

直後に顔を伏せ、畳の上に視線を落として、奥歯をきつく噛み締めだす。

部屋の奥に置かれた仏壇——そこには、黒い額縁におさめられたお兄ちゃんの遺影写真が飾られていて。

その写真を目にした瞬間、悠大くんの目に涙が込み上げ、泣くのをこらえるように手のひらを固く握り締めていた。

「あのね、悠大くん。悠大くんに見せたいものがあるんだ。今2階から持ってくるから、ちょっとだけ待っててね」

何を求めるでもなく、ただそこにいてとお願いして部屋を出る。

階段を上がって向かった先は、2階にある自室。

机の引き出しの鍵を開けて中からある物を取り出す。

3年前、お兄ちゃんの部屋で見つけた1冊のノートを。

急いで階段を下りると、ちょうど飲み物を持って和室に向かおうとするお父さんの背中が見えて慌てて引き留

た。
「待って、お父さん！」
「ん？　どうしたんだい、奈々美」
「……っ、悪いんだけど、少しの間でいいから、この家に悠大くんとふたりきりにしてもらってもいいかな？　大事な話をしたいんだ」
　ノートを胸に抱き締めて、真面目な顔で懇願する。
　家族がいたら、悠大くんを緊張させてしまうから。
　なるべくなら、ふたりきりで遠慮せずに本音で話したかった。
「それは、もしかして『あの事』かい？」
　真剣な顔で問われ、コクリとうなずく。
「うん。……明日、来るんだよね？」
「ああ。午前中に伺うって連絡があったよ。このまま彼を泊めてもいいけど、そうすると明日鉢合わせすることになるよ？　大丈夫なのかい？」
「大丈夫。何があっても、悠大くんのことは私が絶対に守るから」
　固い決意を込めて宣言すると、お父さんは意表を突かれたように目を丸くし、瞬きを数回繰り返して噴き出した。
「もうっ。真剣なんだから、笑わないでよ」
「ごめんごめん。……なんだか、今の奈々美が透矢と被って見えてね。やっぱり兄妹なんだなぁって改めて実感したよ」
　懐かしいものを見るように目を細めるお父さんに「当た

り前じゃん。兄妹なんだから」と白い歯を見せて笑い返す。
　そうだよ。私は私。だけど、透矢お兄ちゃんの妹であることに変わりはないから。
　似てる部分も、似てない部分も、全部をひっくるめて私達ふたりは兄妹なんだ。
「話し終わる頃には、気疲れしてお腹が空いてるかもしれないし、夜食でも買い出しに行ってくるよ。少し遠くの場所に24時間営業のスーパーがあるから、車でドライブがてら行ってくるさ」
「……ありがとう、お父さん」
「何。奈々美が人の目を見て真っ直ぐ自分の気持ちを伝えてくれたんだ。父親として聞き入れないわけにはいかないだろう？」
　お父さんから飲み物が乗ったお盆を受け取ると、お父さんは私の肩に手を置いて「頑張りなさい」と励ましてくれた。透矢の分も彼のために頑張りなさい、と。

「お待たせ、悠大くん……」
　和室に戻ると、仏壇の前に正座して手を合わせる悠大くんの背中が目に入った。なので、彼の邪魔にならないように口をつぐんで、足音を忍ばせながら室内に足を踏み入れる。
　部屋の中央に置かれた木製テーブルの上にお盆を置くと、悠大くんの横に移動して正座した。
「……ごめん。勝手に線香まで上げて」

「ううん。むしろ、ありがとう。お兄ちゃんも喜んでるよ、きっと」

　私も悠大くんと同じように仏壇に手を合わせ、心の中で『よかったね、お兄ちゃん』と語りかける。きっと、誰よりも悠大くんが現れるのを待ち望んでいたと思うから。

　3年越しの再会に、胸の奥がきゅっと締めつけられた。

「……お父さんから聞いたんだけど、悠大くん、毎年お兄ちゃんの命日にお墓に来てくれてたんだって？」

　悠大くんが黙祷を終えたタイミングで話しかけると、びっくりしたように目を見開かれた。

「なんで、そのこと……」

「去年、お墓参りした時に、悠大くんの姿を見かけたんだって。お墓の前に添えられていた花が毎年同じ種類だったから、すぐにピンときたって。その仏花が添えられてる時は、必ず誰かが墓まわりを綺麗に掃除してくれたって。お父さん、悠大くんに感謝してたよ」

「…………」

「悠大くんがお兄ちゃんに会いに行ってくれたのを知って、私も嬉しかった」

　障子の向こうから蛙の鳴き声が聞こえる。

　夜風に吹かれて、縁側に吊るした風鈴がチリンと揺れた。

「ねえ、悠大くん。私ね、悠大くんにずっと見せたいものがあったんだ」

　お兄ちゃんのノートを差し出すと、悠大くんは首を傾げつつも、素直にそれを受け取ってくれた。

「……これ、透矢先輩の？」
　ページをめくる悠大くんの手や声は緊張気味に震えていて、私までつられて泣きそうになってしまう。
「今、読めそうかな……？」
　ノートを持ったまま押し黙る悠大くん。
　故人の遺品ということにためらいがあるのか、なかなか中身を確認しようとしてくれなくて。
　見せるタイミングを間違えてしまったのかな……、と肩を落としかけた時。
「……うん」
　悠大くんが覚悟を決めたようにうなずき、ノートを開いた。
「これ——」
　瞼を大きく開き見開く瞳孔。
　それもそのはず。
　ノートの中身は悠大くんに関する内容で綴られ、そのどれもが彼の容態を案じるものだったのだから……。
　悠大くんの体に不自然なあざを見つけたことがきっかけで、誰かに暴力を振るわれているのではないかとあやしんでいたこと。
　実力と人気をやっかまれて嫉妬の対象にされやすい悠大くん。また上級生の嫌がらせかとにらむも、どうも犯人は違うらしい。
　余計なお節介だと自覚しつつも、元々が世話焼き体質で放っておけなかったお兄ちゃんは、このまま見過ごすわけ

にはいかないと直接本人に問いただすことにした。
　最初ははぐらかされたものの、何度も問いつめるうちに、半ば強制的に白状させて明かされた驚愕の事実。
　日常的に悠大くんに手を上げていたのは彼の父親だった。
　母親が亡くなってから、毎晩のようにお酒を過剰摂取し、感情が荒ぶると暴力を振るってくる。
　口汚くヤジを飛ばし『母親が死んだのは俺のせいだと言え！』と赤黒い顔で迫る父親に、悠大くんはうんともすんとも言わず悲しげな目を向けるだけ。
　おそらく、父親は息子になじられることで自分を追いつめる理由が欲しかったのだろう。
　けれど、人よりも繊細で心優しい悠大くんは、父親のアルコール摂取はとがめても、相手を傷付けるような言葉を決して口にしなかった。
　上から押さえつける物言いで相手の意思を抑え込ませるモラハラタイプの父親だけに、下手に反論しても意味がないと諦めていたのか、それとも亡くなった母親と同じように我慢する癖がついてしまっていたのか……。
　彼自身、自分の気持ちがわからなくなっていたそうだ。
　そんな彼を見かねて、救いの手を差し伸べたのが、透矢お兄ちゃんだった。
　自分からＳＯＳを出そうとしない悠大くん。そんな性格を見越して乗り気じゃない彼を強引に家に誘い、バスケに関する話題で楽しいことを考えさせるようにした。

いつもそばにいることで思考が麻痺しているのでは、と踏んだお兄ちゃんは、少しでも父親と離れて過ごす時間が必要だと考えたのだ。
　何よりも暴力におびえる必要のない安心した空間を与えたかった。
　家にいる間は大丈夫だと実感してもらうため、あまり間を空けずに泊まらせ、家族の一員として接することを心がけていた。
　お前には逃げ場所がきちんとある。
　何かあってもなくても、すぐうちに来ればいい。
　毎回そう言い聞かせて、少しずつ悠大くんの警戒心を取り除いていった。
　その結果もあって、悠大くんの方からも少しずつヘルプを出してくれるようになった。
　自分の気持ちを押さえ続けていた彼が、ようやく嫌なものは嫌だと本音を受け入れられるようになっていって。
　お兄ちゃんから事情を聞かされたうちの両親も協力して、我が家で悠大くんをかくまっていたんだ。
　当時、悠大くんと同じクラスだった私には、年頃の男女ということもあり、あまり知られたくないだろうと家族が配慮して真相を隠されていた。
　何も知らない人間がひとりはいた方がいいという親の判断と『奈々美は馬鹿正直で思ったことが全部顔に出るからよした方がいい』というお兄ちゃんの意見で、私は話を何も聞かされていなかったんだ。

お兄ちゃんは事故に遭う直前まで、ずっと悠大くんのことを気にかけていた。
　いくら正義感が強くても、しょせんは中学生。
　未成年の自分には手助けしてやれることにも限度がある。
　バスケの強豪校に進学すると、県外に越すことになるので、今のように近くで助けてあげられなくなる。
　その前に、どうにかアルコール依存症を直す方法と、悠大くんが落ち着いて暮らせる環境を整えてやりたいと必死に模索していた矢先にあの事故が起こってしまった。

　悠大くんがノートの中身を読んでいる間、私は縁側に座ってぼんやり考え事をしていた。
　お兄ちゃんは亡くなる直前まで悠大くんのことを気にかけていたと知っていてほしかった。
　決してひとりなんかじゃない。
　悠大くんを大切に思っている人はちゃんといる。
　お兄ちゃんは「もっと自分を大事にしろよ」って伝えたかったんだ。
　本音を抑え込み続けたら、いつかパンクしてしまう。
　感情から目を逸らし続けたら、どこかで無理が生じて自分の首を絞める結果になるから。
　そうなる前に、楽に息する方法を覚えて、時には逃げ道を利用して、肩の力を抜いて、素直な気持ちに従って生きていけよって、そう強く訴えかけていた。

人の目を気にするあまり個性を殺すのはもったいないことだよね。
　反発するのは怖いけど、ぶつからなくちゃいけない時は必ずあって。
　そこで逃げてたら、何も変わらないんだ。
　ぶつかった結果、やっぱり駄目なら逃げてもいいやって。
　そのぐらい楽な気持ちで構えていればいいんだよって。
　お兄ちゃんは私達に教えてくれていた。
　――キシッ、と畳を踏む足音がして顔を上げる。
　いつの間にか隣に移動してきた彼に微笑みかけると、悠大くんは床に膝をつき、ノートを持っていない方の手で私の頭を掻き抱いてきた。
　顔を伏せた彼の目から大粒の涙がぽたぽたと零れ落ちて、木目調の床に濃い染みが広がっていく。
　私の肩口に額を押し当てて、ずるずると倒れ込んでくる悠大くん。
　わなわなと震える唇から漏れ聞こえる、聞いている側の胸が押し潰されてしまいそうな嗚咽は、まるで呻き声に近くて。
　小刻みに揺れる肩。
　どんどん浅くなる呼吸。
　溢れ出る一方で止まらない涙。
　鼻を啜る音が、しゃくりあげる声が、息の合間に吐き出される途切れ途切れの謝罪の言葉が、全てが痛々しくて、同時にいとおしい。

「……読み終わったの?」
　私の問いに彼は無言でうなずき返し、しがみつく腕に力を加えて泣き喘いだ。
　ごめんなさい、とかすれた声で何度も繰り返す悠大くんは、きっともうずっと前から苦しみ続けていて、限界だった。
「ねぇ、悠大くん。……やっと泣けたね?」
　彼の頭に手を伸ばし、柔らかな髪の毛に触れる。
　小さな子どもをあやすように優しく撫でて、お母さんのように落ち着いた声で話しかけた。
「長い間、苦しかったね。ずっと謝りたかったのに、当の本人がいなくてどうしようもなかったよね……」
　私達はお互いに3年前の夏で時間を止めてしまっていて、ちゃんと前を向いて歩き出せていなかった。
「お兄ちゃんに、生きていてほしかったよね」
　あまりにも突然の事故で、事実を受け入れることが出来なかった。
「もっと一緒にいたかったよね……」
　じわり、と涙腺に熱いものが込み上げて頬を伝っていく。
　どんどん声がしゃがれて、視界が滲んでいく。
「私は、もっとケンカがしたかった。お兄ちゃんぐらいしか、本音でぶつかれる相手がいなかったから……っ、急にいなくなって……どうしていいかわかんなかったよ……」
　なんでいなくなっちゃったの?
　なんでもう会えないの?

なんでばかり増えていって、悲しみを受け止めきれなかったよ。
「……ずっ、悠大、くん、は……ひっく……どう、思った？」
　泣くつもりなんかないのに、嗚咽が止まらなくて。
　見ないフリしてた現実を認めたら、ちゃんと『悲しみ』がやってきた。
　３年分のそれは、ひとりで受け止めるにはとても大変な量で。
　だけど、今、私達はふたりで分かち合っているから。
　悲しみを半分ずつ、泣きながら受け止めていた。
「……け」
　私の胸元に崩れ落ちてきた彼は、号泣しながら答えてくれた。
「……バスケ、したかった……もっと、教わりたいこと、いっぱい……」
　いっぱい、あったのに……。
　泣きじゃくりながら、震える手で私にしがみつく。
　そんな彼の背中に腕を回して強い力で抱き締め返す。
「うん」
　ゆっくりうなずいて、息を吸って吐き出して。
　次々に溢れ出て止まらない悲しみを涙に変えて洗い流していく。
「私も……ふたりがバスケしてるとこ、もっとたくさん見たかった」
『もっと』を言い出せばキリがなくて。

当たり前に過ごしていた時はなんとも思っていなかった。
　日々の些細な出来事がどれだけ大切な瞬間なのか、ちっとも気付かずにいた。
「お兄ちゃん、悠大くんのこといつも褒めてたよ。男子バスケ部の次期部長は佐野に任せるんだって、誇らしげに話してた」
「……っ、は」
　泣き声に混じる、微かな笑い声。
　悠大くん。君はちゃんと大切にされていたよ。
「私達ってさ、嫌なものから目を背けるところがあるじゃない？　自分が文句言って相手と波風立てるぐらいなら、損な役回りを被って無難に物事を片付けようとするというか。そういう人間にとって、お兄ちゃんみたいに馬鹿正直に本音で生きてる人って、なんかまぶしかったよね」
　感情のまま生きるのは難しい。
　出来る限り、人と争いたくない。
　でも、それじゃあ、感情を殺して生きるのと同じなんだって、お兄ちゃんを見ていて思った。
「お兄ちゃんて、いつも何事に対しても本気だったんだ。本気で笑って、本気で怒って、本気で泣いて、本気で喜んで……いつだって感情をむき出しにして自分に正直に生きてた。だから——、あの事故で悠大くんを守れて、お兄ちゃんは良かったって絶対安心してる。お兄ちゃんのことをよく知ってる妹の私が断言するんだから間違いないよ」

本音で向き合いたいなら本気でぶつかって。
　その時、その時で、すぐ満足いく結果には繋がらないかもしれないけど、失敗を善処して次で挽回していけばいい。
「私もお兄ちゃんみたくなりたくて必死に真似してみたけど、やっぱり自分は自分のまま。でも、いいなって思う部分はたくさん取り入れて、いつか満足した自分になれたらいいなって思う。……だって、私と悠大くんは、ちゃんと生きてるから、何回でもやり直しがきくから、精いっぱい頑張って一生懸命生きてみようよ」
　君に伝えたい。
　生きてるのに、生きていることを諦めないで。
　いつまでも悲しみに暮れて自分を責め続けないでほしい。
「頑張ろうよ、一緒に」
　縁側に座っていると、中２の夏を思い出す。
　ここで花火をしたことや、スイカを食べたこと。
　一瞬のきらめきが永遠に思えた、もう戻らない日々のことを――……。
「悠大くんが困った時は、私が必ず助けにいくから」
　いつかの約束を君は覚えていますか？
　何かあったら手助けすると、小指同士を絡めてゆびきりげんまんしたね。
　私の言葉に悠大くんがおそるおそる顔を上げて、涙を流しながら「参ったな」って言いたげに苦笑する。
　うん。いい笑顔だよ、悠大くん。

穏やかな眼差しで微笑み返し、彼の前に小指をすっと差し出す。
「約束」
　目にいっぱい涙をためてはにかむ私に、悠大くんは「うん」とうなずいて、そっと小指を絡めてくれた。
『もう大丈夫そうだな、お前ら』
　その瞬間、ふとお兄ちゃんの声が聞こえたような気がして、夜空をあおぎ見たら、キラリと光る流れ星が目に入った。
　澄みきった空気を肺いっぱいに吸い込んで、心の中で返事をする。

　――お兄ちゃん。今までずっと、ありがとう……。

笠原透矢のノート―last page

今日も明日も、生きてる限り『未来』は続くから。

落ち込んで暗い顔してるより、くだらないことで笑って楽しく過ごせる自分でありたい。

時には、楽観的に肩の力を抜いて。

いつか、この時を振り返った時、あんなこともあったねって君と笑い合いたい。

* * *

明日から男子バスケ部の夏合宿が始まる。

俺達3年生にとっては中学生活最後の大試合。

全国大会で優勝するために、この合宿中にチーム全体のパワーバランスを更に強化させて本番に挑みたい。

近頃、つきっきりで特訓を続けた成果か佐野の調子もすこぶるいい。

アイツはどんなに周りが熱くなっても冷静にコート全体を見渡せる冷静さがある。それは、うちのチームにとって強力な武器になる。

佐野を含めて、今のメンバーと過ごせる時間を大事にしていきたい。

どんな時でも自分に正直に、思ったままに行動する。

そんな傍若無人な振る舞いに付き合わされて辟易(へきえき)してる

部員も中にはいると思う。
　妹にもよく言われるんだ。自己中って。
　そこはマジでごめん。
　だけど、その分、この夏が終わった時に「最高のメンバーだったな」って胸を張って言えるだけの実りある時間を過ごしてきたと思う。
　練習の成果が試合本番で発揮されるごとにみんなに感謝してた。
　まだ夏が終わってないから、このことは誰にも内緒だけどな。
　少し気が早いけど、部長引退のあいさつで泣かずにいられる自信がない。
　そのぐらいアイツらには強い思い入れがあるんだ。
　――っと、俺の話はさておき。
　今日、佐野が忘れていったスマホを届けるために、アイツの家まで急いで向かった。
　もうそろそろ本当のことを知っておいた方がいいと思って奈々美も連れていったけど、案の定、泣きだしたから『お前が泣くな』って注意した。
　まあ、ショックなのもわかるけどさ。
　中途半端に同情される方が傷付いたりするし。
　佐野にも男のプライドがあるから、そこは察してやってくれよな。
　奈々美は覚えてないみたいだけど、佐野は中１の時からお前のこと……と、これも関係ない話か。やめとこう。

つーか、佐野に絶対バラすなって念押しされてるし。あぶねーあぶねー。
　親の問題解決まではまだまだ時間がかかると思うけど、佐野自身の心の持ちようはいくらだって自分で変えていくことは可能だから、気持ちだけでもちょっとずつ上向きになってくといいよな。
　そのための協力は惜しまないから、これからもガンガン頼ってくれよ。
　なんて、ちょっとした兄貴気分。
　最近、俺嬉しいんだ。
　佐野が少しずつ明るくなって、素の表情を見せてくれんのが。
　俺の家にもだいぶ慣れてきたのか、リラックスしてる様子も窺えるし。
　何より、佐野が来ると奈々美も嬉しそうだしな。
　俺はみんなの笑顔を見るのが大好きだ。
　どんなにやなことがあっても笑ってる間って頭から吹き飛んでたりするじゃん？
　だから、落ち込むことあったら、くだらないことでもなんでもいいから笑って、気分上げてこうぜ。
　そんで、いつか「あんなこともあったな」ってまた笑い話にしてさ。
　楽観的すぎるかもしんねぇけど、アイツらはそのぐらい気楽に構えるぐらいでちょうどいいんだ。
　って、やっぱ駄目だ。

なんか完全日記になってるし、書いてるうちにテンション上がってくさいセリフのオンパレードになってやがる！（笑）

明日も早いし、合宿に備えて早くに寝るか。

奈々美と佐野と3人でトランプして寝たあと、変に興奮してうまく寝つけなかったから、トイレ行くついでに部屋に戻って書いてみた。

よし。1階に戻って早く寝るぞ。

明日もみんなにとっていい1日になりますように。

君に伝えたい

　それぞれの思いを爆発させて泣き明かした夜。
　あのまま泣き疲れた私達は、お互いに寄りかかった状態でいつの間にか寝ていて、家に帰宅したお父さんがブランケットをかけてくれていた。
「！」
　朝起きたら、目の前に悠大くんの寝顔がドアップで映って、ぎょっと目を見開かせる。
　え、えーと。どうしてこんな状態に……？
　必死に記憶を手繰り寄せるものの、頭がぼんやりしていてよく思い出せない。
　判明してるのは、蒸し暑さで寝返りを打つうちに、いつの間にか悠大くんの布団にもぐり込んで寝ていたらしいということのみ。
「……目が腫れてる」
　すこやかな寝息を立てて眠る悠大くんの寝顔を見て、ポツリと呟く。
　昨日、泣き疲れるまで泣いたもんね。
　ふふ、と笑みを零して、彼の頭に手を伸ばす。あどけない寝顔を見ていたら、母性本能がくすぐられて、小さな子どもにするように優しく横髪を撫でていた。
　一本一本の線が細くて柔らかい茶色の髪が、窓から差し込む朝日を浴びて金色にすけて見える。

端正な顔立ちに見とれていると、長い睫毛の先が揺れて。
　ふわあ、と欠伸を漏らしながら目を覚ました悠大くんと至近距離で目が合い、ドキッと胸が高鳴った。
　まだ寝ぼけているのか目がとろんとしていて、パチパチと瞬きを繰り返している。少しずつ意識が覚醒してきたのか、状況を把握するなり悠大くんの顔が真っ赤に染まって、つられるように私も赤面してしまった。
「お、おはよう……」
「……ん」
　そっと手を引っ込めてあいさつすると、悠大くんは頬を赤くしたまま照れくさそうにはにかんだ。
「おはよう、ふたり共。昨日、僕が帰ってきたら、ふたりで抱き合って縁側で寝てたから驚いたよ。夏とはいえ、外で寝てたら風邪を引くから気を付けないと――とまあ、小言はさておき、朝食を買ってきたから、早く食べちゃいなさい。昼前には３人で出かけるよ」
　布団を片付けてからリビングに向かうと、ソファに座っていたお父さんが新聞紙から顔を上げて「スーパーで買ってきたご飯があるから好きな物を選んで食べなさい」と食卓テーブルの上を指差した。
「お、おはようございます。昨夜は急に押しかけた上に泊まらせていただいてすみませんでした」
　お父さんの顔を見るなり、悠大くんが慌てたように深々とお辞儀する。
「あはは。謝まる必要ないよ。どうせ、うちの奈々美が無

理矢理連れてきたんだろう？　こちらこそ、娘の我儘に付き合ってくれてありがとう」
　顔を上げて、と悠大くんに優しく微笑みかけると、お父さんは新聞紙を折りたたみ、外出の用意をしてくるとソファから立ち上がって寝室に歩いていった。
「はぁ～……」
　残された悠大くんは、よほど緊張していたのか、長いため息を吐き出し、片手をテーブルについた状態でずるずると膝から崩れ落ちていく。
　脱力加減がすさまじかったので「緊張した？」と冷蔵庫のドアを開けながら質問すると「半端なく」と素直に答えられて、思わず噴き出してしまった。
「いや、するでしょ普通。女の子の家に夜中に押しかけただけでも非常識なのに、抱き合って眠ってたとか……。ましてや、その現場を目撃された上に布団に寝かしつけてもらったとか恥ずかしすぎる」
　左手で顔を覆う悠大くんは、眉間に皺が刻まれて苦悶の表情を浮かべている。
「そんなに気にしなくて大丈夫だって。うちのお父さん、おおらかな性格だから滅多に怒ったりしないし。……あ。でも、さすがに、お父さんに無断で男の子のアパートに転がり込んでたのがバレたら怒られるかも」
「……半殺しの目に遭ってもおかしくないよ、俺」
「ふふ。その点は私が話さない限りは絶対にバレないから安心して？　このことはふたりだけの秘密ということで」

ね、と片目をつぶって意味深っぽく笑うと、悠大くんが「参った」とでも言うように眉を下げて苦笑した。

　テレビで朝のワイドショーを見ながら朝食を食べ終えたあとは、悠大くんと交互にシャワーを浴びて、出かける準備を整えた。
　着替えを持ってきてない悠大くんには、お父さんの服を貸すことに。
　白いポロシャツに、カーキ色のハーフパンツ。
　大き目のサイズらしいけど、長身の悠大くんにはちょうどよかったらしい。おじさん向けの服すら抜群のスタイルでオシャレに着こなすなんてすごすぎる。
「よし、出発するぞ～」
　先に車で待機していたお父さんは、私達が後部座席に乗り込むなり目的地に向けて発車し、自宅から遠く離れた山の麓まで走らせた。
　周囲はほぼ緑と山に囲まれ、辺りは閑散としている。
　1時間に1本しかバスが通らないような場所なので、車の通りも少なく、畑と畑の間に農家を営む古民家がポツンとある程度。コンビニ1件見当たらない。
　なぜ、そのような場所に来たかというと、山の麓にある寺院墓地に大事な用があるから。
　そう。
　今日はお兄ちゃんが亡くなってから3回目の命日。
　せっかくなら、悠大くんを含めて3人で会いにいこうと

私がお父さんに提案したのだ。
「——よし、着いた」
　車をバックさせて駐車場に止めると、トランクからお供え物の仏花や線香を取り出し、それぞれ荷物を腕に抱えた。
　お父さんはいつもお世話になっている寺院の住職さんにあいさつがあるからと境内の方に歩いていったので、先に私と悠大くんでバケツに水をくんでお墓へ向かうことに。
「今日も天気がいいね。午後から更に日差しが強くなるみたいだし、日焼け止め塗ってくればよかったな」
　手でひさしを作り、太陽のまぶしさに目を細める。
　空調の効いた車から降りたとたん、どっと汗が噴き出て、気温の暑さにのぼせそうになってしまった。
　天気予報では最高気温が32℃以上になるといわれていたので、熱中症に気を付けなくちゃ。
　ノースリーブのカットソーにデニムのショートパンツにスニーカーという比較的動きやすくて涼しげなコーデを選んだつもりだけど、夏の暑さには到底勝てそうになく、額に玉のような汗が浮かんでくる。
「……あっつ」
　うなじに張り付く髪の毛が気持ち悪くて、手首に付けていた髪ゴムを外してサイドポニーに結びなおす。
　後ろを歩いていた悠大くんも暑さで参っているのか、手の甲で何度も汗を拭い取っていたので、未使用のハンドタオルを手渡した。
「ありがとう」

ハンドタオルを受け取り、悠大くんが爽やかな笑顔で微笑んでくれる。
　昨日までと違って、心なしかスッキリした表情。
　元の明るさを取り戻しつつある彼の姿になんともいえない感情が込み上げ、自然と口元が綻んでいく。
「さてと。まずは墓まわりの掃除からかな。悠大くんは日陰でゆっくりしてて」
「いや、俺も手伝うよ。奈々美にだけやらせるのはなんか悪いし」
「でも、悠大くんに草むしりやゴミ拾いをしてもらうわけには……」
　言いかけて、ピタリと足を止める。
　なぜなら、お兄ちゃんのお墓の前にスーツの上着を腕に抱えた中年の男性が立っているのが見えたから。
「奈々美、急にどうし──」
　たの、という語尾は、悠大くんの息を呑む音でかき消された。
　男性は私達の存在に気付いていないらしく、お線香に火を点けてお墓に手を合わせている。
　その男性の横顔はどことなく悠大くんに似ていて。
　彼を凝視する悠大くんの眼差しには明らかに困惑の色が浮かんでいた。
「なんで……親父がここに……？」
　絞り出した声は微かに震えていて。
「悠大……？」

息子の声に反応して振り向いたのは、悠大くんのお父さん、その人だった。
　意外な場所で対面した親子はお互いに驚きを隠せないのか、言葉を失ったように絶句している。
　悠大くんのお父さんの背後を覗くと、私達よりも先にお墓まわりの掃除を済ませてくれていたらしく、お墓の周辺が綺麗になっていて、仏花もお供えされていた。
「なんで……」
　同じ言葉を繰り返し、父親の顔を愕然と見つめる悠大くん。
　はじめはぼんやりしていたものの、みるみるうちに眉間に深い皺が刻まれ鋭い目つきに変化していく。
　バケツを持つ手に力を加え、奥歯をきつく噛み締めて、嫌悪感をあらわにした険しい顔つきで父親をにらみ付けている。
「なんで親父が……っ」
　――ダンッ、と力強く一歩を踏み込み、悠大くんがものすごい勢いで父親に掴みかかっていく。
　悠大くんの方が背が高いので、胸倉を掴み上げられた父親は苦しげに眉をひそめてむせ込んだ。
「ゆ、悠大くんっ」
　ハッと我に返り、慌てて親子を引き離そうとするものの、悠大くんの力はすさまじくてビクともしない。
「――やめなさい」
　緊迫した空気の中、シンとした空間にお父さんの声が響

き渡って。
「悠大くん、その手を離しなさい」
　コツコツと石畳に足音を鳴らしながら、こっちに向かって歩いてくるお父さん。
　低い声でたしなめられた悠大くんはゆっくりと手を離し、唇を緩く噛み締めて自分の父親から目を逸らした。
「どうしてここに自分の父親がいるのかわからなくて困惑してるようだね？」
　お父さんの問いに悠大くんは素直にうなずき、拳を固く握り締める。
「僕から全ての事情を説明しよう。──いいですよね、佐野さん？」
「……はい」
　悲しげな顔で同意する悠大くんのお父さん。
　数日前、実家に戻ってきた日にお父さんから説明を受けていた私は特に驚くことなく、ただ悠大くんの隣に寄り添い、不安がる彼の手を握って、ぎゅっと力を込めた。
　大丈夫だよ。そんな思いを込めて、優しく微笑みかける。
　少し安心してくれたのか、悠大くんの表情に落ち着きが戻っていくのを見てから、お父さんが話しはじめた。
「まずは、悠大くん。君は実の父親から家庭内暴力を振るわれていたね？」
「……っ」
　家庭内暴力、という悲しい響きに、佐野親子が鎮痛(ちんつう)の面持ちを浮かべて黙り込む。

悠大くんは当時の痛みを思い出して苦しむように、悠大くんの父親である佐野さんは心から申し訳なさそうに目を伏せている。
「息子が事故で亡くなる前、僕達夫婦は君のことで何度も相談を受けていたんだ。日に日に傷だらけになっていく君を見て、親子で話し合って悠大くんをうちに引き取る案まで具体的に出ていたんだよ。佐野さん本人の前で言うのも失礼ですが、あれは完全に虐待の域に達していました。同じ年頃の子どもを持つ父親として、貴方のしたことは恥ずべきことだと思います」
「…………」
　何も言い返せず、佐野さんは「そのとおりだ」と言わんばかりに俯き、片手で顔を覆い隠す。その肩は小刻みに震えていて、今にも溢れそうな涙をこらえているようだった。
　人前であっさりと事実を認めた父親に驚いているのか、悠大くんは愕然とした表情を浮かべて父親を凝視している。
「でもね、悠大くん。透矢が亡くなった時、真っ先にうちに駆けつけて謝罪してくれたのも君の父親だったんだよ」
「――え？」
　ジリジリと照りつける太陽。うるさいほどの蝉の声。
　そのあと、お父さんから語られた「事実」は、悠大くんにとってあまりにも衝撃的なものだった。

　３年前の事故当日、警察から連絡を受けて急いで病院に

駆けつけた佐野さんは、透矢お兄ちゃんが身を呈して悠大くんをかばって亡くなったことを知り、葬式の場で私の両親に泣いて詫びたそうだ。

『透矢くんが身を呈してかばったくれたおかげで息子は命を救われました。何度お礼をしてもし足りません。妻を失って、アイツまでいなくなったらと思うと……。でも、その代償に取り返しのつかないことになってしまって、どう償えばいいのか……っ』

人目もはばからず、葬儀場で土下座しようとする佐野さんを控室に連れ込み『今はゆっくり話せる状態ではないので後日話し合いをしましょう』と次の約束を取りつけ、その日はそれで終わったらしい。

佐野さんは肩を落として深く項垂れながら会場を去っていったそうだ。

私の両親は、はじめから悠大くんを責める気なんてひとつもなかった。その代わり、同じ年頃の子どもを持つ親として、佐野さんには許せない思いがあって。

悠大くんへの暴力を認めさせ、今後についての話し合いが行われた。

このままの状態で見過ごすわけにはいかない。公的機関に通報することも可能だけど、貴方自身は父親として息子とどう接していきたいのか。

話し合いを重ねるうちに、佐野さんも本音を零すようになっていって。

モラハラ気質な性格を自覚しつつも、仕事での日々のス

トレスを家内や息子に当たることで発散していたこと。

妻は言いたいことを言えなくなり、家族に隠していた病気を我慢し続け、命を落としてしまったこと。

パートナーを失った喪失感は大きく、仕事から帰宅すると大量にお酒を飲み、悪酔いすると息子に絡んで手を上げてしまうこと。

酒が抜けると罪悪感に打ちひしがれ、後悔の気持ちでいっぱいになるものの、すぐまた不安が襲ってきてアルコールに手を伸ばしてしまう。

そんな生活を続けていれば体の内側がボロボロになるのは当然で。

体調不良が続き、病院で診断を受けた結果、重度のアルコール依存症と診断され、お酒を控えるようきつく注意された。

そんな状況の中でも、お酒に手を伸ばすことはやめられなくて……。

父子家庭になってからの息子との距離感。妻を失った悲しみと後悔。重役を務める仕事先での多大な責任感。

あらゆるものから逃避して気付けばまた家で暴れている。

生真面目で完璧主義。プライドの高さが災いして、身近な人物に頼ることも出来ない。

そんな中、お兄ちゃんの事故をきっかけに交流を持つようになったお父さんと佐野さんは、お互いの休日や仕事の合間を縫(ぬ)っては話し合いの場を設けて、相談し合うように

なった。
　お兄ちゃんを失ったショックで塞ぎがちになっていたお母さんと毎日ぼんやり過ごしていた私は、お父さんが陰で佐野さんと接触を図っていたことなんて知る由もなく、地元から離れて東京に引っ越す準備を始めていた頃のことだ。
『佐野さんがつらかったのはよくわかりました。——でも、それは決して人に暴力を振るっていい理由にはなりません。悠大くんもひとりの人間です。喜怒哀楽を感じる心を持つ人間なんですよ。ねぇ、佐野さん。あなたは妻を亡くした悲しみで酒に逃げたとおっしゃってましたけど、最愛の母を失ったあげくに実の父親から理不尽に拳を振るわれていた子どもの立場になって物事を考えてみたことはありますか？　彼も貴方と同じように深い悲しみを抱えてなお、前を向こうと懸命に生きているんです。あの子は貴方にも同じように立ちなおってほしいんです。そうでなければ、貴方にされていることをとっくに告発して、周囲に助けを求めていますよ。でも、彼はそうしなかった。どうしてかわかりますか？　悠大くんは人よりも優しいだけじゃなく、とても強いんです。大人の貴方を世間の目からかばおうとするぐらいに……。ですが、彼はまだ無力な子どもです。我々、保護者が支えてあげないといけない子どもなんですよ、佐野さん』
　お父さんに諭（さと）され、自身の身の振り方を顧みた佐野さんは、今後の生活のためにアルコール依存症の治療に取り組

み、心理カウンセリングにも通いはじめた。

　周囲のアドバイスから、悠大くんと離れて暮らした方がいいと判断し、中学生の間は同じ県内に暮らす祖母の自宅で預かってもらい、高校に上がるタイミングでひとり暮らしをさせて、双方の気持ちが落ち着くまで物理的な距離を置くことに。

　お酒の飲みすぎで肝臓を悪くしていた佐野さんは入退院と通院を繰り返すうちに、規則正しい生活習慣を意識して送るようになって。

　体がどんなに求めても禁酒を貫き、少しずつアルコール依存症から脱していった。

　佐野さんの容態を定期的に窺い、東京で暮らすお母さんと情報共有し合いながら、私の両親の間で『いつ、どのタイミングで悠大くんに真実を打ち明けようか』と相談し合っていた矢先の、今年の夏。

　私が自宅に悠大くんを連れてきたのを見て、お父さんの中で話すなら今だと踏んで、佐野さんをお兄ちゃんの墓場まで呼び出した。

「……この３年間、佐野さんは透矢の月命日に必ずうちを訪れてお線香を上げにきてくれたよ。僕が見てきた限りだと、君の父親はだいぶいい方向に変わってきたと思う」

　これまでの事情を話し終えたお父さんは、佐野さんの方を向いて「そうですよね？」と穏やかな口調で訊ねた。

　はじめは躊躇していた佐野さんも、戸惑いの色を隠せな

い悠大くんの様子を見て、覚悟を決めたのか顎をゆっくり引いて。
　それから、悠大くんの方を向いて石畳の上に正座すると、手のひらと額を地につけて土下座をした。
「……っ、すまなかった!!　本当に……、俺は最低な父親だった。悠大だって傷付いているのに、俺は自分のことばっかりで……恨まれて当然のことをしたと思っている」
　謝罪の言葉を何度も口にし、決して頭を上げようとしない佐野さん。
　悠大くんは体を丸めて謝る父親の姿を心苦しそうに目を細めながら見ていて。
　口を開きかけては閉じ、父親に伸ばしかけた手を背に引っ込め、いろいろと考えあぐねている。
　許すとか許さないとか、今この場で決められるような単純な出来事ではないから。
　心の傷の深さは当人にしかわからない。
　かつて、悠大くんは誰にも助けを求めようとせず、ひとりで悩みを抱え続けていた。
　その時、その時で心に受けた傷を癒す手立てもなく、カサブタを引っかいてははがされ、治す間もなく新たな傷が増えていく。
　周囲に告発しなかったのは、どうして？
　そんなの、決まってる。
「……やめろよ」
　かすれた声を出して、悠大くんが小さく首を振る。

一度背に引っ込めた手を再び伸ばし、佐野さんの腕を掴んで立ち上がらせると、正面から父親と向き合った。
「悠大……？」
　顔を上げた佐野さんは、悠大くんの表情を見て絶句する。
　なぜなら、悠大くんが父親をにらみ付けながら泣いていたから。瞳いっぱいに涙をためて、言葉にならない思いをぶつけるように低い呻き声を上げている。
　彼の中で葛藤しているのだ。父親に対する気持ちを。
　自分のためを思って更生してくれたのは嬉しいけれど、人の口から聞かされただけで自分の目で見て確かめたわけじゃない。疑ってしまうのは当然だし、にわかには信じられない話だろう。
　それぐらいひどい仕打ちを受けてきたのだから。
　──だけど、父親の腕を掴んだまま離さないその手には、しっかりと力が込められていて。
　まるで小さな子どもが親にすがりつくような、見ている側の胸が締めつけられる光景だった。
「……いきなりだから、時間が欲しい」
　頭の整理が追い付いていないから、と言葉を付け足し、真っ直ぐと父親の目を見る悠大くん。
　拒絶されなかったことに安堵したのか、佐野さんは顔をくしゃくしゃにしながら泣きだして、鼻を啜りながら何度も何度もうなずいていた。
　ドラマのワンシーンみたいに抱擁して和解したわけでもなんでもない。けれど、親子が歩み寄る姿勢を見せたこと

が全ての答えだと思った。

　だって、悠大くんは大切に思っているんだ。

　昔も、今も、たったひとりの父親を。

　大事な存在だったから、誰にも父親からの仕打ちを言えなかった。

　同時に、大事な人だからこそ理不尽な暴力が悲しかった。

　親子の関係が修復するには当分時間がかかるし、今後どうなっていくのかわからないけど、歩み寄る意思がある限り、再び寄り添える日は訪れるだろうから……。

　悩んだ末に父親の前に差し出した手のひら。

　佐野さんは遠慮がちにその手を握り返し、ありがとう、と小さな声で呟いた。

　生ぬるい夏風が吹き抜けて横髪をさらう。太陽の日差しがお兄ちゃんのお墓を照らし、まぶしさに目を細める。

　世話焼きなお兄ちゃんのことだ。

　きっと、空の上から私達を見下ろして、佐野親子が握手した瞬間に『よっしゃ！』ってガッツポーズでもしているに違いない。

　想像しただけで口元が綻び、自然と笑みが浮かぶ。

　ほろりと一滴の涙が頬を伝い、温かな気持ちに包まれた。

＊　＊　＊

お墓参りが終わり、実家に戻る頃にはお昼の3時を過ぎていた。

一旦家に戻った私は、お兄ちゃんの部屋からバスケットボールを拝借して、悠大くんを家の裏手にある公園に連れ出した。
　そこはバスケットゴールがある施設で、お兄ちゃんと悠大くんが特訓に利用していた思い出の場所。
　夏休みのお昼時なので何人か人が来ていたけど、保護者連れの子ども達はバスケットコートの反対側にある遊具施設で遊んでいたため、コートの中には私達しかいなかった。
　公園に近付くにつれて悠大くんの顔は強張っていったけど、見ないフリをしてゴール下まで進んでいく。
　フリースローの位置に立ち、くるりと振り返ると、暑さとは別の汗を額に浮かべた悠大くんが緊張気味に唾を呑み込んだ。
「ねえ、悠大くん。私にバスケしてるところを見せてよ」
　両手に持っていたボールを悠大くんにパスして、ここからシュートを決めてとお願いする。
「１本でいいの。１本でいいから……シュートしてるところが見たい」
「…………」
　お願い、と両目をつぶる。
　顔の前で手を合わせると、悠大くんが深く息を吐き出す気配がして。
　うっすら目を開けると、バクバク速まる動悸を押さえるためか、胸に片手をついて深呼吸している悠大くんの姿が目に入った。

戸惑いがちに右手に持っていたボールを地面にバウンドさせて、手のひらの感触を懐かしむように目を細めている。

自分の中の迷いを吹っ切るように、背筋を正して、前を見据(みす)えた瞬間。

――トンッ、と軽く跳ねる足音と同時に、悠大くんが両手のスナップをきかせて、バスケットボールをゴールに向けて放った。

綺麗な放物線を描いてゴールに吸い込まれていったボールは、ネットをすり抜けて転々と地面の上を転がっていく。

たった一回。

試合本番のような激しいドリブルや、難しいシュートを決めたわけでもない、普通のシュート。

だけど、今の悠大くんにとって、発作を起こすことなく、ボールに触れられただけでも大きな進歩だった。

長年のブランクを感じさせない綺麗なシュートに、彼自身が一番驚いているのだろう。

呆気にとられた表情で「……決まった」と独り言を呟いて。

それから、とびきり嬉しそうに私の方を向いて笑ってくれたんだ。

「きっと、もういいよって悠大くんの中の厳しい悠大くんが許してくれたんだよ」

「厳しい、俺……？」

「そうだよ。お兄ちゃんも私も、私の両親も、誰も悠大くんを責めてなんかいなかった。責めていたのは、悠大くん

自身が作り出した後悔の塊で、自分で自分を追いつめ続けていたんだよ」
「…………」
「自分を許すのってなかなか難しいけど……、悠大くんはきちんと過去を乗り越えられたんだよ。だから、体が自然に動いたんだと思う」
「そう、なのかな……？」
「うん。その証拠に、今、すっごくいい顔してるもん」
　胸につかえていたものが吹き飛んで、スッキリした表情。
　瞳に輝きが戻って、爽やかな笑顔を浮かべている。
「……奈々美にはいつも助けられてばっかりだね」
　フェンスの方に転がっていったボールを拾い上げて、悠大くんが木陰のベンチに座ろうと促してくる。
　言われるまま隣に腰を下ろすと、悠大くんは「覚えてないと思うけど……」と前置きして、意外な話を私に聞かせてくれた。
「中学１年の時、夏の大会でスタメンに選ばれたんだけど、元々俺のことを良く思ってなかった上級生にやっかまれて、試合当日に持参した弁当をなくされたんだ。べつに、１食ぐらい抜いてもいいかって特に気にしないようにしてたけど、それまでの出来事が積み重なって結構ダメージ受けてさ。前日の試合でもバッシュを傷付けられてたから、余計に落ち込んでた」
「何それ、最低！　試合当日まで嫌がらせしてくるなんてひどすぎるよ……」

「入部したての１年が３年を差し置いて選抜されたら面白くないって気持ちもわからなくもないんだけどね」

　憤慨する私を「まあまあ」となだめて苦笑する悠大くん。

　足元にボールを置いて、青く澄み渡った空をあおぎ見る彼の横顔は、どこかスッキリと晴れ渡っているようだった。

　以前と違って昔の話をしていても苦しくなさそうなのは、彼の中で「過去」と吹っ切れているからなのかもしれない。

「――まあ、そんな感じで、昼食の時間に入るなり、トイレに行くフリして体育館の２階席まで移動して、柵に寄りかかりながらぼんやりしてたんだ。けど、いざ食べられないってなると余計に腹が空いてきて……。お腹は鳴るし、近くに売店はないし、困ってる姿を嫌がらせしてくる犯人に見られるのも嫌だしで、あー帰りたいって心ん中で嘆いてたら――」

　チラッと横目で私を見て、悠大くんが優しく目を細める。

　意味深な視線に、きょとんと首を傾げていると。

「ひとりの女の子が、俺に声をかけてきてくれたんだ」

「？」

「お弁当箱の入った袋を差し出して『今朝、家族全員の分を作ったけど父親が急な仕事で会社に戻ることになって、ひとつ余ったから、よければどうぞ』って。人見知りする子なのか、顔真っ赤にして俯きながら喋ってて、俺に袋を渡すなりダッシュで体育館の外に逃げてっちゃうんだもん。名前すら聞く暇なかったよ」

「……あ」

　悠大くんの話を聞いてぼんやりと浮かび上がった、遠い日の記憶。

　中学1年生の夏。

　毎年、家族全員で応援しにきているお兄ちゃんのバスケの試合。

　その日は、朝早くからお母さんと4人分のお弁当を作って、家族の運転する車に乗って試合会場に向かったんだ。

　お兄ちゃんは午後の部から出場するので、少し早めに会場入りして、2階のスタンド席から他校の試合を見ていた。

　そして、ちょうどお昼の休憩時間に入る頃に、お父さんが会社から呼び出されて、お母さんが車で駅まで送り届けることに。

　お母さんが戻ってくるのを会場で待つよう言われていた私は、昼休憩でゾロゾロと体育館の中から退出していく人達を見送りながら、2階の応援席で大人しく待機していた。

　そんな時、ふと視界に飛び込んできたのは、お兄ちゃんとお揃いのジャージを着た華奢な体形の小柄な男の子。

　彼は2階に上がってくるなり、柵に両手をついて深く項垂れているようだった。

　スタンド席に座っている私からは後ろ姿しか見えないけれど、なんだか落ち込んでるように見えて様子を気にしてしまう。

　周囲にほとんど人がいなくなっても彼が動く気配はなく、時折、お腹をさすりながら深いため息を零している。

どうやら、お腹が空いているみたい。
きょろきょろと周囲を見渡し、どうしようか考えあぐねる。
私の手元には3人分のお弁当が用意されてて、そのうちのひとつは仕事で来れなくなったお父さんの物だから、どの道余ることになる。
もしかしたら、単純に休憩してるだけかもしれないし、見ず知らずの相手に渡されても困らせるだけだよね?
でも……。
ぎゅっと手のひらを握り締めて、スタンド席から立ち上がる。そのまま勢いで彼の元まで行き、勇気を振り絞って『あのっ』と声をかけた。
当然、相手はポカンとしていて。
振り向いた彼は目を見張るような綺麗な顔立ちをした美少年で、びっくりしすぎて緊張した私はとっさに目を伏せ、半ば押し付けるようにお弁当の入った袋を渡して名乗りもせずにその場から走り去ってしまったのだ。
正面から彼の顔を見たのは一瞬で、美少年ってイメージしか残ってなかったけれど……まさか、あの時の彼が悠大くんだったなんて。
「お、思い出した……」
カーッと顔中が赤くなり、両手で頬を押さえる。
今思い返せば、我ながらなんてすごいことをやらかしてたんだろう。いきなり謎の女からお弁当を押し付けられて、当時の悠大くんも相当困惑したに違いない。

「ごめん、悠大くん。それ、私のことかもしれない……」
　恥を忍んで告白すると、なぜだか楽しそうに噴き出されて。
「うん、知ってる。あのあと、控室に戻ってお弁当を食べてたら、透矢先輩に驚かれたんだ。うちと全く一緒のおかずだって。すぐにピンときてたみたいだよ」
「や、やっぱり……」
「『なんでうちの弁当食ってるんだ？』って聞かれて経緯を説明したら『それ、うちの妹だ』って言われて。透矢先輩に妹がいるのは知ってたけど、同じ学年にいるって知らなかったから、単純にびっくりした」
「急に渡されて迷惑だったよね？　ごめんね、本当に。考えなしで押し付けるようなことして……」
「ううん。むしろ、その反対だよ。お弁当の中身、どれもすごくおいしかったし、あの件がきっかけで透矢先輩とも個人的によく話すようになったからさ。奈々美にはいろんな意味で本当に感謝してる」
　太ももの上に手を置き、こっちに体を向けて深々と頭を下げる悠大くん。
　恥ずかしすぎて記憶の隅にしまっていた過去の出来事。そのことを、悠大くんは今も覚えていてくれたんだ……。
　私が悠大くんを意識するようになったのは、中2で同じクラスになってから。
　頭が良くて、運動神経抜群で、周りからの人望も厚くて、大勢の女子に好かれているみんなの人気者。

——それが、私の中の悠大くんに対するイメージだった。
　クラスの中でも地味で大人しい存在だった私にとって、彼は密かな想いを寄せる憧れの存在で、私のことなんて眼中にないと思っていた。
　同じクラスだから、かろうじて名前は覚えられていても、特別な接点を持つことは何ひとつないだろうなって。
　心の中で密かに憧れているだけ。芸能人に恋するような、それぐらい遠い存在だったから……。
「奈々美は俺のことなんて知らなかったと思うけど。あの日から、奈々美がどんな子なのか気になって、校舎で見かける度に目で追ってた」
　だから、こんな言葉を聞かせてもらえるなんて夢にも思っていなくて。
「雑用を押し付けられても文句を言わずにきっちり作業をこなすところとか、本当は嫌なのに嫌だって言い返せなくて歯がゆそうにしてる顔とか、教室では自分の席で本を読んでるのがほとんどなんだな、とか。奈々美のこと見てて、俺の方がじれったくなってた」
　クスッと笑みを零して、悠大くんが私を見つめる。
　木陰だというのに、全身が軽く汗ばむほど熱くて。
　蝉の鳴き声が、悠大くんの声に集中しているせいか遠く聞こえた。
「ほっとけなくて、でも、話すきっかけが掴めなくて。迷ってた時に、透矢先輩に家に呼ばれて、やっと話す口実が出来て声をかけた」

覚えてるよ。忘れるわけがない。
始まりは、中２の夏。
放課後、担任から押し付けられた雑用をこなしていたら、教室に忘れ物を取りにきた悠大くんが話しかけにきてくれたね。
『笠原さんっていつも担任から雑用任されてない？』って。
あの時は、人気者の悠大くんに話しかけられたことだけで頭がいっぱいになっていたけど、よくよく考えてみれば『いつも』って単語が出る時点でおかしいわけで。
「手の込んだ料理を楽しそうに調理する姿や、家での炊事洗濯をテキパキこなす姿を見て、すごいなって思った」
「ぜ、全然すごくないよ。家事なんて誰でもやれば出来ることだし」
人に褒められ慣れていないので、照れ隠しで両手を振りながら否定してしまう。さっきから心臓の音がうるさくて、頬がどんどん熱くなっていく。
「そんなことないよ。それに……こういう言い方は語弊があるかもしれないけど、奈々美のことを母親みたく感じてたんだ」
情けない話だけど、と前置きして話を続けてくれる。
「母さんがいた時は、毎日の挨拶も、家のことも、みんな当たり前のことだと思ってたんだ。学校から帰ってくると笑顔で出迎えてくれて、俺が部屋で遊んでる間に晩ご飯の支度をしてくれて、食卓を囲みながらその日あったことを報告したりしてさ。母さんの存在って本当に大きかったん

だなって失ってから気付いた」
「悠大くん……」
「……奈々美といるとさ、ここがあったかくなるんだ」
　トン、と左胸を軽く叩いて、悠大くんが照れくさそうにはにかむ。
「ほっとするっていうか、母さんがいた時の安心感に近いっていうのかな？　もちろん、見た目も性格も違うし、奈々美を母さんの代わりに見てるってわけじゃなくて……。うまく言えないけど、忘れかけてた温もりを思い出させてくれて、感謝してるんだ」
「……うん。悠大くんの言いたいこと、ちゃんと伝わってきたよ」
　すっと彼の手に自分の手のひらを重ねて微笑む。
　悠大くんにとってお母さんの存在は特別で、だからこそ急にいなくなってしまって、心にぽっかり穴が空いたんだよね……。
　私もお兄ちゃんを失って、同じ気持ちを味わったからよくわかるよ。
「私達さ、悠大くんのお母さんや、透矢お兄ちゃんの分まで一生懸命生きようね」
　埋まらない寂しさ。空虚感を抱えて。
　その人の代わりなんてどこにもいないから、つい、ふとした瞬間に恋しくなるけれど。
　亡くなった人の存在は消えるわけじゃないし、いつだって、どんな時だって、決して忘れないから。

「人って、いつどこで何があるかわからないから……。毎日頑張り続けるのは無理かもしれないけど、頑張ろうって思った瞬間は頑張れる自分達でいようよ」

　溢れだす涙。木漏れ日に照らされて、頬に伝い落ちる滴(しずく)がキラキラと輝く。

「約束」

　すっと小指を差し出したら、悠大くんも泣き笑いしながら小指を絡めてくれて、約束のゆびきりげんまんをした。

「──約束するよ」

　そう言って、とびきりの笑顔で微笑んでくれたんだ。

　　＊　＊　＊

「なんだかんだ言って、あっという間の４日間だったね」
「そうだね。このあと、友達と合流して東京に戻るんだっけ？」
「うん。阿久津達とは別の駅で待ち合わせて、みんなで同じ新幹線に乗って帰る予定だよ」

　お兄ちゃんのお墓参りを終えて、公園でのひと時を過ごしたあと。

　自宅に戻って帰りの荷造りを済ませた私は、地元の駅まで悠大くんに送ってもらい、ふたりで無人ホームのベンチに座って電車が到着するのを待っていた。

　日が暮れはじめてオレンジ色に染まりだす空。駅構内はガランと静まり返っていて、相変わらず蝉の声だけがジリ

ジリ響いている。
「友達に会ったら、昨日の非礼をお詫びしてもらってもいいかな？　せっかく家まで来てくれたのに、失礼な態度とっちゃったし、申し訳なくて……」
「そんな。急に家まで押しかけたこっちの方こそ悪かったし……。でも、きちんと伝えておく」
「そうしてくれると助かる。もしまた来る時があったら、今度はゆっくりしてってって伝えておいて」
　ここに来るまでの間、私の代わりに荷物を持って運んでくれた彼にお礼をするため「ちょっと待ってて」と断りを入れてベンチから立ち上がる。
　改札口を抜けてすぐの場所に設置された自販機。そこで炭酸ジュースを購入し、悠大くんに差し出した。
「よかったら飲んで」
「ありがとう。奈々美の分は？」
「私は、もうすぐ電車が来るからいいや」
「そっか……」
　私からペットボトルを受け取り、寂しそうに苦笑する悠大くん。
　少しでも離れがたいと思ってくれてるのかな……？
　そうだったら嬉しいな。……なんて、自惚れすぎだよね。
　なんとなく会話が途切れて、お互いに前を向いたまま沈黙する。
　ホームの向こうに広がる緑豊かな田園風景。
　のどかな景色に癒されつつも、もうすぐ別れの時が訪れ

ると思うと胸の奥が鈍く痛んできて。

　元々、お兄ちゃんの命日に帰ると決めていた。

　なのに、どうしようもないほど離れがたくて、気を抜いたら今すぐ泣きだしてしまいそう。

「あのね」

「あのさ」

　同時に声が重なって顔を見合わせる。

　お互いに目をパチクリさせて、小さく噴き出す。

「いいよ、奈々美からで」

　クスッと笑みを浮かべて、悠大くんが「どうぞ」と促してくれる。なので、ひと言謝ってから、足元に置いたボストンバッグのファスナーを下ろし、鞄の中からメモ帳とペンを取り出した。

　メモ用紙にサラサラと自分の連絡先を記入し、1枚だけめくって悠大くんに手渡す。

「……ゆ、悠大くんさえ良ければ、気が向いた時にでも連絡してほしいな、って。その、迷惑じゃなければ」

　普通に渡すつもりだったのに、変に緊張して声が震えてしまう。

　じんわり頬が赤らんで、鼓動が速くなっていく。

　悠大くんは渡されたメモをじっと見つめて黙り込んでいる。やっぱり、迷惑だったかな……？

　かつて、悠大くん宛てに送信したメールが受信拒否された日のことを思い出し、不安で胸が押し潰されそうになる。

　再会してからも連絡先の交換をしてなかったし、今更だ

けど、このまま別れたらもう会えなくなるような気がして。
　今、勇気を振り絞らなきゃいけない気がしたんだ。
　悠大くんの反応をドキドキしながら待っていると、悠大くんの表情がみるみるうちに綻んでいって。
「奇遇だね」
　ズボンのポケットからスマホを取り出すと、
「俺も同じこと考えてた」
　そう言って、液晶画面に連絡先を表示してくれたんだ。
「手書きでメモに書いて渡すところが奈々美らしいよね」
　片手で口元を覆い隠しながら、悠大くんが喉の奥で噛みころしたような笑みを漏らす。よほどツボに入ったのか、小刻みに肩を震わせて笑ってる。
「もうっ」と頬を膨らませて拗ねたフリするものの、つられて笑ってしまった。
『……1番線ホームに〇〇行き、各駅停車が参ります。危険ですので、白線の内側までお下がりください』
　ホームの中に流れる、機械的なアナウンス。
　自然とおさまる笑い声。
　別れの時はもうすぐそこで。
「……行くね」
　ボストンバッグを手に持ち、ベンチから立ち上がる。
　点字ブロックの近くまで歩いていくと、悠大くんも後ろについてきてくれた。
　線路の向こうから電車がやってくる。あと数十秒もしないうちに、ホームに到着して目の前で扉が開くだろう。

それまでにさよならと笑顔で手を振らなくちゃいけないのに、どうしてかな？　涙が溢れ出て止まらないのは。
「……っ」
　下唇を噛み締める。鞄を持つ手に力を入れて、速まる鼓動に耳をすませ、臆病な自分を叱咤する。
　このまま何事もなく別れたら、いつかと同じ後悔を繰り返す。
　想いを伝えるのは、怖い――けど。
　いつどこで何が起こるのかわからない人生なんだから、今だって思った瞬間に踏み込まなくちゃ、自分で自分の背中を押してあげることなんて出来ないんだ。
「悠大くん！」
　大きな声を出して勇気を奮い立たせる。
　電車が目の前に止まり、プシューッと音を立てて左右に扉が開く。残された時間は、ほんの数十秒。
「私ね、ずっと悠大くんのことが好きだったよ。中学の時から、憧れてた」
　今度こそ、君に伝えたいんだ。
　３年前に、途中で遮られてしまった告白の続きを。
「だから……、悠大くんが元気になって本当によかった」
　拭っても拭っても、目の奥から熱い水滴が溢れて止まらないから、涙を流しながら必死に告げた。
「元気でね」
　発車のベルが鳴り、慌てて電車に飛び乗る。後ろを振り返ったら、私と悠大くんの間を隔てるドアがしまって。

「奈々美！」
 ドアの向こうで悠大くんが私の名前を叫ぶ声がくぐもって聞こえた。
 彼の手がドアに触れる。とっさに、ガラス越しに彼の手に自分の手を重ねて、コツンと額を押し付けた。
 歯をきつく食い縛り、ぎゅっと目をつぶる。
 最後の瞬間だけは、ちゃんと笑っていたいから。
 口角を持ち上げて、目に涙をいっぱいためて、今出来る精いっぱいの笑顔を浮かべた。
「またね」
 と告げた３文字を口の動きで読み取ってくれたのか、悠大くんも力強くうなずき返してくれて、泣くのをこらえるような不器用な笑顔で、窓越しに私の額に口づけてくれたんだ。
 電車が動きだし、景色がゆっくりと右から左に流れていく。彼の姿が遠く見えなくなるまで視線で追い続け、完璧に見えなくなってから近くの座席に腰を下ろした。
 平日の日中でガラガラの車内。私がいる車両には数人の乗客しかいなくて、泣いていても気に留める人がいないことに安堵する。
 窓から差し込む鮮やかな夕日。
 温かなオレンジに包まれながら。
 ガタンゴトンと心地良く揺れる車体に身を委ねて、そっと目を閉じた。
 会えてよかった。

伝えられてよかった。
悠大くんが元気になって本当によかった。
高ぶる気持ちを噛み締めて。
　最後に見た彼の笑顔を思い出したら、自然と口元が緩んでいた。

これからの私達

「お会計637円になります」
　お客さんからポイントカードと千円札を預かり、レジで精算したお釣りを返す。素早く商品を袋詰めして渡すと、老婦人は小さく会釈をして去っていった。
「奈々美ちゃん、お疲れ様。もうすぐ上がりの時間よね？　残りの分は片付けておくから、現金チェック始めていいわよ〜」
　レジカウンターの裏で雑誌に付録を付ける作業をしていたら、同じバイト先で働く若ママの吉田さんが売り場を交代してくれた。
「ありがとうございます。今日、昼から人と会う約束が出来て、吉田さんに代わりのシフト入ってもらえて助かりました」
　顔の前で両手を合わせて謝罪のポーズをつくると、吉田さんが三日月形に目を細めて楽しげに笑ってくれた。
「ふふ。前に話してくれた『例の彼』がこっちまで出てきてくれるんでしょう？　会うのは夏以来？」
「はい。なので、ちょっとだいぶ緊張してるというか……。あの、髪形とか化粧、おかしくないですか？」
「大丈夫、大丈夫。バッチリかわいいから安心しなさい。あ〜、それにしても青春っていいわねぇ。甘酸っぱくてうらやましいわ」

「吉田さん、からかわないでくださいよ」
「あらやだ本音よ？　陰ながら応援してるから、頑張ってきてね。報告、楽しみに待ってるから」

　両手でガッツポーズをつくって応援してくれる吉田さんに赤面しながらお礼したら、いつの間にかレジのそばまで来ていた中年の店長に「コホンッ」と咳払いされて、慌ててそれぞれの持ち場に戻った。

「いらっしゃいませ」

　タイミング良くカウンターに訪れたお客さんを接客する吉田さん。彼女の横で隣のレジの清算をしながら、チラリと腕時計をチェックしたら、約束の時間まであと少しに迫っていて心が弾(はず)みだしていた。

「お先に失礼しまーす」

　レジチェックを終えて、スタッフさん達にあいさつしながら更衣室に向かうと、ロッカーの扉を開けた瞬間、スマホ画面に２件の新着メッセージが届いていることに気付いて、すぐさまアプリを起動させる。

　阿久津と亜沙ちゃんの３人のグループトーク。そこに、ふたりからメッセージが入っていて、既読(きどく)するなりクスリと笑ってしまった。

　阿久津からは『がんばれ』とひらがなのみのひと言。

　亜沙ちゃんからはチアガールの格好をしたうさぎが『ファイト！』と応援しているかわいいスタンプが貼られていた。

　どうやら、ふたりなりに勇気づけてくれてるみたい。

ここ最近、急に会うことが決まって、ずっとそわそわしてたからなぁ。

　制服をハンガーに吊るして、私服に着替える。

　今日のために用意した長袖のシフォンワンピースは淡いクリーム色で、裾の部分にはフラワーレースがあしらわれている。

　夏から秋に移り変わって肌寒い季節になってきたので下にストッキングを履いて、靴はお気に入りのパンプスを選んだ。

　服装に合わせて、髪形もハーフアップにまとめて、清楚系のコーデに。ストールも鞄に入れてきたので、寒くなってきたら肩に羽織る予定。

　更衣室の鏡で軽く化粧直しをして、気合いを入れてからバイト先の本屋を後にした。

　悠大くんと再会した「あの夏」から、早いもので3か月。

　東京に帰ってからも、頻繁ではないけど連絡を取り合うようになって、昔のようにメール交換していた。

　最初は定型文のあいさつから。ぎこちなさ満載で、あんまり会話が長続きしないことに落ち込んだりもしたけど、定期的にメールし合ううちに、少しずつフランクになっていって、お互いのことをより深く知っていったように思う。

　つい最近、一番嬉しかったのは、悠大くんがまたバスケットを始めたという近況報告。

　部活ではなく、子どもから大人まで所属している地域のバスケットチームに入って、みんなとプレイすることが楽

しみになっているらしい。
　ボールに触れることすら出来なかった頃と比べて、かなり大きな前進だと思う。
『透矢先輩みたいに本格的なプロを目指してるわけじゃないけど、やっぱりバスケするのが好きだから、またプレイ出来て嬉しい』
と嬉しそうに電話で語ってくれた。
　その流れから『話したいことがあるから近いうちにそっちに会いに行くよ』と言われて。
　とんとん拍子で予定が決まり、あっという間に当日を迎えた。
　久しぶりの再会に心が弾まないわけがない。
　待ち合わせ場所の東京駅まで向かう足取りは軽く、混雑した人込みをかき分けながら急ぎ足で駆けていた。

　――プルルルルル……！
　発車のベルが鳴り響く駅のホーム内。
　予定時間よりほんの少し早めに着いてしまったので、入場券の切符を購入して、ホームの中で待つことに。
　つい先ほど、１両目に乗ってると連絡が入ったので、降り口に近い場所に移動し、電車がやってくるのを今か今かと待っていた。
　地元の駅と違って、大勢の人で行き交う東京駅は混雑していて、人々の話し声で溢れている。
　ホームから見渡す景色ものどかな田園風景とは真逆の高

層ビルの連なりなので、都内にはじめて訪れる悠大くんにとっては驚きの光景かもしれない。

　びっくりした顔の彼を早く見たくて、溢れる気持ちを抑えきれない。

　会ったら、まず何を話そうか？

　夏以来の再会で胸の高鳴りが最高潮に達している。

　髪の毛は伸びたかな？

　顔つきは大人っぽくなった？

　たった３か月だけど、恋焦がれるほど待ち遠しくて。

　告白の返事もまだもらっていないので、結果がどうなるのか気になるし、そわそわして落ち着かないよ。

　それに、別れの日に、電車の窓越しに額にキスしてくれた意味も知りたくて……。

『５番線ホームに、快速、○○行きの電車が到着いたします――』

　乗車アナウンスに反応して背筋を正し、逸る胸を服の上から押さえて深呼吸を繰り返す。

　到着した電車がプシューッと音を立てて扉を開ける。

　どっと溢れ出すようにたくさんの人達が降りてきて、きょろきょろと視線を走らせること数秒。

　ひときわ背の高い彼と目が合って、満面の笑顔で大きく手を振った。

「奈々美」

　私の名前を呼んで、真っ直ぐ私の方まで歩いてくる悠大くん。前開きにしたワインレッドのカーディガンに白いイ

ンナー、細身の黒パンツがスタイルのいい彼にバッチリ似合っている。
　ワンショルダーを肩から提げて、身軽な格好で来たのも彼らしくて笑ってしまう。
　相変わらずカッコいいなって見とれていたら、私の目の前に立った悠大くんが「久しぶり」って頬を赤く染めながら穏やかに微笑んで。
「久しぶり」
　って、私も赤面しながらはにかんだら、彼の腕が背中の後ろに回され、そっと抱き締められた。
「ゆ、悠大くん……っ!?」
「……あー、駄目だ。話す内容とかいろいろ考えてたのに、奈々美の顔見たら一気に吹き飛んだ」
　耳元でボソリと呟かれた言葉にきょとんと首を傾げる。
「俺なんかが奈々美の気持ちに応える資格なんてないって、何度も言い聞かせて諦めようとしてきたけど……、奈々美との『約束』を思い出して、きちんと向き合わなくちゃ駄目だと思ったんだ」
　私の腕を掴んだ状態で体を離し、真剣な顔で想いを告げられる。
　たくさんの葛藤や悩みを振りきって、今日この場に来てくれたのだと知って、じわじわと頬が熱くなっていく。
　駄目だよ、悠大くん。
　そんな真っ赤な顔して、緊張気味に話されたら、そんなわけないのに淡い期待を抱いてしまいそうになる。

眉尻を下げて、唇を引き結ぶ。
　失恋を覚悟して、泣きそうな顔で彼を見上げた瞬間。
「みんなの分も一生懸命生きるって決意したから、奈々美に俺の気持ちを伝えさせてください」
　私の腕を掴む悠大くんの手に力がこもって、期待と不安で目のふちが熱くなる。
「昔も今も、俺のことを支えてくれてありがとう。それから……、ずっと迷ってて、返事するのが遅れてごめん」
　悠大くんの顔がゆっくりと耳元に近付いていって、吐息が耳たぶに触れる。
　ざわざわと賑わう喧騒。私達のそばを通り抜けていくたくさんの足音。ノイズにのみ込まれないように、私も耳に神経を集中させて次の言葉を待った。
　よほど緊張しているのか、悠大くんが唾を呑み込む音が聞こえて、私の心臓もドキドキが加速していく。
「俺は、奈々美と──」
　反対車両の電車が発車して、ホームに秋風が吹き抜ける。
　鳩が飛び立ち、色とりどりの紅葉が空を舞う。
　悠大くんの返事に涙が止まらなくなった私は、思わず彼に抱きついて、子どもみたいに声を上げて泣きじゃくってしまった。
　そんな私を見て、悠大くんが小さく噴き出しながら抱き締め返してくれて。
　ゆっくり顔を上げたら、とびきり嬉しそうに微笑む彼と目が合って、つられて私も笑ってしまった。

いちから始めていきたい、と彼は言ってくれた。
　いろんな葛藤を乗り越えて、私の手を握り返してくれたんだ。

　悠大くん。
　君は今、何を思っていますか？

　失ったものを嘆いて、
　声にならない叫びを上げて、
　すがりついた手すら傷だらけで、
　ボロボロだった君を、どうにかして助けたかった。
　……どうかお願い。
「自分をもう責めないで」
　そして、
「自分を大切にして」
　君を大事に思っている人達は、自分が気付いていないだけで周りにたくさんいるから。そのことを忘れないで。

　失敗と後悔を何度も繰り返して。
　自分自身に嫌気がさして。
　どうして、どうして、と追い込むうちに目の前がどんどん暗くなっていって。
　誰にも何も言えなくて、ただただ自分を追いつめていても苦しいだけだから。

そんな時は、ゆっくり息を吸って。
顔を上げて、何に胸を痛めているのかきちんと見つめて。
ひとりで抱えきれなくなったら、頭の中に浮かんだ「誰か」に伝えようよ。
今の、気持ち。
君だけが知ってる、本当の気持ちを教えて。
お互いに支え合って、ゆっくり進んでいこうよ。
生きてる限り、私達は何度だってやり直せるんだから。
あの日の『約束』を忘れないで。

——ありのままを受け入れた今、笑顔の君を見て、心から嬉しく思う。

あのね、悠大くん。
これから、君に伝えたいことがたくさんあるんだ。

end

あとがき

　はじめましての皆様、そして、これまでにもサイトや書籍で著書を読んでくださったことのある皆様、こんにちは。
　この度は「この想い、君に伝えたい」をお手に取ってくださり、誠にありがとうございます。
　まずはじめに、この本の制作に携わってくださった担当編集者の長井様、飯野様、佐々木様、カバー写真を提供してくださった花宮りと様、デザイナーの高橋様、スターツ出版の皆様、関係各位の方々に深くお礼申し上げます。

「この想い、君に伝えたい」を書くきっかけになったのは、顔も名前も知らない実父が十数年前に亡くなっていたことを知ったのがきっかけでした。役所の方に下の名前の読み方を訊ねるまで、名前すらわからなかった相手です。ですが、すでに死亡していたことを知った瞬間、とてつもない虚脱感に襲われて涙が溢れてきました。

　今だから話せることですが、私が作家になる夢を抱いたのは、幼心に有名な人になれば父親に見つけてもらえると信じていたからでした。自分が育った環境の中では、まわりの大人に気を遣って、「父に会いたい」とはとても言い出せず……むしろ興味のないフリを、大人になっても続けていました。
　実際、社会人になり、日々の生活に追われるうちに、そ

の動機は薄れかけていましたが、父の死を知った時、「もう会えないんだ……」と呆然とすると同時に、自分がなんのために書き続けてきたのかもわからなくなり、創作することへの意欲を見失ってしまいました。

　その感情が爆発してワッとなった時、まわりの友人たちや編集さんが親身になって話を聞いてくださったおかげで「最初の目標は叶わなくても、『今』は小説を書くこと自体が大好きなんだ」と自分を取り戻すことができました。その時、お世話になった方々には感謝してもしきれません。本当にありがとうございます。

　奈々美や悠大のように、私も本音を抑え込む内に人に話せなくなって苦しんでいたんです。そして、誰かに打ち明けることで救われるありがたさを実感しました。

　もし、今、本音を言えなくて悩んでいる人がいたら、言葉でも文字でもなんでもいいので「想い」を人に伝えてみてください。このあとがきを読んでいる誰かの心が、少しでも楽になるよう私も祈っています。

　最後に、ひとつだけ父に伝えさせてください。

「もし、天国に本屋さんがあったら私の本を見付けてください。それまで、私もまた頑張ってお話を書き続けます」

2017.10.25　善生茉由佳

この物語はフィクションです。

実在の人物、団体等とは一切関係がありません。

善生茉由佳先生への
ファンレターのあて先

〒104-0031
東京都中央区京橋1-3-1
八重洲口大栄ビル7F

スターツ出版(株)書籍編集部 気付
善生茉由佳先生

この想い、君に伝えたい
2017年10月25日 初版第1刷発行

著 者	善生茉由佳
	©Mayuka Zensho 2017
発行人	松島滋
デザイン	カバー　高橋寛行
	フォーマット　黒門ビリー&フラミンゴスタジオ
DTP	朝日メディアインターナショナル株式会社
編 集	長井泉
	佐々木かづ
発行所	スターツ出版株式会社
	〒104-0031 東京都中央区京橋1-3-1　八重洲口大栄ビル7F
	TEL 販売部03-6202-0386（ご注文等に関するお問い合わせ）
	http://starts-pub.jp/
印刷所	共同印刷株式会社
	Printed in Japan

乱丁・落丁などの不良品はお取替えいたします。上記販売部までお問い合わせください。
本書を無断で複写することは、著作権法により禁じられています。
定価はカバーに記載されています。

ISBN 978-4-8137-0338-9　C0193

ケータイ小説文庫　2017年10月発売

『ほんとのキミを、おしえてよ。』あよな・著

有紗のクラスメイトの五十嵐くんは、通称王子様。爽やかイケメンで優しくて面白い、完璧素敵男子だ。有紗は王子様の弱点を見つけようと、彼に近付いていく。どんなに有紗が騒いでもしつこく構っても、余裕の笑顔。弱点が見つからない上に、有紗はだんだん彼に惹かれていって…。

ISBN978-4-8137-0336-5
定価：本体590円+税

ピンクレーベル

『日向くんを本気にさせるには。』みゅーな**・著

高2の雫は、保健室で出会った無気力系イケメンの日向くんに一目惚れ。特定の彼女を作らない日向くんだけど、素直な雫のことを気に入っているみたいで、雫を特別扱いしたり、何かとドキドキさせてくる。少しは日向くんに近づけてるのかな…なんて思っていたある日、元カノが復学してきて…？

ISBN978-4-8137-0337-2
定価：本体590円+税

ピンクレーベル

『この胸いっぱいの好きを、永遠に忘れないから。』夕雪*・著

高校に入学した緋沙は、ある指輪をきっかけに生徒会長の裕也先輩と仲良くなり、優しい先輩に恋をする。文化祭の日、緋沙は先輩にキスをされる。だけど、その日以降、先輩は学校を休むようになり、先輩に会えない日々が続く。そんな中、緋沙は先輩が少しずつ記憶を失っていく病気であること知り…。

ISBN978-4-8137-0339-6
定価：本体570円+税

ブルーレーベル

『神様、私を消さないで』いぬじゅん・著

中2の結愛は父とともに永神村に引っ越してきた。同じく転校生の大和とともに、永神神社の秋祭りに参加するための儀式をやることになるが、不気味な儀式に不安を覚えた結愛と大和はいろいろ調べるうちに、恐ろしい秘密を知って……？
大人気作家・いぬじゅんの書き下ろしホラー!!

ISBN978-4-8137-0340-2
定価：本体550円+税

ブラックレーベル

書店店頭にご希望の本がない場合は、
書店にてご注文いただけます。